일상의 풍경에서 발견하는 삶의 지혜

풍경이 있는 산책

장우석 지음

일상의 풍경에서 발견하는 삶의 지혜

풍경이 있는 산책

지식공감

◇◇◇◇◇

이 책은 내가 본 세상의 풍경에 대한 기록이다.
사랑하는 아내 윤신과 딸 소라,
그리고 삶을 같이하고 있는 여러 친구들에게
이 책을 바친다.

풍경에 대한 단상

풍경이 제 눈으로 들어오기 시작한 건 그리 오래되지 않은 일입니다. 여성 호르몬이 증가해서 그런지, 지금은 매화꽃 몇 송이에도 감탄사를 터트리곤 하지만, 불과 얼마 전만 해도 저는 그저 눈앞의 목표물만을 쫓는 근시안의 사냥꾼이었습니다. 비단 저뿐이겠습니까? 대부분의 평범한 소시민들에게 눈앞에 떨어지는 과제들을 열심히 수행하는 일 말고 다른 선택이 있을 리 만무할 것입니다.

분명 어떤 계기가 있어서 눈이 떠진 건 아니었습니다. 물론 지난 10년이 조금 힘들기는 했지만, 그렇다고 남들이 겪지 않는 대단한 시련을 맛본 것은 아니었기에, 그것들을 대놓고 말하기도 참 뭣합니다. 그래서 더욱 감사한 마음이 듭니다.

풍경을 본다는 것, 그것은 자기 인생에 느낌을 갖기 시작했다는 뜻입니다. 자신의 삶이 어떤 경관 속에 담겨 있는지를 깨닫게 되는 일이기도 하지요. 제가 눈을 떴다는 것은 대단한 깨달음을 얻었다는 의미가 아니라, 그저 저를 둘러싼 경관에 눈길이 가면서 예전에는 의식하지 못했던 소소한 느낌들을 갖기 시작했다는 뜻입니다.

풍경이란 자기 외부에 존재하는 객관적 대상이 아니라는 생각이 듭니다. 오히려 그것은 내면의 빈 공간 위에 맺혀지는 피사체 같은 것이 아닐까요? 어떤 렌즈를 착용하는지, 빛을 이용해 무엇을 두드러지게 조명하는지 등에 따라 마음에 맺혀지는 상(image)은 크게 달라질 것입니다. 사진작가가 적극적으로 피사체를 '발견하듯이', 풍경 역시 삶의 주체들에 의해 적극적으로 '발견되고 해석되어야 하는 것'임에 틀림없어 보입니다.

그렇다고 해서, 이 말이 모든 것을 독단적으로 해석하고 받아들여도 괜찮다는 의미는 아닙니다. 물론 자신이 본 풍경을 해석할 때, 우리는 어쩔 수 없이 1인칭의 관점을 가질 수밖에 없습니다. 1인칭 소설의 주인공이 이야기를 풀어나가는 방식대로, 우리는 자신의 위치에서 바라본 풍경의 모습을 이야기하면서 자기 삶의 주체성을 획득해 나가는 것이죠.

그러나 이것이 끝이어서는 안 될 것입니다. 1인칭 관점에서 세상을 보는 능력은 다른 동물들에게도 갖춰져 있는 것일 테니까요. 그 방식이 저희 인간들과는 조금 다르겠지만, 그들 역시 자신의 관점에서 세상의 풍경을 해석하고 반응합니다. 그래서 그들에게도 생명력 넘치는 주체성이 깃들어 있는 것이겠죠.

저는 인간을 다른 동물들과 구별 지어주는 가장 큰 특징은 3인칭의 관점에서 자신의 이야기를 풀어나갈 수 있는 능력이라고 생각합니다. 인간은 자신에 관한 이야기를 마치 자기 이야기가 아닌 것처럼 말할 수 있는 능력을 갖고 있습니다. 이것은 단순히 무책임하게 남 얘기하듯 하는 '유체이탈 화법'을 구사할 수 있다는 뜻이 아닙니다. 말이 나왔으니 하는 말인데, 이 유체이탈 화법은 주관적 화법의 극단적인 사례인 것 같습니다. 남 얘기하듯 하지만, 사실은 자기 얘기밖에 없는 것이죠. 본인의 일방적인 이야기들로만 가득 채워져 있는 게 바로 유체이탈 화법의 특징입니다.

이와는 달리 3인칭의 관점에서 이야기를 풀어나가는 일은 자신의 모습을 객관화시키는 작업 없이는 이루어질 수 없는 것입니다. 객관화란 큰 풍경 안에 담겨 있는 본인의 모습을 제3자적 관점에서 관찰할 수 있는 대상으로 설정함을 의미합니다. 그런데 우리에게 이렇듯 제3인칭의 관점, 다시 말해 객관적 시각이 필요한 이유는 무엇일까요? 그 이유는 1인칭의 자기중심적 사고에서는 깨닫지 못하는 오해와 편견을 3인칭의 위치에 서 있을 때 비로소 간파할 수 있기 때문일 것입니다. 이것은 마치 바둑이나 장기 놀이를 할 때 당사자의 눈에는 보이지 않는 수가 훈수를 두는 사람의 눈에는 선명하게 보이는 것과 마찬가지 이치입니다. 우리의 삶 속에서 좋은 이야기가 탄생하기 위해서는 1인칭 화자의 진실성과 절박함, 열정, 치열함 같은 주체적 덕목들이 필요하지만, 동시에 3인칭 화자의 넓은 시각에서 나오는 객관성과 냉정함, 비판의식 같은 덕목들도 꼭 필요하다고 생각합니다.

사람은 이렇게 자기중심의 편협하고 한정된 시각에서 벗어나, 제3의

지점에서 전체 안에 담겨 있는 자신의 모습을 두루두루 직시할 수 있게 될 때, 그리고 그렇게 발견한 자신의 모습을 내면으로 향하는 성찰의 언어를 사용하든, 아니면 타인으로 향하는 고백의 언어를 사용하든 간에 진실하게 말할 수 있게 될 때, 비로소 조금은 더 철이 드는 것 같습니다.

지금 저의 풍경은 사람들과의 관계 속에서, 일터에서, 여행길 위에서, 일반 사회 속에서 발견되고 있습니다. 이 네 가지가 이 책의 소주제들을 이루고 있습니다. 지금의 제 모습은 이러한 소주제들로 이루어진 경관 속에 담겨 있으며, 이 안에서 저는 가급적이면 적극적으로 주변의 풍경을 바라보고 해석하고자 노력하고 있습니다. 지금의 세상에서 모든 풍경은 인간이 개입해 만든 것입니다. 이제 순수한 자연이나 원시림이 주축을 이루는 풍경은 사라지고 없죠. 가보지는 않았지만, 북극이나 남극도 마찬가지일 것입니다. 눈길이 가는 모든 풍경 안에 사람이 있습니다. 그래서 이제 풍경을 본다는 것은 사실 사람을 본다는 것과 같은 의미가 되었습니다.

저의 내면에 맺힌 풍경들, 이 책에 쓰여진 언어들 모두가 실상을 제대로 반영하고 있다고 말하지는 못할 것입니다. 오해와 편견을 없애기 위해 노력했지만, 결코 그것들로부터 자유롭다고 말하지도 못하겠습니다. 그것은 피사체를 바라보는 저의 시각적 틀에 한계가 있고, 그것을 담아내는 기술도 서투르기 때문입니다.

시각적 틀의 한계란 스스로의 무지를 말하는 것입니다. 사람은 아는 만큼만 볼 수 있다고 하잖아요? 세상에는 눈에 보이는 것만 존재하는 게 아니지만, 우리는 쉽게 그러한 사실을 망각합니다. 하지만 세상의 실상(진짜 모습)은 그 이면에 위치해 있는 경우가 많죠. 이것은 보드리야르(Baudrillard, 1929~2007)가 "놀이공원에 유치함이 있다고 말하는 이유는 세상의 진정한 유치함을 가리기 위함"이라고 언급했을 때의 바로 그런 맥락의 이야기입니다. 세상에는 우리의 눈을 가리는 수많은 가림막들이 있습니다. 화려한 그림으로 도배한 채로 말이죠. 그중 많은 것들은 누군가에 의해 의도적으로 설치된 것들입니다. 때로는 그러한 가림막 위의 그림이 '사실'보다 더 '사실적'이기도 합니다.

비단 그림뿐이겠습니까? 인간의 몸짓도 그렇습니다. 연극은 사실보다 더 사실적인 인간의 몸짓입니다. 이런 몸짓은 과장되고 극화된 것들이죠. 그런데 사실 우리는 일상 속에서 늘 이런 과장되고 극적인 몸짓을 요구받고 있습니다. 평범한 몸짓은 진부함 또는 열정의 부재와 동일한 것이 되기 때문에 인정을 받기 힘듭니다. 그래서 우리 주변의 풍경은 늘 '사실'을 능가하는 '사실적'인 몸짓들로 채워져 있습니다. 세상은 '사실적'인 것이 '사실'을 능가하는 일이 언제라도 벌어질 수 있는 곳입니다. '사실'은 '사실적'인 것 뒤에 놓여 있는 경우가 많은 것이지요. 그래서 저는 풍경을 제대로 보기 위해서는 당연히 그 가림막 이면의 사실(진짜 모습)을 상상할 수 있어야 한다고 생각합니다.

이외에도 우리가 풍경을 보는 일에 어려움을 겪는 데는 수많은 이유가 있을 것입니다. 용기의 부족도 그중 하나입니다. 가령 우리는 일상적으로 타인의 비참한 처지와 슬픔을 외면하곤 하는데, 이것은 사람들이 나쁜 심성을 갖고 있어서라기보다는, 그런 비참하고 비통한 모습을 접할 때 자기 내면에 발생할 수밖에 없는 아픔을 감당하기 어렵기 때문이기도 합니다. 마음이 착하고 약하기 때문에 타인의 어려움을 외면하는 경우도 많다는 뜻입니다. 하지만 결국엔 이것도 용기의 부족이라는 점에서는 마찬가지일 것입니다. 세상에는 아름다운 풍경만 있는 게 아니라, 쳐다보기 싫은 풍경도 많습니다. 모두가 자신의 마음속에 아름다운 풍경만 담아내려 하지만, 진정한 용기를 갖고 있는 사람이라면 다양한 풍경과 대면하기 위해 노력해야 하지 않을까요? 이런 점에서는 저 역시 크게 부족함을 느끼고 있습니다. 그래서 늘 용기를 갖기 위해 노력하지만, 그게 마음처럼 잘 안 되네요.

관용이나 포용력 같은 덕목이 부족해도 세상 풍경을 제대로 보기 어려울 것입니다. 적절한 비유인지는 모르겠습니다만, 거리에서 연인들이 포옹하는 풍경을 받아들이지 못하는 사람들이 많습니다. 공중도덕을 모르는 고약한 놈들이라는 거죠. 제 눈에는 세상에서 가장 아름다운 모습으로 보이는 데 말입니다. 20년도 더 지난 이야기지만 예전에 뉴욕에 몇 개월 머물러 있을 때, 어떤 회사 로비에서 연인의 퇴근을 기다리다가 얼굴을 보자마자 서로가 환한 표정으로 포옹하는 남녀의 모습을 곁눈질하면서 너무나 아름다운 장면이라고 생각했던 기억이 납니다. 그 장면이 잊히지 않네요. 세상이 이런 마음으로 가득 차 있다면 얼마나 아름다울까요? 보기에 따라서는 고약한 일도 세상에서 가장 아름다운 풍경이 될 수 있을 것입니다.

저는 우리가 갖고 있는 많은 한계와 부족함들이 풍경을 발견하고자 하는 노력에 장애가 되어서는 안 된다고 생각합니다. 제 작은 경험에 의하면, 우리는 노력을 통해 세상의 풍경을 좀 더 폭넓게 바라볼 수 있습니다. 세상 모든 게 다 그렇듯이, 풍경을 바로 보는 것도 공부와 연습이 필요한 일 같습니다. 개인적으로는 요즘 들어 여러 가지 사회적 사건들을 보면서 더욱 절실히 그렇게 느끼고 있습니다. 자신의 부족함을 알고 풍경을 향해 한발 더 가까이 다가서기 위해 노력하는 자세는 우리 인생의 가치를 높이는 가장 본질적인 태도일 것입니다. 훌륭하고 좋은 삶이란 그저 많은 것을 이루고 성취하는 데 만족하는 것이 아니라, 이러한 태도 위에서 다양한 풍경을 발견하고 접하는 삶이라고 믿습니다.

이 책을 읽는 분들에게, 비록 서툰 글 속에 담겨 있긴 하지만, 저의 발견들이 작은 참고라도 될 수 있기를 바랍니다.

2017년 4월 꽃망울 터지는 계절에
사랑하는 광교산 아래에서
저자 장우석

CONTENTS

1장

● ○ ○ ○

관계

관계의 위기

우리는 왜 진실한 관계를 맺는 데 힘들어하는가?

 직원들과 회의를 하거나 식사를 할 때 가장 어려운 점은 대화가 자연스럽게 이어지도록 하는 일이다. 행여나 나이 차이라도 크게 나게 되면 대화 소재를 찾기가 어려워지기 때문에 어색한 침묵을 깨기 위한 노력이 더욱 필요하게 된다. 심지어는 같이 술 한 잔 걸치는 회식 자리에서도 진솔한 대화를 나누기가 참 어렵다. 그래서 가급적 빠른 시간 내에 술에 취해 그저 왁자지껄한 분위기를 만들어 내고, 그 안으로 도피해 버리는 것이 회식의 일상적 풍경이 되어 버린 이유인지도 모르겠다.

 가끔씩은 직원들의 시선이 부담스러울 때도 있다. 텅 빈 침묵의 공간 속에서 대화에 참여하기를 주저하는 직원들의 시선을 발견할 때의 당혹감은 이루 말할 수 없는 부담이 된다. 그 시선 안에는 윗사람에 대한 경계, 그 자리에 대한 묘한 부정의 입장, 방관의 이점을 터득한

듯한 조숙함 또는 생각 없음을 감추기 위한 수동의 태도 같은 것들이 복합적으로 뒤섞여 있음을 발견하게 된다. 식사 시간이 다가올 때도 비슷한 일이 벌어진다. 예전에는 누구나 회사에서 혼자 점심식사하는 일이 많지 않았지만, 이제는 아주 흔한 장면이 되었다. 그 장면 속의 등장인물이 바로 나 자신인 경우도 종종 발생한다. 예전에는 상사의 식사 약속을 챙기는 것 자체가 업무의 일환으로 인식되었지만, 이제는 고참이라 할지라도 눈치 빠르게 행동해야만 점심 한 끼라도 홀로 먹지 않게 되었다. 불과 몇 해 전만 해도 '혼밥'의 트렌드가 이렇게 내 생활 깊숙이 침투할지 전혀 상상할 수 없었다. 이런 것만 봐도 분명히 직원들과 자연스러운 관계를 맺는 게 결코 쉬운 일이 아님을 알게 된다.

그런데 이 모든 이야기들은 나를 기준으로 위 방향으로도 적용되는 것일 테니까, 괜히 직원들 흉볼 거리로 삼아서는 안 될 것이다. 내 고참들도 틀림없이 나에 대해 같은 생각을 하고 있을 터이다. 세상의 모든 관계는 상대적이다. 그리고 각자의 입장에서 나름의 어려움을 갖기 마련이다.

과거는 늘 현재보다 아름답게 추억되기 때문일까? 같은 울타리 안에서 하루의 대부분을 함께 보내는 동료들과의 관계는 늘 예전이 더 아름답고, 정겹게 추억된다. 하지만 그 기억이 사실을 정확하게 기록한 것인지는 확실치 않다. 예전에는 신참들이 고개를 똑바로 들고 말 한마디 제대로 하기가 매우 어려웠다. 분명히 예전의 직장 상사들은 지금보다 더 가부장적이었고, 부하 직원들은 더 많은 겸손과 공손함을 요구받았을 것이 분명하지만, 당시의 기억들은 많은 부분이 미화되어 저장되어 있다. 그래서 우리는 마치 옛날에는 안 그랬는데, 요즘에는 관계를 맺고 친분을 쌓기가 참 어려워, 라며 세상의 변화를 탓하는지도 모르겠다.

물론 우리가 과거를 더 근사하게 회상하는 이유가 전혀 없는 것은 아니다. 다소 봉건적인 분위기 속에서도 예전에는 끈끈한 동질감이나 유대감을 느낄 수 있었다. 모두가 같은 경험을 하며 지냈기 때문이다. 남자직원들은 대부분 똑같은 색깔의 양복을 입었기 때문에 넥타이 색깔 하나만으로도 대단한 센세이션을 불러일으킬 수 있었다. 여직원들은 회사가 지급한 유니폼을 입었는데, 관리자 정도가 되어야 하나의 특권처럼 자유 복장을 할 수 있었다. 그리고 회식 때는 다들 소주를 마셨다. 개인의 선호는 처음부터 존재하지 않았고, 누군가 옛날 소주의 쓴맛을 피하기 위해 은밀히 '청하'를 마시고 있다면 조직에 대한 배신과도 같은 중대한 행위로 간주되어 따가운 눈총을 피할 수 없었다. 많은 이들이 쓰디쓴 소주 맛에 신음하며 젊음의 일부를 보냈다. 퇴근 시간의 규칙도 동일했다. 직급 순으로 말이다. 동일한 생각에 따라 살았고, 동일한 규칙이 사람들을 규율했다.

그런데 역설적으로 이러한 동일함은 우리에게 외로움이나 소외감을 느낄 여유를 허락지 않았으며, 모두가 강한 유대감을 느끼게 하는 매개체로 작용했던 것 같다. 같은 경험을 한다는 것은 같은 세계를 산다는 말과 다르지 않다. 일률적인 세계에서 개성을 잃어버리고 사는 것에 대한 보상은 인간이 가장 구하기를 원하는 것, 바로 유대감이었다. 그것은 친숙함 이상의 것이었다. 가히 전제주의적이라 해도 무방

할 정도의 가부장적 문화가 강제했던 심리적 위축은 유대감이 주는 정서적 안정으로 보상되었고, 이로 인해 마음의 균형이 위태롭게나마 유지되었다. 그러니, 모두가 다소간의 불안감과 소외감을 느끼며 사는 지금의 세상에서 과거는 상대적으로 아름답게 회상될 수 있는 것이다.

반면에 지금은 바야흐로 개인주의 시대다. 세상의 크고 작은 변화들이 개인주의의 확산을 촉진하고 있다. 가령, 웬만한 월급쟁이들도 이제는 똑같은 옷을 입기보다는 개성을 강조하는 옷차림을 선호한다. 많은 직장에서 더 이상 정장 차림을 요구하지 않고 비즈니스 캐주얼을 장려하기 때문에 개성적인 옷차림을 할 때 생길 법한 불편한 마음도 사라졌다. 크게는 기술과 기계의 진보로 인해 인간이 타인에게 의존해야 할 필요성도 축소되고 있다. 그것들의 강력한 힘 덕분에 노동의 연대 없이도 대규모 생산이 가능한 시대가 되었으며, 가까운 미래에는 인간의 고유 영역이었던 돌보미 서비스마저 로봇에 의해 대체되리라고 생각하는 사람들이 많다. 이에 더해 먹고사는 문제의 어려움도 이러한 사태의 확산에 일조하고 있다. 빡빡한 생계 문제를 해결하기 위해 타인과 경쟁하기 바쁜 사람들의 눈에 풍경이 들어올 수 없는 것처럼, 그들의 마음에는 타인과 유대감을 형성하는 데 필요한 온정이나 배려 따위가 들어서기 힘든 것이다.

개인주의 확산 현상의 또 다른 이유는 공간의 변화에서도 찾아볼 수 있을 것이다. 지금 우리가 놓여 있는 공간은 콘크리트나 철강, 유리 따위에 의해 칸막이 처리되어 분리되어 가고 있다. 사람들은 넓은

광장에서 타인을 만나는 대신에, 그 분리된 공간 속에 격리되어 사이버 공간으로 진출하는 꿈을 꾸고 있다. 마치 무한한 사이버 공간이 인간에게 해방과 자유의 기쁨을 안겨 주리라 확신이라도 하는 듯이 말이다. 문화를 접하는 방식도 유사하게 변해 버렸다. 중학교에 다니는 내 조카아이는 모 아이돌 그룹의 열렬한 팬이다. 그런데 콘서트를 보러 혼자 간다. 같이 갈 친구가 있다 하더라도 나란히 앉을 표를 구하기 어렵고 예매가 순식간에 끝나기 때문에 어차피 따로따로 볼 수밖에 없다고 한다. 요즘 아이들이 혼자 노는 데 익숙한 것은 이렇게 다 이유가 있는 게 아닌가 싶다.

이런 개인주의 시대에서 사람들의 경험은 파편화될 수밖에 없다. 요즘 사람들은 각기 다른 경험을 거치면서 자신만의 세상을 구축하고, 그 세상 속에 고립되어 살아가는 경향이 있다. 그래서 서울에서 태어난 젊은 선생님은 시골 학생들의 마음을 이해하는 데 어려움을 겪게 되고, 대도시에서 오랫동안 직장 생활을 하고 있는 친구와 시골에 계속 눌러앉은 친구는 그 관계가 점점 예전만 못하게 되며, 가진 사람들은 못 가진 자들이 생필품 가격에 겁내는 이유를 이해하지 못하게 되는 게 아닐는지 모르겠다. 이토록 서로를 이해하지 못하는 사람들 사이에 정서적 유대감이 생길 수는 없는 노릇이다. 그런데 사람들이 서로를 이해하고 유대감을 갖는 데 애로를 겪는 이유가 이렇게 경험이 파편화되기 때문만은 아닐 것이다.

과거의 경험이 적용되지 않는 새로운 국면이 끊임없이 출현하는 사태, 즉 경험의 단절 사태가 벌어지고 있는 것도 상황을 악화시키고 있는 듯 보인다. 경험이 현재의 삶에 주는 교훈적 가치는 사라지고, 연장자는 지혜의 보고가 아니라 어리석고 시대에 뒤처진 인물 유형으로 전락하고 있는 것이다. 과거의 경험을 강요하는 태도는 거부되고, 새로운 방식을 이해하지 못하는 기성세대는 변화의 흐름을 읽어내지 못하고 있다. 요즘 들어 우리가 회사라는 조직에서 겪는 경험도 이와 크게 다르지 않다. 가령, 기성세대들은 서류에 스테이플러 박는 요령부터 도트 프린터에 카트리지 갈아 끼우는 방법에 이르기까지 모든 것들을 선임들에게서 전수받았다. 그러나 지금 그들은 통계분석 시스템을 이용해 자료를 뽑아내지도 못할뿐더러, 젊은이들이 축약해서 사용하는 온갖 말들을 곧바로 이해하지도 못한다. 그래서인지 이제는 상대방에 대한 이해 부족 상태가 마치 뉴노멀(New Normal, 새로운 정상)이 된 느낌마저 드는 것이고, 끈끈한 유대감에 의해 하나의 덩어리로 유지되었던 관계의 모습들이 서서히 해체되고 있는 것이다. 아마도 이런 상황에서 타인과 관계를 맺는 일이 어렵게 느껴지지 않는다면, 그것이 더 이상한 일이 될 것이다.

다른 한편으로, 우리는 개인의 행동이라는 것이 당사자의 내면적 동기에 의해서만이 아니라, 사회적 조건에 의해 결정되기도 한다는 사실을 (이론적으로는) 너무나 잘 알고 있다. 이런 관점에서 우리는, 말하기가 다소 조심스러운 주제이기는 하지만, 이 시대의 사회경제적 조건이 사람들의 개인주의 심리와 유대감에 어떤 영향을 미치고 있는지 살펴보아도 좋을 것이다.

단도직입적으로 말해, 지금 우리가 몸담고 있는 이 사회의 경제 시스템은 인간의 이기주의 심리를 극대화하기 위해 설계되었다고 해도 과언이 아닐 것이다. 그리고 이러한 기획 의도는 날이 갈수록 한층 강화되고 있는 듯하다. 이러한 의도는 경쟁의 논리를 기초로 할 때만이 인간이 달성할 수 있는 최고의 선(善)을 창조해 낼 수 있다는 인식을 바탕에 깔고 있는 것이다. 그러나 어쩔 수 없이 이런 인식을 받아들일 수밖에 없는 사람들이 생존경쟁에서 살아남기 위해 옆도 안 보고 내달리고 있는 통에, 구성원들 간의 정서적 연대와 단합이 해체되고, 개인주의와 이기주의 심리가 날로 강화되고 있다고 한다면 과연 무리한 말이 될까? 우리가 자신의 미래를 이런 식의 원리 위에 쌓아 올려도 되는 것일까? 과연 이런 원리가 오래도록 지속 가능할까?

더 고약한 것은, 경쟁의 논리를 강조하다가도 아쉽고 필요할 때면 타인에 대한 헌신이나 봉사와 같은 전통적 미덕의 발휘를 요구하고, 이에 호응하지 않는 사람들을 소극적인 개인주의자로 몰아붙이는 이중적인 사고방식이 우리 사회에서 만들어지고 있다는 사실이다. 이 시대의 권력자들은 자신들의 자의적 기준에 눈치 빠르게 맞추지 못하는 사람들을 모자란 사람으로 취급하는 것은 물론이고, 그들의 실패가 마치 비뚤어지고 어울리지 못하는 성격 탓인 양, 모든 사태의 책임을 루저에게 돌리는 데 익숙한 면모를 보이고 있다.

어쨌든 이와 관련하여 한 가지 새롭게 주목할 만한 점이 있다면, 이제 사람들이 자신의 효용가치가 떨어지면 사회로부터 언제든지 버림받을 것이라는 사실을 충분히 깨달았다는 점이다. 스스로 자신을 보호해야 하며, 연대와 단합의 길은 멀기만 하고, 투쟁과 다툼을 통해 그러한 목적을 달성하기가 훨씬 쉽다는 사실도 본능적으로 알아차려 버렸다. 이런 상황에서 그 누가 이기적인 사람이 되지 않을 수 있을까?

그러니 우리는 사람들, 특히나 후대들의 개인주의와 이기주의적 세태 때문에 좋은 관계를 맺기가 더욱 어려워졌다며 그들을 탓하는 말을 해서는 결코 안 될 것이다. 그러한 세태는 우리 자신이 주동하여 만들어 놓은, 그것이 아니라면 최소한 어쩔 수 없이 부역자로 참여해 만들어 놓은 이 사회의 산물이지 않은가? 우리는 거기에 1/n의 책임을 갖고 있다. 혼자 콘서트를 보러 다니는 아이에게 인간의 유대감 운운하며 과거의 전통적 미덕들을 고스란히 요구하는 건 난센스다. 정말 중요한 문제는 내 어린 조카가 왜 혼자 콘서트를 보러 갈 수밖에 없는지, 그리고 이런 일들이 그 아이에게 어떤 영향을 끼치고 있는지를 규명하는 일이다.

더구나 조금만 깊이 생각해 보면, 개인주의라는 세태가 좋은 관계의 형성을 막는 원인으로 작용한다는 생각 자체에도 오류의 가능성이 있음을 깨닫게 된다. 개인주의적 성향이 우리보다 훨씬 강한 미국 사람들이 이웃에 대해 더 개방적인 태도를 보이는 경향이 있고, 친구를 사귀는 데에도 거리낌이 적은 모습을 보면, 사실상 개인주의 성향과 좋은 관계의 형성 간에는 별다른 상관성이 없어 보이는 것이다. 집단적 성향이 강한 우리나라의 사회신뢰지수가 역설적으로 전 세계에서 가장 낮은 쪽에 속하는 것을 봐도 그런 생각을 갖게 될 수

밖에 없다.[1]

오히려 전혀 다른 관점에서 보면, 사람이 좋은 관계를 맺기 위해서는 어느 정도 개인주의적 태도가 필요하다는 생각이 들기도 한다. 왜냐하면, 진실한 관계란 단순히 도원결의(桃園結義) 같은 것을 통해 만들어지는 것이 아니라, 사람들 각자가 당당한 주체로 서 있는 타인을 인정할 때 대두되는 하나의 가능성이기 때문이다. 이런 인정에서 출발하는 대등함이야말로 진실한 관계 형성의 출발점이 된다는 뜻이다. 우리가 노숙자와 서로의 인격성을 인정하는 관계를 맺기 어려운 이유는 그에 대한 우리의 동정심 때문만이 아니라, 늘 의존의 상태에 처해 있는 노숙자 자신이 우리에게 자신의 권리를 주장하지 못하기 때문이기도 하다. 다시 말해, 노숙자가 당당한 주체로 서 있을 수 없기 때문인 것이다. 그러니 자신의 힘으로 꿋꿋하게 서 있을 책임을 감당할 수 있는 사람만이 타인과 진실한 관계를 맺을 수 있는 것이다.

사실, 옛날이나 지금이나 사람들은 참된 관계를 맺는 데 매우 큰 어려움을 겪어왔다. 서로를 이해하고 좋은 관계를 맺는 것이야말로 인간에게 가장 중요하며 필요한 일이지만, 역설적으로 그렇기 때문에 여전히 가장 어려운 숙제로 남아 있는 것이다. 그러나 우리는 이미 잘 알고 있다. "세계를 갖지 않는 단순한 주관은 존재할 수 없으며, 함께

---

1) 2016아시아미래포럼에서 발표된 OECD 보고서 「한눈에 보는 사회상(Society at a glance)」에 의하면, 한국은 다른 사람과 공적 기구에 대한 신뢰지수가 매우 낮은 나라로 분류된다고 한다. 타인에 대한 신뢰도는 26퍼센트에 불과해 75퍼센트 수준에 이르는 덴마크 등과 크게 비교되며, 정부에 대한 신뢰도 역시 35개국 중 29위를 기록했다고 한다. 이와 관련해서 「한겨레」 2016년 11월 4일 자 기사를 참조했다.

존재하는 타인이 없는 독립된 자아 따위는 주어지지 않는다."[2]는 사실을, 또한 "세계의 모든 존재는 개별적 존재 형식이 아닌 관계망으로서 존재한다"[3]는 진리를 말이다. 우리는 단 한 명과의 진실한 만남을 통해서도 넓고 큰 세계를 가질 수 있다. 작은 만남일지라도 진실함이 들어 있다면 큰 만남이 되고, 거기에서 인생의 큰 배움을 얻을 수 있을 것이다.

그러니, 담대한 용기와 열린 마음을 품고 내가 먼저 타인에게로 향하는 발걸음을 힘차게 내딛도록 하자. 어려운 세태 속에서도 궁극적인 문제로 남는 것은 관계를 도모하는 우리 자신의 꿋꿋한 태도일 것이다. 사람을 통해 세상을 새롭게 인식하고, 서로의 성숙을 도모하려는 시도를 중단해서는 안 된다.

---

2) 마르틴 하이데거, 전양범 옮김, 『존재와 시간』, 동서문화사, 2013, 621쪽.
   하이데거(Martin Heidegger)는 모든 존재는 '세계-내-존재'이며, 타인과 함께할 수밖에 없는 '공존재(共存在)'라고 했다. 또한, 세계는 타인과의 '공동세계'라고 했다. 원문 속의 어구는 하이데거의 사상에 대한 옮긴이의 해설을 인용한 것이다.

3) 신영복, 『강의』, 돌베개, 2006, 24쪽.
   신영복 선생은 "관계론적 구성 원리는 개별적 존재가 존재의 궁극적 형식이 아니라는 세계관을 승인"하며, "세계의 모든 존재는 관계망으로서 존재"한다고 말한다. 또한, 동양의 관계론은 인성(人性)을 어떤 개체의 속성으로 환원되는 것이 아니라 여러 개인이 더불어 만들어 내는 장(場)의 개념이라고 보며, 인간이라는 존재 역시 개별적이라기보다는 인간관계라는 관계성 자체로 본다고 설명한다.

친구

우리는 어떻게 친구가 되는가?

대학 시절 같은 하숙집에서 지냈던 선배 한 분이 본인의 친구들과 보냈던 지난여름을 추억하는 동영상을 페이스북에 올려놨는데, 노는 모습이 아주 가관이었다. 김장 배추를 절이거나 큰 이불을 빨래할 때 사용하는 자주색 고무 대야에 물을 채워 넣고는, 오십 중반이나 된 어른 세 명이 들어앉아 뭐가 그리도 좋은지 서로 낄낄대며 물놀이를 하는 모습이었다. 애들도 아니고 참 한심하다 싶으면서도 한편으로는 부러운 생각이 들었다. 저렇게 불과 1평방미터도 되지 않는 공간 안에 모여앉아 함께 즐거운 시간을 나눌 수 있는 친구가 있다면 인생이 얼마나 행복해지겠는가! 세 사람은 마치 한 사람의 마음을 가진 양, 동일한 감정 상태에서 행복을 공유하고 있는 것처럼 보였다. 그러고 보면 우리가 친구라는 존재에게 기대하는 것은 늘 이런 모습에 가까운 것 같다. 고무 대야 안에서 그들은 오죽 정다웠을까?

우리는 친구와 마음이 모여 하나의 리듬을 타고 춤추는 모습을 항상 동경한다. 하숙집 선배가 보여준 것처럼 고무 대야 안에서 물놀이를 즐기지는 않더라도, 함께 밥 먹고, 술 마시고, 당구 치고, 영화 보고, 때로는 같이 여행도 떠나고, 잡담도 하면서 행복한 시간을 공유하기를 희망하는 것이다. 친구와의 놀이는 작은 축제의 경험을 누릴 수 있도록 해준다. 우리는 자기 생애에 생긴 좋은 일들, 예를 들어 입학, 승진, 결혼 등의 이벤트를 친구와 함께하면서 행복한 시간을 보내기도 한다. 친구와 행복을 공유하는 일은 그 자체로서 마음에 풍요로움을 더하고, 그 안에서 인간은 짧은 낙원의 시간을 경험할 수 있다. 그래서 친구의 첫 번째 자격 조건을 들자면, 이렇듯 인생을 함께 축제로 만드는 데 참여하는 태도, 다시 말해 함께 기뻐하고, 함께 즐거워하는 마음을 꼽을 수 있을 것이다.

그러나 아쉽게도 우리가 늘 이런 모습을 연출하며 살 수는 없는 노릇이다. 우리 일상이 늘 즐겁고 행복한 모습들로만 채워진다면 참 좋겠지만, 그런 인생을 사는 사람은 세상에 거의 없을 것이다. 페이스북과 인스타그램에 필자는 한 번도 가보지 못한 칵테일 파티에 참석하는 모습을 자주 올리는 후배가 한 명 있는데, 그 친구 인생에도 행복한 일들만 가득한 것은 아닐 것이다. 물론 우리의 일상 안에 다소간의 어려움이 혼재해 있다고 해서, 그 위대함을 폄하하면서까지 억지로 일상의 표면에 회색빛을 칠할 필요는 없겠지만, 일상이 좋은 것들로만 채워져 있는 게 아니라는 것은 엄연한 사실이자 현실이다.

일상 속에는 여름 한철 즐기는 물놀이만 들어 있는 것이 아니라, 우리 인생의 온갖 이슈들과 문제들이 넘쳐나고, 자연히 그 안에서 느끼는 우리의 감정은 기쁨과 흥겨움보다는 낙담, 불안, 걱정 같은 회색빛에 물들어 있을 때가 많다. 직장에서 승진에 누락되었다거나, 어떻게 해결해야 할지 모를 프로젝트를 떠안아 주말 내내 TV를 보면서도 머리가 아프다거나, 고약한 상사를 만나 얘기가 안 통한다거나, 매달 거액의 주택담보대출 이자를 내야 해서 배우자와 말다툼이 잦다거나, 애가 원하는 대학에 떨어져서 재수를 시작했다거나, 그 와중에 부모님께서 편찮으셔서 입원해 계시다거나 하는 등등의 골칫거리가 끊임없이 생겨나는 것이다.

일상은 늘 우리에게 무거운 굴레를 지우려 시도하며, 이에 대한 우리의 저항은 번번이 무산되는 경향이 있기 때문에 많은 사람들에게 있어 일상은 그저 원하는 것 하나를 얻기 위한 아홉 번의 희생과 인내의 의미 안에 머물게 되는 경우가 대부분이다. 친구들과의 만남은 이런 일상 속에서 이루어지는 것이다. 아마도 보통의 일상 속에서 우리가 친구에게 건네는 감정이 자주색 고무 대야 속에서 생겨나는 일체감이나 흥겨움과는 거리가 먼, 다소 어둡고 칙칙하며 무거운 쪽으로 기우는 경향이 높은 이유는, 우리 앞에 놓여 있는 일상의 모습 자체가 이와 같이 원하는 것들과 희생해야 할 것들의 조화롭지 않은 배합으로 만들어지기 때문일 것이다.

그러니, 만일 우리가 서로에게 진정한 친구라면 어려움을 겪고 있는 상대의 넋두리를 잘 들어주고, 그에게 따뜻한 위로의 말 한마디를 건네는 것은 너무나 당연한 일이라 하겠다. 정말이지 잘 들어주기만

해도 큰 위로가 되고, 잘 들어주는 친구일수록 기대고 의지할 만한 친구일 가능성이 큰 것이다. 친구가 처한 일상의 어려움을 알아보고, 회색빛 속으로 가라앉기 쉬운 서로의 일상을 떠받치며 응원하는 일은 친구로서 당연히 행해야 할 의무 같은 것이다. 그러나 내 작은 경험으로는, 이런 좋은 친구를 갖는다는 게 쉬운 일이 아니다. 사람에게 자기 마음 알아주는 친구 한 명만 있어도 그 사람은 성공한 인생을 살고 있다는 말이 그냥 나오지는 않았을 것이다.

우리는 친구를 만나면서 종종 원인 모를 당혹감을 느낄 때가 있다. 아무리 친하고 우의가 두터운 친구라 할지라도 언젠가 한번은 지금까지 접하지 못했던 낯선 느낌을 받는 것이다. 대화 도중에도 문득 친구가 아주 낯선 생각을 하고 있고, 그 생각의 간극이 너무나 커서 도저히 극복할 수 없다는 것을 확인하게 될 때가 있다. 그러니 특히나 친한 친구들과는 가급적 정치나 종교 얘기는 안 하는 게 속 편한 길이다. 만일 친구가 나와는 전혀 다른 관점에서 세상을 바라보고 있고 그것이 정치적 견해에까지 이어지고 있다는 사실을 알고 있다면, 처음부터 정치 이야기는 꺼낼 생각조차 안 하는 게 좋을 것이다. 이런 대화는 그 누구와 해도 결코 좋은 모습으로 끝나지 않으며, 결과적으로 어느 쪽도 자신의 입장을 바꾸지 않을 것이고, 오히려 속만 터지는 꼴을 만들어 낼 테니 말이다. 나는 얼마 전 알고 지내는 선배 한 분과 나이 든 사람의 생각이 변할 수 있느냐 없느냐를 가지고 한참을 말다툼했던 적이 있었는데, 둘 다 자기 생각을 끝까지 바꾸지 않았으니 사람의 입장이 쉽게 변하는 게 아니라는 사실이 다시 한 번 확인된 셈이다.

이런 차이는 세상과 인간을 바라보는 시각이 사람마다 다르기 때문에 생겨나는 것이다. 그리고 이미 갖고 있는 시각을 바꾸기 위해서는 내면에서 치열한 자기 투쟁을 벌여 기존의 생각을 전복시켜야 하지만, 그 고통스러운 과정을 인내할 만한 사람은 흔치 않기 때문에 사람들이 생각의 차이를 해소하기란 현실적으로 대단히 어려운 일이다.

따라서 친구들 사이에도 크고 작은 차이가 있는 것은 너무나 당연한 일이다. 사실 조금만 유심히 귀 기울여보면, 우리는 우리 자신의 인생 경험이 넌지시 증언하는바, 즉 관계의 본질이란 '차이'이라는 형식 안에 담겨 있다고 말하는 것을 들을 수 있을 것이다. 우리는 생각이 다르고, 좋아하는 게 다르고, 싫어하는 것도 다르기 때문에 '차이'는 잘못된 것이 아니라, 오히려 관계의 자연스러운 현상으로 보인다. 우리는 각자 저마다의 모습으로 생겼고, 내게 딱 들어맞는 사람이란 아예 존재하지도 않는다. 아무리 단단한 우정이라도 미세한 파열음을 만들어 내기 마련인 이유도 바로 이것이다.

우리가 만일 솔직한 사람들이라면, 다만 우정을 이어가기 위해 그 파열음이 마음 밖으로 새어 나오지 않도록 조심스럽게 자신을 통제하며 살아갈 뿐이라고 고백해야만 하지 않을까? 친구와의 거리감이 사라졌을 때 우리가 느끼는 당혹감의 원인은 원거리에서는 느끼지 못했던 '차이'가 가시적으로 발현됨으로 인해, 기대했던 일체감이 아니라 실제적인 '어긋남'이 드러나는 모습을 근거리에서 목격하고 체감하기 때문일 것이다. 친구와의 차이는 당연하고 자연스러운 모습이며, 그렇기 때문에 당연히 우리는 이런 모습 자체를 부정적으로 여길 필요는 없을 것이다.

그래도 여기에서 우리가 굳이 문제라 할 만한 것을 찾아보자면, 가깝다고 여겼던 친구일수록 그와의 사이에서 이런 어긋남을 발견했을 때 뭔가 마음이 섭섭하기도 하면서 다른 한편으로는 당혹스럽기도 한 감정이 생긴다는 사실 정도가 아닐까 싶다. 그런데 그러한 섭섭함과 당혹스러움은 제3자가 보기엔 별 의미 없는 하찮은 감정인 것처럼 보여도, 당사자들에게는 결코 가볍지 않은 감정 상태라고 말할 수밖에 없는 것이다. 따라서 우리가 이러한 감정 상태를 없애기 위해 친구와의 사이에 존재하는 어긋남의 간극을 좁히려는 노력을 기울이는 것은 너무나 당연해 보인다. 그러나 그러한 노력은 정말 효과를 거둘 수 있는 것일까?

아마 매우 어려울 것이다. 설령 지나친 확정을 피하기 위해 이렇게 단정적으로 말하지 않더라도, 우리는 최소한 자신의 경험을 통해 그 간극을 좁히는 일이 얼마나 어려운지를 잘 알고 있다. 그런데 이것은 나쁜 일이 아니라 좋은 일에 가까운 것이다. 누군가의 좋은 친구가 되기 위해 반드시 그와의 어긋남을 해소할 필요는 없다는 사실, 생각의 합치라는 항목을 친구의 조건으로 들지 않아도 된다는 사실은 참 다행스러운 일이라는 말이다. 그것은 우리가 현실성이 매우 떨어지는 일에 쓸데없이 에너지를 낭비해 가며 몰두해 있을 필요가 없음을 의미하기 때문이다. 우리는 친구의 어두운 그림자를 알아보고 그의 어려움에 공감하며 위로의 마음을 표할 수는 있어도, 결코 그와 하나로 합치될 수는 없다.

친구가 된다는 것은 상대방이 갖고 있는 차이 속에서 좋은 생각과 모습들을 발견하고, 그와 나 모두가 양립할 수 있는 길을 찾기 위해 노력을 기울이는 것이다. 친구란 이러한 노력이 결실을 거두었을 때 비로소 만들어지는 관계다. 반대로 우리가 (아직) 친구가 아니라면, 그 것은 서로가 상대의 차이를 인정해 가며 살아가는 방법을 찾는 데 실패했음을 의미하는 것이 아닐까? 만일 내가 상대방이 갖고 있는 차이를 인정할 수 없다면, 그는 결코 나의 친구가 될 수 없을 것이고, 그 반대의 경우도 마찬가지다. 우리는 차이를 극복하기 위해 생각의 강제적 합치를 시도할 수도 있겠지만, 그것은 전제주의적 사회에서나 발생할 법한 매우 공포스러운 일이 될 것이다.

친구란 '어긋남'을 인정하고, 거리를 유지하는 행위에서 만들어지는 관계다. 어긋남을 강제적으로 교정하고자 시도하거나 그의 영역 안으로 침범하는 행위가 아니라, 오히려 그의 좋은 생각과 모습들이 영역 밖으로 확장되도록 거리를 지켜주는 행위, 아마도 이것이 친구가 되기 위한 가장 어려운 조건일 것이다.

SNS

SNS는 어떻게 사용해야 하는가?

금융 회사에서 임원으로 근무하고 있는 친구가 한 명 있는데, 카톡으로 신문 칼럼 하나를 보내왔다. 아는 사람이야 잘 알겠지만, 정말 회사에서 임원 노릇 하는 게 쉬운 일이 아니다. 무거운 책임을 짊어지고 목표 달성에 실패하면 언제 잘릴지 모르는 신세가 임원이다. 그래서 필자는 제정신 갖고 임원 노릇 하는 사람을 별로 본 적이 없다. 그런데 나의 오랜 친구인 이 분은 이런 와중에도 가끔씩 자기가 관심 있게 읽어 본 칼럼을 보내오곤 하는데, 이럴 때면 기분이 살짝 좋아지는 것을 느낀다. 왜냐하면, 그것은 자기가 재미있게 본 것을 공유하자는 제안이고, 고민을 함께 해보자는 요청이기도 하며, 세상의 답답한 현실을 토로하는 우회적 푸념이기도 한데, 이런 일들은 보통 마음 편한 친구 사이에서나 있는 일이기 때문이다.

옛날에는 선비들이 필담을 통해 우의를 다지고 살아가는 일에 대해서도 의견을 나누며 살았다고 하는데, 참 멋진 일이라 하겠다. 다산 정약용(丁若鏞, 1762~1836)을 예로 들어보자. 다산은 강진에서의 유배 생활 18년 동안 바깥세상과 수많은 편지[4]를 주고받으면서 소통을 지속했는데, 그의 유배 생활에 편지가 없었다면 마음을 다스리기가 더욱 어려웠을 것이다. 다산은 편지를 통해 막내아들의 사망 소식을 들었으며, 아들들에게 폐가(廢家)의 자식들이 위엄을 지킬 수 있는 방법은 독서뿐이라고 하면서 학업을 독려했고, 제자들에게는 과거에 나갈 것을 당부하면서 머나먼 남도 땅 초라한 오두막에서도 자기가 살아 있음을 느꼈을 것이다. 다산의 필담 안에는 비록 몸은 먼 곳에 있지만, 사람들과 소통하고 싶어 했던 그의 의지가 들어 있다.

필담을 통해 격렬한 논쟁이 벌어지고, 이로 인해 시대의 사상적 흐름에 변화가 발생한 경우도 있었다. 가령 퇴계 이황(李滉, 1501~1570)과 고봉 기대승(奇大升, 1527~1572) 사이에 벌어진 사단칠정논쟁(四端七情論爭, 또는 理氣論爭)[5]이나, 조선 중기에 외암 이간(李柬, 1677~1727)과 남당 한원

---

4) 정약용 지음, 박석무 편역, 『유배지에서 보낸 편지』, 창비, 2007.
여름휴가 때 전라도 강진, 그가 기거했던 조그마한 기와집을 방문했던 기억이 난다. 원래 초가집이었던 것을 기와집으로 복원했다고 한다.

5) 측은지심, 수오지심, 사양지심, 시비지심의 네 가지 마음과 기뻐함, 노여움, 슬픔, 두려움, 사랑, 싫어함, 욕망이라는 일곱 가지 감성을 말한다. 인의예지(仁義禮智)의 도덕적 윤리 국가 건설을 목표로 했던 유교는 윤리적 인간의 밑바탕에 사단칠정이 있음을 전제하고 있다. 이황과 기대승은 이 사단칠정이 어디로부터 나오는 것인가를 두고 편지를 통해 논쟁을 벌였는데, 이황은 사단과 칠정이 질적으로 다른 개념으로서 '사단'은 순수한 이(理)의 작용이고 '칠정'은 기(氣)의 작용이라고 본 반면에, 기대승은 사단과 칠정을 질적으로 다른 개념으로 봐서는 안 된다고 주장했다. 나중에 이황의 논리를 따르는 자들은 동인(東人)의 이름으로 뭉쳤고, 이이의 후예들은 서인(西人)으로 뭉쳤으니, 이

진(韓元震, 1682~1751) 사이에 벌어진 인물성논쟁[6]을 그 대표적 사례로 들 수 있을 것이다. 사단칠정논쟁에는 당대의 많은 학자들이 참여함에 따라 당파의 형성이 초래되기도 했고, 인물성논쟁은 청나라에 대한 조선의 대외 정책에도 많은 영향을 미쳤다.

꼭 이렇게 멀리 보지 않아도 필담의 사례는 이 시대 우리 주변에서도 찾아볼 수 있다. 신영복 선생은 '통일혁명당사건'으로 20년 넘게 수감 생활을 하는 동안 가족들과 편지를 주고받았는데, 이는 『감옥으로부터의 사색』이라는 책으로 출간된 바 있다. 20년 동안의 편지는 한 사람의 인생을 송두리째 읽어내기에 부족함이 없다. 선생의 편지들을 읽다 보면 삶의 구석구석을 따뜻한 시선으로 바라보는 마음을 온전히 이해할 수 있게 된다. 이렇듯 필담은 우의의 교환을 통해 삶의 생동력을 증대시키기도 하고, 세상을 해석하는 새로운 프레임을 생성해내기도 하는 것이다.

이제 현대에 이르러 과거의 진중한 필담은 사라지고, 온라인을 통한 채팅이 시작되었다. 우리는 다양한 온라인 매체를 활용해 다양한 문자 메시지를 실시간으로 주고받고 있다. 페이스북만 열어봐도 '좋아요'를 기다리는 수많은 게시물들을 금세 접할 수 있다. SNS 안에서 하루 동안 생성되는 텍스트의 양이 산업시대 이전 1년 동안 만들어진

것이 조선 당파의 시작이라고 보는 견해가 성립하는 것이다.

6) 인성과 물성(또는 동물성)이 동일한 것인지를 둘러싼 논쟁. 이 논쟁은 단순한 형이상학적 논쟁이 아니라, 당시 오랑캐로 여겨졌던 청나라 사람들을 동일한 인간으로 인정할 것인가에 대한 논쟁이기도 했다.

것보다 많다는 주장도 있다. 그러나 SNS에 텍스트가 쌓여갈수록 역설적으로 그 속에서 기억에 각인될 만한 소재를 찾아내기가 점점 더 어려워지는 느낌을 받는다. 다양한 스토리와 재밌거리가 풍부하게 널려 있는데도 말이다. 가령 친구들의 소소한 여행담부터 각종 사회적 이슈에 대한 견해에 이르기까지 실로 다채로운 텍스트들이 SNS 공간을 채우고 있지만, 그 속에서 진한 여운을 경험하기가 무척이나 어려워지고 있는 느낌을 받는 것이다. 왜 그럴까?

우선 SNS를 대할 때 우리가 갖는 태도에 주목해 보자. 그 태도는 실로 관조적이지 않던가? SNS의 텍스트들은 웬만해서는 몰입의 대상이 되지 못한다. 우리는 그저 화면을 밑에서 위로 쓸어 넘기면서 친구들의 일상과 동태를 잠시 살펴볼 뿐이다. 그리고 화면이 넘어가면서 우리의 기억도 덩달아 사라진다. 가벼운 여운이 태동할 수는 있겠지만, 생명력이 매우 짧다. 그 이유는 무엇보다도 SNS의 게시물들이 본질적으로 특유의 거리감과 공허함을 내포하고 있기 때문일 것이다. 대부분의 게시물들은 'YOU' 언어가 아니라, 'I' 언어를 사용한다. 그래서 메시지의 수신자인 나를 위해 걸려 있는 것이 아니라, 발신자 자신을 위해 게시되어 있는 듯한 인상을 준다.

SNS의 화법은 친한 벗에게 소곤거리는 음성이 아니다. 그 목소리는 때로는 과시적이고, 때때로 자기현시적이며, 어떤 경우에는 연극적이다. 영향력을 행사하기 위한 정치적 수사일 때도 있다. 친구들에게 자신의 라이프스타일이 얼마나 도회적인지, 또 자신의 정치적 견해가 얼마나 진보적이거나 보수적인지 밝히고 싶을 때 페이스북 따위의 SNS는 훌륭한 홍보 수단이 된다. 평소 같으면 카페에서 김이 모락모락 나는 커피 잔을 옆에 두고 독서에 몰입하고 있는 자신의 우아한 모습을 친구들에게 보여주기 어렵겠지만, SNS에서는 충분히 가능한 일이다. 선거를 앞둔 후보가 양로원을 찾아가 숟가락에 밥을 떠서 식사 공양하는 모습은 하나의 코스프레다. SNS를 많이 이용하는 사람일수록 불행감이 높다는 연구 결과도 있는데, 그 이유가 바로 게시자들이 보여주는 화려하고 좋은 모습과 자신의 현실이 비교되기 때문이라는 것이다.

그래서 어느 순간 우리는 그런 메시지에 집중하는 게 신경학적인 낭비가 될 수 있다고 느낀다. 세상에 신경 쓸 일이 얼마나 많은데……. 그래서 수신자인 나는 자신을 여러 군중의 한 명으로 여기고, 거기에 깊은 생각을 주지 않는 것이다. 어쩌다 이런 과시적 수사가 재미있게 들릴 때도 있긴 하지만, 그것은 오로지 나를 향해 날아오는 음성이 아니며 내 귀에만 들리는 소곤거림도 아니기 때문에 따뜻하고 친밀한 인격성을 생성하지 못한다. 아마도 SNS 게시물의 이런 비인격성이 그 안에 내포된 거리감과 공허함의 실체일 것이다. 그 게시물들은 인격적인 것 같으면서도 묘하게 비인격적이다. 그래서 페이스북을 열어보는 우리는 그저 관계의 피상에 머물며 관조적 태도를 보일 뿐, 게시자의 인격성 안으로 몰입하는 데 실패하는 경우가 많다.

그런데 우리가 갖는 관조적 태도의 원인을 단순히 게시물의 인격성 결여 탓으로만 돌려도 되는 걸까? 혹시 우리에게 마음의 여유가 없기 때문은 아닐까? 게시물을 보고 나서 잠시 친구의 일을 생각해 볼 만한 마음의 여백 같은 거 말이다. 만일 그렇다면 나 자신의 일상도 분석 대상의 하나로 다룰 수 있을 것이다. 일상의 온갖 난제는 생각의 위축을 가져오기 마련이다. 물론 충분한 여유가 있음에도 단지 생각하기를 싫어하는 무산계급이나 잉여재산 보유자들도 존재함을 인정해야만 하겠지만, 대다수 사람들은 분명 생각의 위축을 초래하는 일상의 난제 속에서 허덕이고 있을 것이다. 크고 작은 변화나 자질구레한 사건에 대응하기를 잠시 멈추고 친구의 담화를 이해하기 위해 노력한다거나, 그와 나눌 대화의 내용을 정리해 보는 일은 정말 너무나 어렵다.

멈추면 죽는다고 하지 않았던가? 지금 우리가 살고 있는 이 시대에서 멈춤은 휴식이 아니라, 오히려 더 큰 용기와 에너지를 필요로 하는 일이 되었다. 따라서 게시물에 피상적 태도를 보이는 이유의 일부를 일상의 난제 탓으로 돌리더라도 아주 잘못된 일이 되지는 않으리라. 잠시 정지하지 못하는 현실이 주는 대가는 크다. 그것은 우리의 생각을 빼앗아간다. 멈춤 안에서 이루어지지 않은 생각에는 깊이가 없고, 이로 인해 친구와의 대화는 걸핏하면 겉돌거나 일방적인 재잘거림으로 끝나기 일쑤다. 덕분에 대화 속에서 마음의 동요를 경험하는 일도 매우 어렵게 되었다.

또 다른 관점에서도 생각해 보자. SNS를 통해 자신의 견해를 표출하는 일은 얼핏 아무런 제약 없이 자유롭게 행해지고 있는 듯 보이지만, 냉정히 말해 평범한 개인들에게조차 상당한 위험을 감수하는 행위로 남아 있는 게 사실이다. 이 말은 자기 의견의 공개가 초래하는 잠재적 위험성에 대한 인식이 진정성 있는 게시물의 탄생을 가로막는 원인으로 작용하고 있다는 뜻이다. SNS를 통한 의견의 표출은 그것이 아무리 개인적 사안이라 할지라도 무한 공개의 위험에 노출될 수밖에 없고, 이로 인해 자신과 견해를 달리하는 사람들로부터 잠재적인 비난과 공격을 받게 될 확률이 높아지게 된다.

특히나, 요즘같이 이데올로기적 교조화가 심화된 사회 환경에서는 어느 한 편의 사상을 두둔하는 듯한 의견은 매우 높은 확률로 비난받을 위험에 노출된다. 그러한 공격은 게시자가 근무하는 회사의 인사권자 또는 그의 평판을 좌우하는 힘 있는 사람으로부터 눈에 보이지 않는 방식으로 이루어질 수도 있을 것이다. 고위 공직자로 지명된 사람들이 SNS에서 부적절한 말을 했던 이력 때문에 곤란을 겪은 사례를 떠올려보자. 요즘에는 입사 대상자의 SNS를 들여다보고 당사자를 평가하기도 하고, 금융 회사가 대출을 해주면서 신용을 평가하는 근거로도 사용한다고 하니, SNS에서의 의견 표출은 실제적이면서도 상당한 위험을 가져다주는 일이 될 수밖에 없다.

입에서 나온 말은 허공으로 흩어지기나 하지만, SNS의 게시물은 그 사람의 이력을 증명해 줄 영원한 기록물이 되어 버린다. 이런 식의 위험을 잘 알고 있기 때문에 생각이 좀 있다 싶은 사람들은 꼼꼼한 자기 검열의 과정을 거쳐 섣불리 의견을 표출하지 않고, 더욱 신중한 태도나 약간의 비겁함을 견지하는 쪽을 선택하는 것이다.

이와 함께 SNS에서의 '가짜 뉴스(fake news)' 유통도 문제 목록의 하나로 대두되고 있다. 예전의 가짜 뉴스는 가령 만우절에 다 같이 웃자고 만들어 내는 다소 황당한 것들이었으나, 요즘에는 분명한 악의를 가지고 조직적으로 생산되어 SNS를 통해 유통되는 특징이 있다. 그것들은 경쟁자에게 흠집을 내거나 해를 가할 목적으로 정교한 스토리를 구성해 내기 때문에 많은 사람들이 속아 넘어간다. 만일 가짜 뉴스가 일반 언론매체를 통해 생산되었다면 오류 정정이나 손해배상의 기회라도 주어지겠지만, 가짜 뉴스는 대부분 인터넷 매체가 저렴한 비용으로 생산하여 SNS를 통해 유통시키기 때문에 특정인의 악의에 대응하기 어렵고, 사회 전체적으로 무책임을 양산하는 문제가 발생한다. 그러니 이런 사정을 잘 알고 있는 SNS 사용자들은 늘 의심의 태도를 가질 수밖에 없고, 게시물에서 마음의 동요를 얻기도 어려운 것이다.

그러나 상황이 이런데도 세상에는 여전히 SNS를 통해 자신의 의견을 표출하기 좋아하는 열정적인 사람들이 다수 존재하는 것 같다. 이들은 정치적 신념뿐만 아니라 은밀한 개인사적 이야기를 SNS에 쏟아내는 데 거리낌이 없다. 특정 정치 세력과 그들의 정책을 비난하기도 하고, 자신들의 신념을 전파하는 데에도 열심이다. 경우에 따라서는 다른 의견을 가진 사람들과 심한 논쟁을 벌이기도 한다. 페이스북에서 우연히 나와 친구 맺기를 한 어떤 사람을 예로 들어보자. 그 사람은 정말 다양한 경력을 소유하고 있다. 서울대 정치학과 및 동 대학원 전공, 신문사 기자, 국회의원 보좌관, 건설현장 일용직, 현직 대리운전 기사 등으로 이어지는 경력의 소유자인 그 사람은 페이스북에 다양한 장르의 게시물을 수시로 올린다. 최근의 시국에 대한 정치적 견해로부터 부인과 이혼한 이야기까지 그의 게시물에는 숨김이 없다. 그래서 그 글들을 읽다 보면 그 사람을 완전히 이해할 수 있겠다는 착각이 들 정도이고, 때로는 내가 이런 것까지 알아야 하나 싶을 정도의 내용도 눈에 띈다. 정말 열정적이지 않은가?

그러나 실제로는 아무리 열정에 찬 SNS 사용자라 할지라도 이러한 활동을 지속하다 보면 정신적으로 매우 힘든 상황에 처하게 마련이다. SNS가 가상공간이라고 해서 그 속에 치열함이 부족한 것은 아니기 때문이다. 자기주장에 반대하는 악플에 시달린다거나, 잘 알지도 못하는 사람과 끊임없이 논쟁하는 것은 분명 매우 피곤한 일이 될 수밖에 없는 것이다. 그래서일까? 최근 들어서는 이들 중에서도 SNS 활동을 중단하는 사례가 증가하고 있다는 소식이 들린다. 심지어는 몇 만 명의 팔로워를 거느리며 활발하게 SNS 활동을 해오던 유명 인사가 계속되는 악플과의 논쟁에 지쳐 계정을 폐쇄하는 일까지 심심치 않게 발생하고 있다.

그리고 이와는 동떨어진 이야기가 되겠지만, 급기야는 기업들까지 자사의 상품 홍보를 위해 SNS를 상업적으로 이용하는 일이 빈번해지면서 SNS에 대한 거부감이 날로 더해져만 가는 것 같다.

이제 결론을 내보자. 우리는 지금까지 SNS와 관련된 여러 사항들을 검토해 보고, 최근 들어 사람들이 왜 SNS에 거부감을 보이기 시작하는지 파악해 보았다. 다시 생각해 보더라도 지금까지 살펴본 내용들을 부인하기는 어려울 것 같다. 그러나 이 모든 사항들을 인정하면서도 포기할 수 없는 한 가지 중요한 확신이 있다면, 이 시대의 우리가 이와 같은 이유들 때문에 SNS를 포기하지는 않을 것이란 점이다. SNS의 본질적 기능은 소통이고, 소통은 인간의 본능이기 때문이다.

SNS는 수많은 부작용이 있기는 해도 사람들 간의 소통을 도와주는 역할을 한다. 우리는 SNS를 통해 친지들의 안부를 확인할 수 있고, 앞서 언급한 내 친구처럼 관심 사항을 공유할 수도 있다. 어떤 사회학자들은 인류의 진화 척도를 사람들 간의 소통 단계로 분석하기도 하는데, 그만큼 교류 활동 자체가 인간의 성숙에 중요한 요소임을 방증하는 것이라는 생각이 든다.(이런 관점에서 보면 소통을 잘 하는 사람이 진화된 사람이다) SNS의 이러한 기능이 사라지지 않는 한 사람들은 분명 SNS를 포기하지 않을 것이다.

모든 일을 컴퓨터를 통해 처리해야 하는 세상이 되면서 멋들어진 손글씨 편지를 친구에게 보내는 낭만은 자취를 감추고 말았다. 옛날 대학 다닐 때는 학보를 보내는 문화가 있어서 짧은 손글씨 엽서를 안에 끼워서는 다른 학교에 다니는 친구나 미팅에서 만난 상대방에게 보내곤 했었다. 아마도 그것이 구시대적 필담의 마지막 모습이었을 것이다. 그때는 나름 글씨에 정성을 들이기도 했지만, 사실 이제는 손글씨를 잘 쓰지도 못한다. 워낙 글씨를 쓰지 않다 보니 어쩌다 펜을 들어 반듯하게 쓰려고 해도 볼품사나운 모양이 되고 만다. 분명 옛날에 학보 보낼 때처럼 다시 펜을 잡기란 더욱 어렵다는 측면에서도 SNS는 옛날식 필담의 현실적 대안일지 모르겠다.

우리는 소중한 사람들과 음성언어가 제공하지 못하는 또 다른 의미의 소통을 실현하기 위해 문자에 의존하는 방법을 모색해 볼 수 있다. 문자를 활용하여 더욱 깊은 대화를 할 수 있고, 애정을 표현할 수

도 있으며, 조언을 듣고, 세상을 바라보는 새로운 프레임을 교환할 수
도 있을 것이다. 그러니, 조금 시시콜콜한 얘기가 될 수는 있겠지만,
웬만하면 문자 메시지 하나, 카톡 한 줄, 페이스북의 한 장면을 가볍
게 여기지 말자. 그 안에 숨어 있는 의미를 발견해 보도록, 또 의미를
심어보도록 노력해 보자. 아주 친한 사이가 아니면 모음을 빼고 자음
만으로 답해 주는 일도 가급적이면 하지 말자. 우리가 꼭 모음을 빼
먹어야 할 만큼 바쁜 건 아니지 않나? 빼먹은 것이 모음이 아니라 혹
시나 나의 마음은 아니었는지 돌아보자. 정말 바쁘더라도 그것이 동
시에 엄청나게 괴로운 상황이 아니라면, 가급적 조금 더 차분한 마음
으로 친구의 메시지를 살펴보고 그의 상황을 이해해 보도록 노력하
자. 가끔씩 가족과 친구들에게 안부를 묻고, 재미있는 칼럼이나 기사
를 보내주고, 다녀온 여행의 느낌을 말해 주자. 'I' 언어가 아닌 'YOU'
의 언어로 말이다. 그래서 그 메시지를 통해 내가 너를 생각하고 있음
을 말해 주자. 그리고 정말 친한 친구와는 인생을 어떻게 살아야 옳
은지, 더욱 아름다운 세상을 만들기 위해 무엇을 해야 좋은지에 대해
서도 잠깐씩 얘기해 보자. 조금 잘난 체하는 말투를 사용해도 봐주
자. 우리의 인생은 이러한 교류의 과정을 통해 고양되는 것일 테니까
말이다.

신의 거처

신이 머무르기를
희망하는 곳은 어디일까?

연휴를 맞아 강원도 정선으로 향했다. 오일장 장터에서 열리는 〈정선아리랑〉 공연을 본 후에 수수부꾸미와 배추전 등으로 점심을 해결했다. 이어서 예전 탄광촌을 개조해 미술관으로 탈바꿈시킨 '삼탄아트마인'이라는 곳을 찾아 다양한 볼거리를 구경했다. 이곳은 얼마 전 인기리에 방영된 TV 드라마 〈태양의 후예〉의 촬영지이기도 하다. 이 미술관의 특징은 채굴한 석탄 원석을 분쇄하고 가공했던 공장이 시커먼 탄가루를 고스란히 뒤집어쓴 채, 작동이 정지된 상태 그대로 유지되어 있다는 점이다. 아마도 이 공장 안으로 들어가는 모든 관람객들은 정지된 세월과 우주에서 날아온 암흑물질이 겹겹이 쌓여 있는 듯한 탄가루를 보고 잠시 우울해하리라.

이 미술관 안에는 예전 탄광 회사의 모든 문서가 보존되어 있다. 그중에는 당시 탄부들의 월급 명세서가 있는데, 공제 항목에 병원비와

약값이 누구 한 명 빠짐없이 포함되어 있고, 쌀값이나 부식비 등도 함께 공제되어 있어서, 이들이 말 그대로 '탄광촌'에서 공동생활을 했음을 짐작할 수 있었다. 또한, 대부분의 탄부들이 새마을금고에 일정액을 저축하고 있었는데, 고된 삶 속에서도 미래를 꿈꾸는 모습을 보는 것 같아 마음이 숙연해졌다. 그중에는 월급 전액이 공제되어 실수령액이 '0'인 명세서가 있었는데, 사정을 알 수 없기는 해도 정말 마음이 아팠다. 당사자의 마음은 얼마나 허탈했겠는가?

강원도 영월, 정선, 태백 일대에는 탄광촌을 소재로 한 이와 유사한 문화체험관들이 많이 운영되고 있다. 극단의 육체노동으로 삶을 영위했던 이들의 발자취를 느껴보는 일은 단지 과거에 대한 회상으로 끝나는 것이 아니라, 현재의 우리 삶에 뭔가 묵직한 의미를 던져주는 느낌을 받는다.

산 중턱에 자리 잡은 이곳 미술관에서 조금만 내려가면 정암사를 만날 수 있다. 태백산 서쪽 기슭에 들어앉은 정암사는 아담한 절집이다. 이곳에는 대웅전이 없다. 대신 부처님의 사리를 모신 적멸보궁[7]이 돌로 쌓은 야트막한 3층 재단 위에 서 있다. 요즘 한창 불교강좌에 다니고 있는 아내의 설명으로는 적멸보궁을 가진 절집에서는 부처님의 존상(尊像)을 모시지 않는다고 한다. 나중에 따로 공부를 해보니, 탱화도 그리지 않는다고 한다. 우리나라에는 이와 같은 적멸보궁이 몇 군데 더 있는데, 신라 자장대사가 당나라에서 가져온 부처의 사리와 정골

———
7) 석가모니 몸에서 나온 사리를 모신 법당.

(頂骨)을 나누어 보관한 곳들이라 한다. 경남 양산 통도사, 오대산 상원사, 설악산 봉정암, 사자산 법흥사, 그리고 바로 정암사가 그곳이다.

그러고 보니, 어쩌면 불가에서 불상을 모시게 된 것은 그리스 미술이 파키스탄과 인도 지역으로 유입되면서 형성된 간다라 미술의 영향이라고도 할 수 있으니, 사실상 그 이전에는 불상을 모시지 않는 게 오히려 일반적이고 정상적이었으리라는 생각이 든다. 더구나 석가모니 스스로가 상을 모시지 말고 법과 진리에 의지해 살라고 말씀하지 않았던가? 이 말씀처럼 상을 섬기는 일은 석가모니가 지극히 경계하던 일이었다. 그것은 불교의 기본 교리이자 가르침의 정수이기도 했다. 석가모니는 모든 형상이 다 허망한 것이라고 생각했고, 심지어는 어떠한 자아(我相, atman)도 갖지 말 것을 주문했다. 궁극적으로는 실체가 존재하지 않는다는 생각조차 버리라고 했다. 실로 불교의 본질은 '상'을 없애는 마음의 종교라 할 것이다. 그러니 불상 안에 부처님이 들어앉아 계실 것이라는 생각으로 그 형상을 향해 기복을 구하는 행위는 사실 석가모니의 가르침을 거스르는 바가 될 뿐이다.

그런데 이렇듯 상을 섬기는 일에 대한 경계는 불교에만 있는 것이 아니다. 그러한 경계는 신의 행방에 대한 가장 근본적인 물음, 즉 "신은 어디에 있는가?"라는 질문에 대해 대다수 종교가 제시하는 근원적 답변으로써 존재하는 것이다. 사실 종교가 건강해지기 위해서는 이 질문에 올바로 답할 수 있어야 한다. 대다수의 종교는 아직 그 순수함을 간직하고 있는 초기 단계에서 상을 경계토록 하는 것이 일반적이었다.

『구약성경』의 「출애굽기」 속에 나오는 금송아지 이야기부터 살펴보자. 이스라엘 백성들을 이끌고 이집트 땅에서 탈출한 모세는 하나님의 십계명을 받들기 위해 백성들을 광야에 머물게 한 채 시내산에서 40일 동안 머물게 된다. 모세의 귀환이 늦어지자 불안감을 느낀 백성들은 모세의 제자 아론에게 말하여 자기들이 갖고 있던 금고리들을 모아 금송아지를 만들고는, 이를 두고 이집트 땅에서 자기들을 인도해 낸 신이라 칭하며 숭배하게 된다. 하나님께서 이를 보시고 모세에게 서둘러 돌아갈 것을 명하시면서 우상을 숭배하는 그들 모두를 멸하리라 말씀하신다. 모세의 간절한 청을 들어 하나님께서 그 뜻을 거두시기는 했지만, 산에서 내려오는 길에 백성들이 금송아지와 춤추는 모습을 보고 분노한 모세는 십계명이 적힌 돌판을 산 아래로 던져 깨뜨려 버리고, 금송아지는 불살라 가루를 만들어 백성들에게 나누어 먹게 했다. 그리고 그것도 모자라 레위의 자손들을 시켜 하루 동안 3,000명가량의 백성들을 죽여 버렸다.

이 이야기를 통해 우리는 하나님이 특정한 형태의 상을 섬기는 일을 매우 경계하셨음을 알 수 있다. 물론 이 이야기는 황금으로 대변되는 물상 숭배에 대한 경계의 의미로도 해석할 수도 있을 것이다. 그렇지만 만일 이스라엘 백성들이 황금으로 만든 송아지가 아닌, 돌로 만든 소나 모양이 다른 기하학적 형태의 상을 섬겼다 하더라도 하나님의 분노가 가라앉지는 않았을 것이다. 문제는 '우상' 그 자체였지 재질이나 형태가 아니었기 때문이다. 사실 하나님이 우상을 싫어하신다는 사실은 그가 모세에게 하신 말씀 속에서도 확인할 수 있다. "네가 내 얼굴을 보지 못하리니 나를 보고 살 자가 없음이니라."(출애굽기 33:20) 그리고 하나님이 모세와 세운 언약 중에는 다음과 같은 구절도 있다. "너는 신상들을 부어 만들지 말지니라."(출애굽기 34:17)

이 정도면 하나님께서 상을 얼마나 싫어하셨을지 더 이상 논할 필요가 없으리라. 그래서 기독교 역사 속에서 수시로 성상(聖像)파괴운동이 전개되었고, 최근에는 동일한 하나님을 모시는 이슬람 원리주의 단체들이 국제사회의 비난과 만류에도 불구하고 고대로부터 전해 오는 각종 성상들을 파괴하는 일들이 발생하고 있는데, 이는 그들의 시각에서는 (당연히 우리 눈에는 그 자체로서 반문화적이고 야만적인 행동이기는 하지만) 나름의 논리를 가진 행동일 수도 있겠다는 생각이 든다.

이와는 반대로, 지금의 기독교 문화 속에서 성상이 중시되는 이유는 아마도 기독교를 수용한 그리스 로마의 발달된 조각 기술의 영향 때문인지도 모른다. 기독교가 화려하고 섬세한 대리석 형상들을 탄생시킨 헬레니즘 문화를 만나지 않았더라도, 성상에 대한 애착이 지금처럼 절대적이었을까? 어쨌든 8세기 무렵 성상 숭배에 반감을 가진 비잔티움 제국의 황제가 성상 숭배 금지령을 발령하고 이로 인해 교회가 동방정교회와 로마가톨릭으로 분열되는 계기가 마련된 것이라고 하니, 하나님의 말씀에도 불구하고 사람들이 교회를 분열시킬 정도로 상에 대한 애착을 쉽게 포기하지 못한다는 사실을 확인하게 된다.

이번에는 다소 생소하더라도, 힌두교의 『베다(Veda)』 경전에서는 신의 형상을 어떻게 바라보고 있는지 살펴보자.

먼저, 『베다』란 힌두교의 가장 오래된 성전들을 말하는 것이며, 모두 다섯 가지의 경전으로 구성되어 있는데, 잠시 후 소개할 『우파니샤드』가 그중의 한 가지다. 사실 불교는 이러한 『베다』의 전통에서 파생된 종교이기는 하지만, 『베다』의 권위를 인정하지 않았기 때문에 정통 힌두교의 입장에서는 이단적 종교라고도 말할 수 있다고 한다.[8] 어쨌든 현재의 힌두교에서는 브라흐마가 창조한 우주를 유지하고 보수하는 역할을 담당하는 열두 현신 중의 하나로 붓다를 수용하고 있다고 한다. 그럼 『우파니샤드』[9]의 한 구절을 살펴보자.

"눈으로 볼 수 없으나
그로 인해 눈이 사물을 볼 수 있으니
그대여, 바로 그가 브라흐만인 것을 알라
이 세상 사람들이 숭배하는 것
그것은 브라흐만이 아니다."

브라흐만은 우주의 질서를 관제하는 보편자 또는 우주 질서의 근원적인 섭리를 말한다. 이런 측면에서 볼 때 브라흐만의 개념은 스피노자가 품고 있던 신의 개념과 유사성이 있다. 스피노자에게 있어 신이란 자연 안에 내재되어 있는 우주적 섭리이자 그 자체의 운영 원리를

---

8) 불교는 당시 부패한 힌두교에 대한 종교 개혁적 운동이라고도 할 수 있다. 석가모니는 엄격한 신분 사회 속에서 만민평등을 주장했다. 물론 현대적 의미의 만민평등은 아니었지만, 모두가 부처가 될 수 있다고 했다.

9) 이재숙 옮김, 『우파니샤드 1』, 한길사, 2010, 76쪽.

뜻했다.[10] 브라흐만은 이와 같이 우주 전체의 삼라만상과 개별자들에 들어 있는 보편적이며 공통적인 운영 원리를 의미한다. 따라서 어떤 면에서 브라흐만의 개념은 신의 개념을 초월하는 것 같기도 하다. 그런 브라흐만을 눈으로는 볼 수 없다고 하는 것이며, 세상 사람들이 상대하는 상은 단지 물건에 불과할 뿐, 브라흐만이 아니라고 말하고 있는 것이다.

> "만일 그대가
> 나는 이제 브라흐만을 잘 알고 있다고 말한다면
> 그것은 그대가 브라흐만을 잘 모른다고 말하는 것과 같은 것
> 우리 인간들이 논리적인 사고로
> 혹은 신들의 이미지를 통하여 안다고 하는 것은
> 브라흐만의 아주 미미한 부분일 뿐이기 때문이다
> 그대에게 브라흐만은 아직도 생각해야 할 존재로다."

 사실 힌두의 신들은 각각의 형상을 가지고 있다. 힌두의 세 신, 즉 우주를 창조한 브라흐마, 그 우주를 유지하는 비슈누, 파괴의 신 시바는 모두 힌두 사원의 벽면에 그 형상이 조각되어 있다. 하지만 우주 섭리의 집행관인 이들과는 달리, 우주 일체 만물의 탄생과 운영을 관장하는 기본 원리로서의 브라흐만은 그 형체가 없다. 힌두교에 있어서 신이란 단지 우주 섭리의 집행관일 뿐 형태가 없는 섭리 그 자체는

---

10) 스피노자, 조현진 옮김, 『에티카』, 책세상, 2014.
   스피노자는 이 책의 곳곳에서 범신론을 주장하고 있다.

아닌 것이다.

그럼에도 불구하고, 인간이 물질적 형상에 의존하고 싶은 욕망을 버리지 못하는 이유는 무엇일까? 아마도 그 이유는 인간이 시각적 동물이기 때문일 것이다. 뇌 과학자들의 분석으로는 인간과 같은 영장류는 뇌의 30퍼센트 이상을 시각 정보 처리에 사용한다고 한다. 그러니 인간은 많은 감각 중에서 시각을 중심으로 진화해 왔다고 해도 무리가 아닐 것이다. 인간의 시각은 많은 색깔을 구별할 수 있기 때문에 자연계의 다양한 정보들을 받아들여 분석할 수 있고, 후각이나 청각보다 상대적으로 안전하기도 하다. 유해한 냄새를 맡지 않고서도 그저 멀리서 바라만 보면 될 테니까 말이다. 그래서 인간은 명증한 증거의 탐색을 위해 시각을 많이 사용한다. 플라톤의 이데아 개념 역시 인간이 시각적 동물이기 때문에 탄생했을 것이다. 이상적인 미(美)의 형상 역시 그 바탕에 시각적 개념을 깔고 있는 듯 보인다.

그러나 현실을 냉철히 있는 그대로 바라보고 싶은 사람이라면, 인간의 시각이란 결코 믿을 만한 감각이 아니라는 사실이 객관적 과학이나 주관적 경험을 통해 이미 충분히 검증되어 있다는 점을 잊어서는 안 될 것이다. 우리는 마술사의 손놀림에 두 눈을 뜨고 보면서도 속아넘어간다. 골프 치는 사람들이라면 자신이 퍼팅 라인에 얼마나 자주 속아넘어가는지 생각해 봐도 좋겠다.

어쨌든 세상의 모든 신들이 다 그런 것인지는 알 수 없으나, 최소한 우리에게 익숙한 몇몇 신들은 특정한 형상 안에 머물기를 결코 원치 않는다는 점이 확실해 보인다. 그러니 인간이 큰 형상을 세울수록 그것은 신의 뜻을 더 크게 거역하는 행위가 되는 것은 아닐까?

신의 진정한 의도는 탄광 터널 속으로 빨려 들어가는 탄부들의 마음속에 그들의 수호신으로서 머무는 데 있는 것이 아닐는지?

2장

● ● ○ ○

일

퇴근 시간

일상의 용기란 무엇인가?

　아무리 일주일에 두 번 일찍 퇴근하는 '가정의 날'이라 하지만, 6시만 되면 땡 하고 퇴근하는 직원들 때문에 그렇지 않아도 속으로 약간은 약이 올라 있는 상태였다. 이 사람들이 부장 눈치도 안 보네. 알 만한 사람들이 왜 이래, 하고 말이다. 상사보다 일찍 출근하고 늦게 퇴근하는 건 직장인의 성실함을 증명하는 기본 미덕이자 상사에 대한 예의라는 거 다 알잖아? 최소한 나는 그렇게 배웠고, 스스로도 그렇게 행동하기 위해 노력했다. 그것은 자부심의 원천이기도 했다. 직장 생활에 최선을 다했노라 당당히 말할 수 있는 근거였다는 뜻이다.

　그러던 차에 모시고 있는 임원으로부터 당신네 부서는 '가정의 날' 준수율이 어떻게 100퍼센트가 나올 수 있느냐, 일은 제대로 하고 있는 거냐, 라는 핀잔을 받자, 이런 나의 약오름 상태는 직원들에 대한 섭섭함으로 부풀어 올랐다. 그리고는 며칠 동안 말도 안 하고 혼자서

뚱하니 볼멘 상태로 지냈다. 이렇게 섭섭하고 화가 나면 직원들이 알아듣도록 직설적으로 이야기도 하고 이해도 구하고 해야 하는데, 삐진 사람처럼 퉁명한 상태로 있자니 보기도 좋지 않을뿐더러 나 자신도 힘들었다.

그러다가 문득 가만히 생각해 봤다. 일찍 퇴근하는 게 뭐가 나쁜 거지? 사실 이런 식의 질문은 인문학적 소양을 가진 사람이라면 마땅히 자신에게 던져봐야 하는 것이리라. 더구나 한국 사회의 고질적인 문제점 중의 하나가 바로 이런 유의 비합리적이며 비생산적인 문화를 타파하지 못한 채, 모두가 소모적인 삶의 관행에 안주하고 있음에 있지 않던가? 상사들의 낡아빠진 사고방식으로 인해 관행적인 야근이 이어지고 있고, 윗사람의 눈치나 살피는 떳떳하지 못한 태도가 만들어지고 있으며, 이 모든 것들이 개인들의 삶을 왜곡하고 있다는 생각을 그동안 수없이 해오던 차였다.

'강제함이 많고, 불합리한 관행이 팽배한 사회일수록 개인의 자발성은 약화될 뿐이지. 개인은 그저 그 강제와 관행에 자신의 의지를 의탁하면 될 테니까 말이다. 자유의지를 가진 절대타자를 존중함은 개인의 자발성을 운영 원리로 삼는 사회를 만드는 데 있어서 꼭 필요한 일이야. 건강한 사회는 그런 원리가 정착될 때 비로소 만들어질 것이 분명해. 그뿐이겠어? 경제적 관점에서도 노동생산성이 OECD 국가 중 꼴찌라고 하지 않나. 따라서 우리가 더욱 생산적으로 일해야 함은 자명한 과제라 할 수 있어. 나부터 실천해 보자…….'

이렇게 나만큼은 그런 상사가 되지 말자고 숱하게 다짐을 해왔던 것이다. 이런 다짐은 올바름을 실천하는 시민으로서 이 시대를 살아가고자 하는 나의 바람을 일상 속에서 구현하고자 함이었다. 그리고 나름 원칙을 지키기 위해 노력해 왔다고 자부해 왔음은 물론이다.

어쨌든 이렇게 마음을 다잡고 나서 다시 며칠이 흘렀다. 새로운 달을 맞이하면서 실적을 담당하는 직원에게 이번 달 우리 회사의 시장점유율을 추정해 보라고 지시하고 그 결과를 보고받았다. 지금의 추세로는 하락할 가능성이 크다는 내용이다. 시장점유율은 사장님의 최고 관심사항 중 하나다.

그런데도 직원들이 이에 아랑곳하지 않고 계속해서 정시 퇴근을 한다. 지금 내 마음이 어떤 상태인데, 이 사람들은 거기에는 전혀 관심이 없는 듯하다. 시장점유율이 하락하면 우리 부서에 대한 신뢰가 떨어지고 지금까지의 좋은 인상도 한순간에 사라질 텐데, 세상에 이렇게 천하태평인 사람들이 있을 수는 없는 노릇이다. 임원회의 때 망신이나 당하지 않으면 그나마 다행일 것이다. 어려운 상황에서 퇴근 시간을 나와 함께한다는 것은 같은 조직 안에 있는 사람들이 호흡을 맞춰 일한다는 뜻이기도 하고, 서로가 동고동락한다는 의미일 텐데, 그런 모습을 전혀 보여주지 않는 것 같다.

이렇게 생각하니 다시금 섭섭한 마음이 밀려왔다. 그리고는 불현듯 마키아벨리와 한비자의 어록들이 생각나기 시작했다. 그들은 군주가 신하를 선의로만 대한다면 언젠가는 틀림없이 업신여김을 당하게 될 것이라고 했다.

'맞아, 사람을 호의로만 대할 수는 없어. 그들이 이렇게 말한 데는다 이유가 있는 거야. 그들은 인간의 본성을 깊이 이해했던 사람들이었지. 인간은 결코 선의에 기반한 합리적 리더십만으로 이끌고 갈 수 있는 존재가 아니야. 오히려 때때로 인간은 그러한 선의를 악용하려고 하지. 그래서 결국 선한 자들이 피해를 보는 일이 발생하곤 하는 거야. 조직에서 독한 사람들이 주로 출세하는 것만 봐도 알 수 있어. 니체도 인간은 실에 매달린 추처럼 조류의 방향에 따라 흔들리는 존재라고 했잖아. 더구나 직원들의 이익이 나의 이익과 반드시 일치하는 것은 아닐 테니까, 그들과 나를 완전한 공동 운명체라 볼 수도 없어. 나를 따르지 않을 경우 응당한 불이익을 받게 될 것이라는 점을 분명하게 말하는 게 좋겠어.'

주말 내내 직원들에게 말할 내용을 마음속으로 정리했다. 그리고 월요일 아침 임원회의에 들어가기 전에 팀장들을 소집해서는 밖에 있는 직원들 들으라고 일부러 목에 잘 들어가지도 않는 힘을 주며 말했다. 부하 직원들 앞에서 솔선수범하자, 팀장들의 책임이 무겁다, 연말 인사 평가에 근태를 반영하겠다, 어쩌고저쩌고…… 그날 하루 종일 직원들 모두가 살짝 눈치를 보며 움직이는 것 같았다. 또 내가 저녁에 사무실을 나설 때까지 퇴근하지 않고 모두가 자기 자리에 얌전히 앉아 있었음은 물론이다. 그러나 알 만한 사람들은 모두 짐작하고 있겠지만, 그 효과가 얼마나 지속되었겠는가? 직원들 입장에서는 내 말이 그저 상사의 의례적인 히스테리로 느껴졌을 것이다. 그들에게 그 일은 직장 생활에서 겪는 수많은 에피소드의 하나였을 뿐이었고, 그래서 곧바로 잊혔고, 며칠 지나지 않아 퇴근 시간은 다시 정상화되었다.

이런 일이 있고 나서 1년이 지났다. 그사이 뜬금없던 히스테리는 가라앉았고 드디어 차분한 마음으로 진실을 파악할 수 있게 되었다. 지금부터 그 이야기를 조금 해보겠다.

사실 직원들은 열정을 잃어본 적이 없었다. 이들은 업무에 늘 의욕적이었고, 자기 일에 최선을 다하며 노력했다. 필요한 경우에는 야근도 마다치 않았다. 누가 시키지 않아도 이슈가 있으면 새벽까지 일했고, 주말에 나오는 직원들도 있었다. 최근 전입한 어떤 여직원은 아침 7시에 출근하고 있다. 선배가 후배에게 업무 교육을 하는 모습을 등 뒤에서 바라보고 있자면, 이들이 꼭 누가 일을 시키면 하고 그렇지 않으면 게으름이나 피우는 사람들이 아님을 알 수 있다. 무엇보다 중요한 점은 직원들이, 특히나 젊은 직원들일수록, 일을 잘하고 싶어 한다는 것이었다. 직원들은 회사가 성장해야 자신도 그 안에서 발전할 수 있다는 사실, 그리고 이를 위해 자신의 실력을 더 키워야 한다는 사실도 충분히 알고 있었다.

나는 이번 일을 떠나서라도 젊은 직원들의 영악함은 결코 나 같이 나이 먹은 자들의 이기심을 능가할 수 없다는 사실을 여러 차례 느낀 적이 있었다. 물론 아주 극히 드물게 예외적인 경우가 없는 것은 아니었지만, 전반적으로는 직원들이 단순히 편하게 살자고 아무 생각 없이 퇴근해 버리는 자기중심적인 막무가내들은 아니었다는 것이다.

그럼 무엇이 나에게 이런 히스테리를 불러왔던 것일까?

사실 이 문제가 생긴 근본 원인은 회사가 노조와 합의해 몇 년 전부터 시행하고 있는 야근 줄이기 운동에서 비롯된 것이다. 회사는 야근을 줄이기 위해 'PC OFF 제도'를 도입하고 야근 비율이 높은 부서를 공개하는 등 강력한 조치들을 취해 나갔고, 익숙지 않은 문화가 도입되는 과정에서 나만이 아니라 대부분의 관리자들이 벙어리 냉가슴 앓듯 심리적 갈등을 겪었다. 할 일은 많은데, 직원들은 퇴근해 버리니 당혹스럽기도 하고 말이다. 이런 조치들은 지금도 계속 진행 중인데, 아직도 새로운 문화에 적응하지 못한 일부 관리자들은 여전히 심리적 갈등상태에 있을 것임에 틀림없다.

그런데 이들이 이렇게 심리적 갈등을 겪는 이유는 업무 성과에 대한 부담감과 이전부터 전해 내려오는 구태의연한 관습 때문이다. 우선, 관리자들에게 '업무 성과'라는 단어는 늘 크나큰 압박이자 스트레스로 작용한다. 실적을 내야 한다는 부담감은 월급쟁이의 마음을 초조하게 만들 뿐만 아니라 행동까지 거칠게 변하게 만든다. 이런 압박 속에서 관리자의 태도는 바르지 못하고 구겨지게 되어 있다. 요즘에는 부서가 받는 업적 평가 결과에 따라 소속된 직원들의 개인평가도 연동되어 달라지는 경우가 많기 때문에 관리자들은 마음속으로 직원들의 고과를 챙겨야 한다는 책임감을 느끼게 되고, 이로 인해 더 큰 스트레스를 받기도 한다. 관리자들은 자신의 이런 애타는 마음을 모르고 일찍 퇴근해 버리는 직원들에게 섭섭함을 느끼기도 하며, 그 괴리가 심해지는 경우에는 나 자신의 사례에서 보듯이 마음에 화가 치미는 단계에까지 이르게 되는 것이다.

다른 한편으로는 관리자들이 지금까지 직장 생활을 해오면서 보고 배운 권위주의적 관습도 스스로를 괴롭히는 원인으로 작용한다. 부하 직원이 상사보다 일찍 퇴근하는 일이 일종의 불경죄에 해당되던 시절이 있었다. 밖에 무슨 일이 있어서 상사보다 조금이라도 일찍 나가기 위해서는 온갖 눈치를 다 봐야 했다. 심지어 나는 과장 시절에 아내가 큰 수술을 받는데도 병원 갈 생각을 못 했고, 임원회의 보조하느라 수술 동의를 요구하는 병원의 연락을 받지 못해 수술이 한참이나 지연되기까지 했다. 참 어리석은 행동이었다. 지금 관리자 역할을 맡고 있는 대부분이 이와 비슷한 과정을 겪으며 살아왔을 것이다.

비록 악습일지라도 오랜 시간 그 속에 있다 보면 그것을 당연하게 받아들이게 된다. 그래서 그들 역시 젊었던 시절에는 이런 관행을 부당하게 생각하고 내심 반기를 들었을 테지만, 어느덧 자신도 모르게 이런 문화에 젖어든 후에는 별다른 일이 없는데도 일찍 퇴근하면 오히려 마음이 불편하고 불안해지는 지경에까지 이르게 된 것이다. 이들의 눈에 정시퇴근하는 직원들의 모습이 곱게 보일 리가 있겠는가? 요즘 젊은 직원들은 기본이 부족하다고 혀를 찰 것이다. 기성세대가 '꼰대'로 전락하는 과정은 다 이런 것이다. 사람은 정도에 차이가 있을지언정 다 이렇게 변하는 것 같다.

그런데 이 부분은 조금 무서운 이야기가 될 수도 있겠다. 사람이 자신도 모르는 사이에 좋은 의미든 나쁜 의미든 간에 관행을 계승하는 매개체로 전락할 가능성이 있음을 의미하는 것이니 말이다. 생각이 좀 있다 싶은 사람이라면 더 이상 말하지 않더라도 이 말의 의미를 금세 이해하리라 믿는다. 젊은 직원들의 행동은 관리자가 어떻게 이끌어주느냐에 따라 크게 달라지게 마련이다. 생각이 게으르고 정돈되지 못한 관리자와 함께하는 직원들은 처음엔 한숨을 내쉬지만, 나중에는 거기에 익숙해지고 자신도 그렇게 변해 간다.

관리자의 위치에 있는 사람들은 그래서 자신이 '윗세대'로서 막중한 롤모델이 되어 있음을 기회가 될 때마다 의식하기 위해 노력해야 할 것이다. 어떤 사람들은 나에게 절박함이 부족하니까 이런 생각이나 한다고 힐난할지 모른다. 절박해 봐라, 보이는 게 없다, 네가 직원들을 그렇게 말랑말랑한 눈으로 볼 수 있을 것 같으냐, 라고 말이다. 물론 이들의 힐난에 정면으로 맞설 수 없음을 잘 알고 있다. 상황만 바뀌면 나 역시 언제든 그렇게 돌변할 수 있음을 잘 알고 있기 때문이다.

그러나 진심으로 다행스러운 일은 정시퇴근 운동이 계속되면서 현장이 대단히 긍정적이고 바람직한 결과들을 만들어 내기 시작했다는 것이다. 곱씹어보면 야근이라는 게 단지 더 많은 일 처리만을 목적으로 했던 게 아니었기 때문에 반드시 생산성 증대로 연결되는 건 아니었다. 어차피 눈치 보느라 야근을 해야만 했으므로 낮에 할 일을 밤으로 미루는 경우도 많았다. 정시퇴근 운동의 첫 번째 효과라고 한다면 직원들로 하여금 이런 인식을 깨뜨리고 낮 시간에 업무에 집중하도록 만들었다는 것이다. 직원들은 업무를 야간으로 분산시키지 않고 낮 시간 동안으로 압축하는 방법을 터득했다. 웃음이 많아진 것도 큰 변화다. 야근은 사람의 마음을 짜증스럽고 짓눌리게 만든다. 직장인들 중에는 잦은 야근 때문에 우울증에 걸리는 경우도 많다. 직원들의 얼굴에서 웃음기가 사라지게 만든 회사가 높은 충성도를 기대하는 건 어불성설이다.

그런 관점에서 보면, 우리 직원들의 회사에 대한 충성도는 얼굴에 웃음기가 돌아온 만큼에 비례해 확실히 이전보다 더 높아졌다고 말할 수 있다. 물론 아직까지는 해결해야 할 숙제도 많다. 대표적으로 관리자와 직원들 사이의 문화적 갭을 축소하고 서로를 보다 잘 이해할 수 있는 환경을 조성하는 일, 직원들이 업무에 집중하고 남은 시간에 회사의 장기적 발전을 생각할 수 있도록 창의성을 촉진하는 일 등을 꼽을 수 있을 것이다. 종합적으로 볼 때, 생산성은 올라갔지만, 창의성과 자유로운 의사소통 문화 측면에서는 아직도 부족한 점이 많다. 물론 이 문제들은 사회 전체의 분위기가 바뀌어야 가능한 일인지도 모르겠다. 그만큼 우리 사회는 여전히 매우 경직되어 있다.

친구들 혹은 다른 직장에 근무하는 지인들에게 우리 회사 이야기를 해주면 다양한 반응이 나온다. 부럽다는 사람도 있지만, 놀랍고 이해되지 않는다는 반응도 많다. 특히 직원들이 부장보다 일찍 퇴근하면서 종종 인사도 안 하고 간다는 부분(물론 지금은 직원들이 먼저 내 방으로 들어와 인사를 하고 가는 경우도 많다. 몸은 바깥에 있고 얼굴만 쏙 내밀고 인사하는 모습이 참 귀여운 직원도 있다)에 이르러서는 나에게 비난의 화살을 돌리는 사람들이 많다. 그것은 잘못됐다는 것이다. 또 나의 리더십을 의심하기도 한다. 하긴 나 자신도 처음엔 그랬다. 뭔가 잘못된 것은 아닌지, 수없이 의심해 보고 그랬다. 하지만 이제는 참 다행스럽게도 새로운 시각으로 이 문제를 바라볼 수 있게 되었다.

사실 이번 에피소드는 내가 가진 생각의 한계와 부딪힌 일이었다. 나는 월급쟁이를 제대로 하는 데 필요한 용기가 나라 구하는 용기보다 작다고 생각하지 않는다. 둘 다 굳건한 용기를 필요로 하는 일이다. 작은 의지가 없는 사람에게 큰 의지가 있을 리 없다. 스스로 받아들이지 못하는 새로운 변화들이 하나둘씩 늘어난다면 그게 바로 '꼰대'로 전락하고 있음을 알리는 징후다. 그러니 세상을 조금만 더 크고 깊게 바라보면서 생각을 유연하게 바꿔보도록 노력해 보자. 새로운 변화들을 나와 주변인들의 삶을 고양시키는 데 활용해 보자. 그것은 유동하는 세상 속에서 훌륭한 시민이 되기 위해 필요한 기본 덕목 중의 하나다.

선한 자의 악행

우리는 왜 복종하는가?

　오랜만에 저녁 식사를 같이하기 위해 만난 후배가 직장 생활의 고됨과 마음고생을 하소연했다. 그러고 보니 얼굴빛이 까무잡잡한 게 왠지 좀 초췌하고 찌든 모습이었다. 매일같이 새벽 출근 심야 퇴근을 한다고 하니 그럴 만도 하다. 후배도 벌써 40대 중반의 나이로 들어섰다. 그 나이가 되어도 예민하고 배려심 깊은 성격을 버리지는 못하는가 보다. 그는 자신에 대한 주변의 기대를 잘 파악하는 편이고, 이에 부응하기 위해 노력하는 유형의 사람이다. 이 말은 주변에서 다소 무리한 요구를 하더라도 그 일이 자기의 책임 범위 안에 포함된다고 생각하는 한, 더구나 때로는 그렇지 않아 보일지라도, 결코 회피하지 않는 사람이란 뜻이다. 나는 후배의 이런 태도가 삶을 대하는 그만의 신실함에서 나오는 것임을 오랜 만남을 통해 익히 알고 있다.

　물론 그의 고됨과 마음고생이란 평범한 직장인이라면 누구나 한두

가지쯤 겪고 있을 만한 사항들이라고도 할 수 있다. 과도한 근무시간, 목표 달성에 대한 압박, 미친 집값을 피해 외곽으로 이사한 대가로 겪고 있는 장시간의 출퇴근 같은 것들 말이다. 하지만 그의 얼굴빛이 변해 가는 진짜 이유는 일만 잔뜩 시켜 놓고서는 나 몰라라 하면서 책임만 강조하는 상사들에 대한 얄미운 마음, 그리고 무거운 중압감에 일상적으로 시달리고 있음에도 하소연할 대상을 찾지 못한 데서 오는 답답함 때문인 것 같았다. 만일 신실한 사람이 아니었다면, 그래서 처음부터 적당히 요령도 피울 줄 알았더라면 아예 요구받지도 않았을 게 분명한 묵묵한 성실함과 순종의 미덕, 그 속에 빠져 탈출구를 찾지 못한 채 마음을 다스리느라 애를 쓰고 있음이 분명했다.

어떤 일 중독자나 열성파들은 그가 처한 상황을 이해하지 못할 수도 있을 것이다. 직장 생활이 원래 다 그래, 모두가 그렇게 살아, 또 그래야 성공할 수 있는 거야, 라고 진심 어린 충고를 하려들 것이다. 나는 이러한 충고에 반박하기가 쉽지 않음을 안다. 왜냐하면, 오랜 세월 동안 몸으로 부딪히며 체득한 경험에서 우러나왔을 게 분명한 이들의 충고는 역시나 일을 대할 때 필요한 성실함과 인내에 관한 것일 테고, 나 역시 이런 덕목들이 세상살이의 기본이 됨을 잘 알기 때문이다. 누가 세상을 성실한 자세로 열심히 살아야 한다는 데 동의하지 않을 수 있을까? 그러나 만일 이런 충고가 직장 생활의 바람직한 모습에 대해 잘못된 이해를 갖고 있거나, 삶의 뒤틀리고 왜곡된 면모들을 당연한 것인 양 받아들이는 사고에서 나온 것이라면, 무언가 말 한마디 꼭 해야겠다는 생각이 든다.

사실 우리 주변에는 스무 가지 일을 시켜야 열 가지 정도의 성과라도 거둘 수 있다거나, '아랫사람'들은 험한 말을 동원해서 주기적으로 갈궈줘야 조직이 제대로 돌아간다고 하는 식의 철 지난 믿음을 철석같이 붙들고 있는 '높은 분'들이 이외로 아주 많이, 중요한 자리에 포진해 있다. 어떤 경우에는 선의를 가진 관리자조차 직원들이 자생력을 갖출 수 있도록 도와주는 게 자신의 책무라는 생각에 자기 자신이 행하는 모난 행동을 합리화하기도 하고, 심지어는 직원들을 너무나 사랑하는 탓에 그들에 대해 소유욕을 느끼기까지 하는 것이다. 그래서 얼마 전에는 현직 부장판사 한 분이 인터넷에 올린 「전국의 부장님께 감히 드리는 글」이라는 글이 그토록 회자되었던 것이다.[11]

어쨌든 지금부터 회사 이야기를 조금 더 해보기로 하자. 일반적으로 회사가 원하는 '인재상'이란 어떠한 상황에서도, 심지어는 상사의 부당한 처사를 마주할 때조차도, 좋은 얼굴 표정을 지을 줄 아는 순응적인 사람을 뜻한다. 회사는 표면적으로는 소신껏 일하는 사람이 되라고 하지만, 그 소신이란 조직 논리에 저촉되지 않는 범위 내에서만 유효할 뿐이라는 사실을 약간의 눈칫밥이라도 먹어본 사람은 다 알고 있다. 이걸 모르는 사람은 분명히 회사의 오너이거나, 동업자, 또는 오너의 절대적 신임을 받는 핵심 측근, 그도 아니라면 스스로 회사의 가치관을 내면화시킨 열성분자일 것이다. 예를 들어, 이익률이나 회장님의 경영철학 등과 같은 조직이 표방하는 공적인 가치들에 자신

---

11) 글을 올린 분은 서울동부지법 문유석 판사님이다. 이 글에서 그분은 재미있는 어투로 전국의 부장님들에게 꼰대 짓 그만하라고 경고하고 있다.

의 사적인 가치관을 일치시키고, 그것들을 추구하기 위해 노력하거나 최소한 그런 듯이 연기하는 사람들일 가능성이 크다는 말이다.

이는 조직에서의 성공이 '충성심'에 의해 좌우되는 경우가 많다는 사실만 봐도 알 수 있다. 조직은 그 형태를 불문하고 충성심을 보이지 않는 사람을 높게 기용하지 않는다. 그리고 이 충성심은 조직과 경영자, 주주의 가치를 위해 자신을 희생하는 복종의 모습으로 표현될 때가 많다. 충성된 자의 복종이란 단순히 자신의 육체적, 지적 재능을 월급의 대가로 회사에 종속시키는 행위를 넘어, 성공을 위해 자신의 소중한 무엇인가를 포기하면서까지 조직의 가치에 우선적으로 따름을 의미하는 것이다. 매우 큰 인내를 발휘하면서 말이다.

분명히 반항자가 조직에서 훌륭한 인재가 될 수는 없는 법이다. 이미 순응적인 모습의 '회사형 인간'으로 변모한 자신을 자랑스럽고 당당하게 생각하는 사람들에게는 반항자들의 그 어떠한 주장도 현실에 적응하지 못한 나약한 루저의 변명으로만 들릴 게 뻔하다. 그들에게 반항이란 현실 적응력이 떨어지는 사람들에게 나타나는 모자란 행동으로 여겨질 뿐이다. 이들 성공하는 회사형 인간들은 매우 자발적이며, 일을 주도적으로 찾아서 할 뿐만 아니라, 강한 인내심을 가진 사람이라고 자기 스스로 생각하고, 주변에서도 그렇게 평가하는 경향이 높다.

그러나 이와 같이 성공하는 사람들의 행동 양식에는 일종의 역설이라 할 만한 모순이 들어 있다. 왜냐하면, 자발적이고 주도적이며 강한 인내심을 보이는 유능한 사람일수록 그에 비례하여 순종하는 자임을 뜻하는 바가 되기 때문이다. 이러한 행동 양식은 비단 회사라는 조직을 넘어 인간 삶의 모든 영역에 걸쳐 보편적으로 작동하고 있는 원리로도 해석할 수 있다. 그래서 알튀세르는 "부름에 답함으로써 개인은 주체가 된다."라고 했을 것이다. 이 명제는 더 큰 존재의 부름이 사람에게 사회적 소명을 부여하고, 이에 대한 호응 행위로써 자발적 수용과 복종[12]이 이루어진 후에야 사람은 비로소 주체적인 존재가 될 수 있다는 뜻이다.

수용

김춘수 시인의 「꽃」을 통해 수용의 행위가 가진 의미를 먼저 생각해 보자.

> 내가 그의 이름을 불러주기 전에는
> 그는 다만 하나의 몸짓에 지나지 않았다
> 내가 그의 이름을 불러주었을 때
> 그는 내게로 와서 꽃이 되었다
> (중략)
> 너는 나에게 나는 너에게
> 잊혀지지 않는 하나의 눈짓이 되고 싶다

이 시에서 '나'는 이름을 불러줌으로써 단지 '하나의 몸짓'에 불과했던 어떤 존재에게 구원의 신호를 보낸다. 그러나 그 존재가 '꽃'으로

---

12) 주체와 노예의 차이는 수용과 복종의 동기가 자발적이냐 강제적이냐에 따라 결정된다.

재탄생한 사건, 다시 말해 자신만의 고유한 이름을 가진 주체적 존재로 다시 태어난 사건은 그가 나의 호명을 듣고 '내게로 왔을 때'이다. 만일 꽃의 자발적인 호응이 없었다면, 꽃은 '나'의 호명에도 불구하고 여전히 '하나의 몸짓'으로, 다시 말해 변하지 않은 상태로 남아 있었을 것이다. 따라서 '하나의 몸짓'이 '꽃'으로 재탄생하기 위해서는 '나'의 호명 못지않게, 존재의 자발적 호응이 매우 중요함을 알 수 있다.

그런데 '나'와 '꽃'은 그저 존립하기 위해 존재하는 것이 아니다. 그들은 '하나의 눈짓'이 되고 싶은 소망을 갖고 있다. 더구나 잊혀지지 않고 기억되고 싶어 한다. '하나의 눈짓'이란 이제 홀로 존재하는 것이 아니라, '나와 너'라는 사회적 관계를 이루게 된 자들이 서로에 대해 갖는 소명 의식의 표현일 것이다. 혼자만의 무의미한 '몸짓'에서 벗어나, 타인에게 무언가 의미를 선사하는 '눈짓'으로 존재하고 싶은 주체의 자발적 격상 의식이 발로된 것이리라.

이렇듯 주체적인 존재란 타인의 부름에 응답하여 자발적으로 사회적 소명 의식을 가질 때 비로소 성립한다고 정의할 수 있을 것이다.

복종

그런데 서정적인 시의 세계가 아닌 현실 세계 속에서는 부름에 대한 수용 행위가 일반적으로 복종의 양식으로 나타나고 있음에 주목해야 한다. 아마도 그 이유는 현실 속의 인간관계가 대등함보다는 위계적인 형태로 나타나는 경우가 많기 때문일 것이다. 가령 부모와 자식, 어른과 아이, 상사와 부하, 프로이트적 의미의 남자와 여자[13] 등으로 나타나는 수직적 관계 말이다. 수직적 관계 구조는 현존하는 대다수 사회에서 체제 유지를 위한 기본 골격으로 채택되고 있다. 왜냐하면, 그러한 구조적 형태는 구속적 의미를 띠기 때문에 가장 높은 사회적 안정성을 보장할 수 있기 때문일 것이다.

위계적 관계 구조 속에서 주체적 존재가 되기 위해서는 상위 주체에 대한 복종의 태도가 필수 요소로 대두될 수밖에 없다. 정치인은 국민의 뜻(사실은 더 큰 권력자의 뜻)에 복종해야 하고, 사제는 신의 뜻(어쩌면 교회의 뜻)에 복종해야 하며, 경영자는 수익을 원하는 주주의 뜻(대부분은 임명자의 뜻)에 복종해야만 주체가 될 수 있게 된다. 그리고 더 큰 권력을 원한다면 더 크게 복종해야 함이 당연하다. 만년 과장으로 회사 생활을 마감할 각오가 되어 있다면 자신의 팀장이나 부장만 잘 섬기면 되겠지만, 경영자가 되기 위해서는 더 큰 주체의 의중을 살피고 거기에 복종해야 할 것이다.

'꽃'의 탄생을 일구어낸 목가적 부름은 현실 속에서 주체의 위치와 역할에 대한 상위 주체의 승인(동의)을 의미하며, 이러한 승인(동의)의 절차는 개인의 복종 의지가 확인된 이후에야 비로소 완결된다. 다시 말해, 주체의 위치와 역할은 사회가 갖고 있는 가치, 규율 따위에 기

---

13) 프로이트는 성기가 밖으로 드러나 있는 남자는 우월감을, 그렇지 못한 여자는 열등감을 갖는다고 했다. 남자와 여자의 관계는 근육의 양과 신체 골격의 차이에 따른 힘의 격차 그리고 그것을 토대로 형성되어 왔을 불평등한 사회구조에 의해서도 결정된다고 할 수 있을 것이다. 집 안에서 아내들에게 '잡혀 살고 있는' 수많은 남성들이 이 말에 이의를 제기하려 들겠지만 말이다.

꺼이 복종하기로 약속한 사람에게만 주어지는 선물이라고 할 수 있다. 주체는 복종할 때에만 그 선물을 받을 수 있다. 복종의 행위란 궁극적으로 사회 공간 안에서 자기 고유의 위치와 역할을 부여받기 위해 실천되는 것이다.

권력

그럼, 주체는 왜 복종을 무릅쓰고 사회적 위치와 역할을 원하는 것일까? 그 이유는 그것들이 자신의 존립을 지탱시켜 주는 권력을 생성해 주기 때문이다. 위치를 지정받지 못하고 역할을 부여받지 못한 개인은 주체적 존재가 되기 위해 필요한 자격 요건을 획득하지 못했기 때문에, 진정한 '꽃'으로 인정받지 못할 것이며 어떠한 권력도 할당받지 못하게 된다.

권력의 본질을 사회적 위치와 역할에 수반되는 영향력이나 지배력이라고 정의한다면, 권력은 다름 아닌 복종의 맹세에서 발원한다고 해석할 수 있다. 결국, 위계적 관계 구조 속에서 복종은 상위 주체로부터 권력을 얻기 위한 교태의 몸짓인 것이며, 주체적 존재가 된다는 것은 승인(동의)을 통해 영향력을 행사할 수 있는 위치로 올라서는 행위를 의미한다고 할 수 있다.

그래서 복종의 성향은 권력의지가 커질수록 강해진다.

성원권

  이렇듯 주체는 복종을 통해 사회 공간 안에서 자신의 위치와 역할 그리고 그것들에 수반되는 권력을 확보할 수 있게 된다. 그러나 아무리 달콤한 권력욕에 눈이 멀어 있다 하더라도, 복종의 행위가 결코 쉬운 것만은 아니다. 복종은 자신의 소중한 무엇인가를 희생시켜야 할 필요성을 동시에 증대시키며, 필연적으로 상위 주체의 대리인으로서 역할을 하도록 강요하기 때문이다. 세상에 공짜가 어디 있겠는가? 신념, 소신, 시간, 사랑, 우정, 배려, 일상의 소소함 따위의 것들이 복종이 선사하는 권력을 얻기 위해 희생되기도 한다.

  그래서 모든 사람들이 상위 주체가 권력을 미끼로 부르는 호명의 소리를 좋아하는 것은 아니다. 이는, 어떤 이들에게 있어서는, 복종이 그저 사회적 성원권[14]을 얻기 위한 방편일 수도 있다는 말이다. 이방인의 소외된 삶이 아닌, 공동체의 당당한 일원으로 인정받으며 살기 위한 회원증이 필요하기 때문에, 사회적 격식의 의미로 복종하는 것일 뿐, 결코 권력의지의 충족을 위해 순종하는 것이 아닐 수 있다는 뜻이다. 우리는 이 점을 매우 중요하게 생각해야 한다.

---

14) 김현경, 『사람, 장소, 환대』, 문학과지성사, 2015.
     저자는 이 책의 제2장 '성원권과 인정투쟁'에서 사람이 사람으로 인정된다는 것은 사회적 성원권을 인정받는 것과 동일하다고 말한다. 우리를 사람으로 인정하는 사람들이 있는 공간에서 벗어날 때, 우리는 더 이상 사람이 아니게 된다는 것이다.

어쨌든 우리는 지금까지 말한 내용만을 바탕으로 복종 그 자체를 두고 좋다, 나쁘다 정의할 수는 없을 것이다. 그것이 권력의지의 표현이든 사회적 성원권 획득을 위한 방편이든 말이다. 사변적 의미에서 벗어난 구체적 현실 속에서 복종은 오히려 자기 역할에 대한 충실함의 약속이기도 하며, 신실한 사람들에게 나타나는 공통적인 덕목이기도 하다. 더구나 '부름에 답함으로써' 사람이 보람과 성취의 삶을 살 수 있다면, 복종은 삶에 필요한 중요한 태도로 취급될 수도 있을 것이다.

다만, 문제는 현실의 실제 상황이 그러한 귀결을 쉽게 허락지 않는다는 점이다. 복종의 태도가 떠받치고 있는 고질적인 악습들, 가령 '조직 논리' 따위의 온갖 허울 좋은 명분 아래 유지되고 있는 행태들이 사람들을 지속적으로 괴롭히고 있다.

얼마 전에는 대한민국 최고의 지적 집단인 검찰에서 현직 검사가 상사의 지속적인 폭언과 괴롭힘에 시달리다 못해 자살한 사건이 있었다. 상명하복식 복종의 규율을 금과옥조로 여기는 조직에서 발생한 어이없는 일이다. 거기에 사람에 대한 배려 따위는 없었다. 검찰 조직이 조폭 조직과 똑같은 방식으로 복종의 규율을 따른다는 것, 참 아이러니한 일이다.

이러한 이야기들은 현실 속의 우리들에게도 언제든지 벌어질 수 있는 일이다. 그런데도 진실에 대한 무지와 무감각으로 인해 복종의 미덕이 어떤 결과를 초래하는지 인식하지 못하고 있을 뿐이다. 날로 복잡해져 가는 세계 속에서 자기 행위의 윤리적 당위성을 판단해 보고, 올바름을 추구하는 삶을 살기란 누구에게나 매우 어려운 일이 되었다. 그래서 복종하는 선한 자의 악행은 아주 흔한 일이 되었다.

조직 논리에 편입된 사람의 충실함, 그 안에 복종의 의미가 내포되어 있는 그 훌륭한 미덕이 자칫 불행한 결과를 초래하는 맹목적 행위가 될 위험성을 갖고 있다는 사실은 무서움을 느끼게 한다. 이것은 우리가 비록 현실의 굴레에서 자유로울 수는 없다 하더라도, 늘 깨어 있는 정신을 갖기 위해 노력해야 하는 이유가 될 것이다. 우리가 비록 인생의 꿈을 이루기 위해 어떤 큰 실체에 복종하지 않을 수 없다 하더라도, 그 안에는 최소한의 자성이 작동하고 있어야만 한다.

그러나 후배는 이런 식의 교훈적이며 고리타분한 언급이 필요 없을 정도로 올바름을 구분해 낼 줄 아는 천성을 갖고 있다. 후배의 문제는 오히려 그가 이렇듯 권력을 얻기 위해 복종하는 사람이 아니라는 점에 있다. 그는 상사의 기대를 저버리지 않으며, 조직의 논리에도 순종적이지만, 이는 어떤 권력 욕구를 충족하기 위함이 아니라, 그저 착하기 때문인 것이다. 후배는 늘 자기 일에 최선을 다하며 모든 일상에 성실함으로써 소박한 행복을 구할 수 있다고 믿는 사람이다.

이런 후배의 회사 생활이 괴로울 수밖에 없는 이유는 비록 복종이 권력 획득의 한 조건이기는 하지만, 그 자체로써 권력이 수립되는 것은 아니기 때문이다. 권력은 그것을 행사하고자 하는 의지를 갖고 있는 경우에만 유효하게 수립되고, 그것을 이용해 자신을 지키고 방어할 수 있는 것이다. 이것은 진실로 착한 사람들에게 닥쳐오는 딜레마

일 수밖에 없다. 그들에게 복종이란 그저 공동체 안에서 자기의 역할을 다함으로써 서로가 발전하자는 의미일 뿐이며, 자신의 사회적 성원권을 유지하기 위함일 뿐이지, 타인 위에 서는 데 필요한 권력을 획득하기 위해 행하는 것이 아니다. 착한 사람들의 문제는 늘 상대를 먼저 이해하기 위해 노력하고, 양보하는 경향이 높다는 것이다. 그래서 그들은 희생을 강요당하는 경우가 많다. 그들은 권력이 부여된다 하더라도 그것을 사용하는 일에 몹시 서툴다.

또 하나의 문제는, 이제 그가 자의식을 되찾기 시작했다는 것이다. 그 누구의 말처럼, 실적이 곧 인격인 사람들에게 자의식은 단지 무거운 짐짝에 불과할 뿐이다. 그러나 후배처럼 배려심 깊은 사람도 언젠가는 뭔가 이상한 낌새를 채는 경우가 있다. 독립된 인간으로 존립하는 데 필요한 경제적 기반이자 삶의 실존적 공간인 회사에 적응하기 위해 자신의 모든 것을 내던진 채 젊은 시절을 그저 인내하며 성실하게 보냈다 하더라도, 그중 누군가는 나이가 든 어느 날 문득 선명한 자의식을 되찾게 마련이다.

조직인이 아닌 인간으로서의 '나'를 발견하고 싶은 욕망을 갖게 되면서 그들의 자의식은 이제 자신에게 큰 부담으로 작용하게 된다. 인간다운 삶을 살기 위해서는 깨어 있는 정신이 꼭 필요하지만, 그것은 삶의 한 걸음 한 걸음마다 무거운 짐이 되는 것이다. 착한 사람이 또렷한 자의식을 되찾았을 때보다 힘든 일은 세상에 없다. 자기 인생의 참된 의미를 재발견하고자 눈 뜬 사람에게 환경은 늘 불편한 사실들로 가득 차 있어 보이며, 자신의 행위 역시 모순의 굴레에서 빠져나올 수 없음을 깨닫게 된다.

이제 후배의 자의식은 권력을 유지하고 확대하기 위해 조직의 논리에 복종하는 선한 자들이 만들어 내는 부당한 상황, 때로는 강한 리더십이나 카리스마라는 허울 좋은 이름으로 행해지는 폭력적인 상황, 숱한 사람들을 우울증과 강박관념 그리고 가슴이 답답해지는 공포증으로 몰아넣으면서도, 정작 행하는 자나 당하는 자 모두가 당연시 여겨왔던 고질적인 악습의 부당함을 인식하게 될 것이다. 그리고 자신 역시 정도에 차이가 있을지언정, 결코 악습을 행하는 자로서의 운명에서 탈출할 수 없다는 진실에 당황하고 속상해하리라. 그리고 그러한 운명의 극복을 인생의 가장 큰 숙제로 삼게 될 것이다.

하지만 이런 무거운 전망에도 불구하고, 이 모든 이야기들은 후배가 진실로 착한 사람이기 때문에 말해질 수 있었다는 점에서 나는 후배를 사랑하는 것이며, 그가 용기와 기백이 가득한 마음으로 세상을 꿋꿋하게 헤쳐나가기를 진심으로 바라는 것이다.

욕망과 소유

얼마나 소유할 것인가?

돈, 그것은 언제나 친구들과 나누는 대화의 주된 소재 중 하나다. 지난 토요일에도 친구들과 저녁 식사를 하면서 돈 얘기를 주고받았다. 어느덧 모두가 막연하게나마 은퇴를 생각할 나이가 되었지만, 마땅히 노후 대책이라 할 만한 계획을 갖고 있지 못하기 때문에 돈은 한층 더 관심을 끌어당기는 주제가 되었다. 은퇴 후에 자녀들이 직장을 구해 자립할 수 있을까, 한 달에 한두 번 정도는 골프를 치러 가야할 텐데, 의료보험과 아파트 관리비는 어떻게 충당해야 하나, 등이 이런 대화에 빠지지 않고 등장하는 걱정거리라 할 수 있다. 은퇴 후에도 일정한 생활 수준을 유지하기 위해서는 돈이 꼭 필요할 텐데, 보통은 구체적으로 얼마의 돈이 필요한지, 그 돈을 어떻게 모을 것인지에 대한 해법이 명확지 않아서 우리는 늘 걱정거리를 달고 산다. 보험회사들이 언론을 통해 제시하는 노후비 규모를 접하다 보면, 그 걱정은 더욱 커지고 만다.

그런데 사실 이런 걱정거리들은 삶을 바라보는 개인들의 태도나 은퇴 후의 삶에 대한 각자의 기대 수준에 따라 달라지는 법이다. 가령 생활규모를 소담하게 운영하고, 행복을 쾌락이 아닌 좀 더 절제된 생활 방식을 통해 얻고자 하는 사람들에게 돈은 그리 큰 걱정거리가 아닐 수도 있다. 주변에는 실제로 그렇게 살아가는 사람들도 많다. 이들은 살아오면서 터득한 삶의 지혜 속에서 절제의 미덕을 건져 올렸거나, 그 지혜를 나침반 삼아 진정한 행복의 발원지를 발견한 사람들이다.

가령, 미국 매사추세츠 주 월든 호숫가에 손수 도끼질을 해서 지은 작은 오두막에서 2년간의 소담한 삶을 살았던 헨리 데이비드 소로는 '간소하게, 간소하게, 간소하게' 살기를 바랐고, 백 가지의 일을 하는 대신에 두세 가지의 일에 집중하기를 생활의 원칙으로 삼았다. 월든 호숫가에서의 소박한 삶은 목가적인 일과는 동떨어진 삶의 혁명을 추구하는 일이었다. 세속에서의 그의 삶은 통속적 관점에서는 실패한 것이었지만, 그는 반대로 물질을 추구하는 보편적 삶의 방식을 그릇된 것으로 생각했다. 스콧 니어링이나 우리나라의 법정 스님 같은 분들도 마찬가지다. 그들 역시 무소유의 삶을 추구하며 그 안에서 진정한 행복이 성취될 수 있음을 보여주었다.

그럼, 보통의 우리는 어떤가? 우리도 때로는 이들이 보여준 삶에 동경심을 느낀다. 그러나 그러한 동경은 세상의 번잡함에 염증을 느꼈을 때, 잠깐의 자기 성찰 과정에서 불현듯 찾아오는 변덕스러운 느낌에 가깝다. 우리가 이들의 삶을 최대한 흉내 낼 수 있는 방법은 고작

은퇴 후에 배우자의 반대를 뚫고 귀농해서 벌레들과 싸우며 농사일로 노년을 보내는 일 정도일 것이다. 그리고 이 역시 대부분의 경우에는 경제적 사정을 고려한 노후 대책의 일환일 따름인 것이다.

사실 냉정히 말해, 그 규모에 차이가 있을 뿐 돈은 대다수의 사람들에게 언제나 현실을 압박하는 문제일 수밖에 없다. 우리는 물질적 존재이고, 삶은 어쩔 수 없이 물질과 함께할 수밖에 없기 때문이다. 지난 27년을 돈 벌기 위해 소비해 왔던 나에게도 이러한 사정은 동일하다. 나는 대한민국에서 연봉 상위 탑 랭킹 안에 들어 있지만, 돈을 충분히 갖고 있다고 생각해 본 적이 없으며, 늘 희미한 불안감을 갖고 산다. 결혼생활을 별다른 밑천 없이 시작해서 더욱 그럴 것이다. 그리고 조금씩 정도의 차이는 있겠지만, 다른 사람들도 별반 차이가 없어 보인다.

우리 내면에 자리 잡고 있는 이런 불안감은 대체 어디에서 오는 것일까? 우리는 정말 가진 게 모자라기 때문에 걱정거리들을 달고 사는 것일까? 다수의 사람들이 이 질문에 "그렇다."라고 답할 것이다. 번듯한 중산층이라 해서 "아니오."라고 답하기 힘든 게 현실이다. 그렇지만 그 대답이 정말로 "아니오."일 것 같은 소수의 사람들, 최소한 "그렇다."라고 답하는 사람들의 주관적 입장에서 보면, 돈을 충분히 소유하고 있을 것 같은 사람들조차도 내면의 불안감을 떨쳐버리는 데 어려움을 겪는다. 왜일까? 아마도 그 이유는 우리가 거대하게 부풀려진 자신의 욕망을 다시는 예전의 소박한 부피로 되돌릴 수 없다는 사실을 간과하고 있으며, 많은 돈을 들여 욕망을 충족시키지 않는다면 불행감과 소외감을 느낄 수밖에 없음을 본능적으로 알아차리고 있고, 예측과 통제가 불가능한 어떤 환경적 변화가 그러한 사태를 초래할 가능성에 대해 두려운 마음을 갖고 있기 때문일 것이다.

그러나 소유의 목적을 이렇듯 소비를 통한 말초적 욕망 충족이라는 단선적 관점에서만 파악해서는 매우 근본적이며 중요한 사항을 놓치는 결과에 봉착할 것이다. 우리의 욕망은 반드시 소비에만 연결되어 있는 것이 아니다. 그것은 나이 든 사람들 중 상당수가 소비 욕구의 감소를 느끼지만, 결코 소유하기를 포기하지 않는 모습을 봐도 알 수 있는 일이다. 이제는 더 이상 해외여행 갈 힘도 없고, 맛있는 음식에도 입맛이 당기지 않으며, 화려한 옷에도 유혹을 느끼지 않으면서도 소유하기를 포기하지 못하는 것이다. 그 이유는 그분들 자신의 입으로 말하는 바처럼 "늙어서 돈 없으면 무시당하고 서러움을 받기 때문"이다. 이 말은 소유의 진정한 동기가 소비에만 있는 것이 아니라, 권력의 획득과 유지와도 관련이 있음을 암시한다. 소유란 소비를 통한 감각의 만족 추구 못지않게, 타인에게 자기 존재를 인정하도록 요구하는 데 필요한 권력의 획득과 깊은 관계를 가지는 것이다. 사실 소비라는 행위 역시 어떤 면에서는 이러한 인정 욕구에 의해 결정되는 측면이 강하다. 소비를 할 때 우리는 일상의 억눌림에서 해방되어 권력자의 지위로 올라설 수 있다. 따라서 우리가 소유와 관련된 내면의 불안감을 파악하고자 한다면, 소유하지 못할 때 경험할 수 있는 권력의 상실이 심리에 미치는 영향을 이해하기 위해 추가적인 노력을 진행해야만 할 것이다.

그러나 지금 이 자리에서는 친구들과 나눈 노후 대책을 얘기하고 있는 것이므로, 욕망의 권력적 측면을 논의하는 대신 그 의미를 일상의 소박한 소망이라 할 수 있는 '물질적 소비에서 얻는 만족감' 정도로 국한하여 이야기를 진행토록 하겠다.

우리는 어려서부터 받은 종교적, 도덕적 가르침에 따라, 진정한 행복이란 욕망의 세속적 대상인 부와 쾌락 등에서 오는 것이 아니라고 믿어야 한다고 믿지만, 그러한 믿음은 교양 있는 사람으로 행세하는 데 필요한 사치스러운 장식물로 전락한 지 오래다. 그 믿음에는 이미 균열이 가득하지만, 교양인의 신분으로 남아 있기를 원하는 한 버릴 수도 없는 거추장스러운 장식에 불과한 것이다.

특히나, 욕망을 사회 운영의 핵심 원리로 삼고 있는 자본주의 체제 안에서 삶을 영위해 가는 사람들이 부와 쾌락을 향한 욕망을 버리기란 거의 불가능한 일이다. 자본주의는 물질이 자유와 행복을 보장할 것이라고 약속한다. 그리고 끊임없이 개인과 집단의 욕망을 자극하여 사회 전체의 부를 확대 재생산한다. 인류 역사상 이렇게 노골적으로 욕망의 실체를 인정한 사회 체제는 흔치 않았다. 아니, 없었다고 해도 틀린 말이 아닐 것이다.

거의 대부분의 인류 역사에서 금욕적 생활 태도는 사회 윤리의 핵심이었다. 히브리즘 역사의 개시자들인 아브라함과 모세는 하나님으로부터 필요한 만큼만 거두라는 명령[15]을 받았다. 고대 그리스 철학

---

15) 가령 『구약』 「출애굽기」 16:16~19에는 여호와께서 먹을 만큼만 거두고, 아무든지 아침까지 그것을 남기지 말라고 명하신다.

의 일부 학파[16] 내에 쾌락의 극대화를 삶의 목표로 삼는 전통이 존재한 적이 있었지만, 사회의 지배적 원리가 되지는 못했다. 서양의 헬레니즘 역사가 시작된 이래 욕망의 충족을 인정받거나, 권력을 통해 자신의 욕망을 스스로 충족한 계층은 로마의 일부 황제와 지배자들, 17세기 프랑스와 영국의 일부 군주나 귀족들 정도일 것이다. 프로테스탄티즘에서 볼 수 있듯이, 근대에 이르러서도 욕망의 절제는 선의 상징으로 여겨졌다. 동양 역사에서는 절제와 중용의 관념이 워낙 강해 황제나 왕조차도 욕망을 적극적으로 추구하지 못한 경우가 많았다. 조선의 왕은 성교를 할 때도 시녀들에 둘러싸여 있었다고 하니, 거기에 무슨 쾌락이 있었겠는가? 이렇듯 거의 모든 주요 문화권(가령 기독교, 이슬람교, 유교, 힌두교 등의 전통)에서 욕망은 억제의 대상이었지, 장려의 대상이 아니었다.

반면에 현대는 역사상 가장 대규모의 집단이 욕망 추구를 통해 행복을 얻고자 노력하는 시대라 할 수 있다. 프랑스 혁명을 통해 부상한 부르주아 집단이 특권층에 속해 있던 욕망 추구 권리를 하향 이전시킨 최초의 장본인들일 것이다. 부르주아 계층의 자유와 평등을 향한 투쟁은 "빵이 아니면 죽음을!"이란 외침이 말해 주듯이, 죽음보다 소중한 물질을 향한 것이기도 했다. 물질 앞에서의 자유와 평등에 대한 요구는 시민의 욕망 추구권을 인정하라는 요구이기도 했다. 하지만 그것은 여전히 최소한의 생존권을 구하기 위한 원초적 욕망의 범

---

16) 키레네학파의 아리스티포스는 "순간적인 쾌락만이 선이 될 수 있다."고 생각했다고 한다.

위를 크게 넘어서는 일이 아니었다. 결핍과 필요에 의해 발생하는 원초적 욕망은 자기 생존과 최소한의 자기실현에 대한 열망의 결과일 뿐이다.

그러나 현대사회에 이르러 대규모 시민 집단, 특히나 중산층 이상 집단의 물질에 대한 열망은 이러한 원초적 욕망의 범위를 크게 넘어서는 것이 되었다. 이 집단의 욕망은 지속적으로 그리고 끝없이 확대되고 있다. 결핍과 필요가 충분히 충족된 사회 계층의 욕망이 그렇지 못한 계층의 그것보다 훨씬 크고 강렬하다는 증거는 도처에서 찾아볼 수 있다. 결핍과 필요를 충족시키고 남은 잉여적 부는 사람들에게 단순히 잉여적 만족감으로 작용하는 것이 아니라, 더 큰 것을 욕망하게 만드는 결핍의 상태를 다시금 조성하는 것 같다. 더 큰 결핍은 부족함이나 필요의 결과라기보다는 잉여의 결과인 것이다. 그래서 욕망의 충족을 삶의 과정에서 달성해야 할 맹목적 목표로 삼는 사람들은 오히려 잉여적 부를 보유한 계층에 소속된 경우가 많다. 이러한 생각을 사회적 관점으로 확대해 본다면, 사회는 풍요를 누리는 상태에서도 그 공간이 더 큰 욕망으로 채워질 수 있음을 암시한다. 그 사회의 단위가 특정한 계층을 의미할 수도, 국가를 의미할 수도 있겠지만, 이러한 원리가 많은 사회에 통용되고 있음을 우리는 경험적으로 충분히 느끼고 있다.

그런데 이러한 현상들은 인간의 욕망이 어디에서 기원하는지를 파악할 수 있는 중요한 단초를 제공해 준다. 우선, 욕망이 반드시 결핍에서만 오는 것이 아니라 잉여의 상태에서도 올 수 있다는 사실은 욕망이 그 자체로부터 출발하는 자기중심적 성격을 갖고 있음을 의미하는 것이 아닐까? 그것은 마치 암세포가 그러하듯, 죽지 않고 끊임없이 자기 복제하는 속성을 내재하고 있는지도 모른다. 욕망을 그 자체로 나쁘게 규정하고 싶은 마음은 없지만, 암세포가 신체를 죽음에 이르게 하고 나서야 증식 활동을 멈추는 것처럼, 욕망도 자신의 증식을 통해 우리의 정신을 가득 채워버림으로써 정신을 질식사에 이르게 할 힘을 갖고 있다는 사실은 우리에게 경각심을 갖도록 만든다.

다음으로, 풍요한 사회일수록 그 공간이 더 큰 욕망으로 채워질 가능성이 있다는 점은 욕망이 사회 구성원들 사이의 상호 작용을 통해 더 크게 증폭될 수 있음을 뜻하는 것은 아닐까? 이 점은 라캉(Jacques Lacan, 1901~1981)의 말을 통해서도 확인할 수 있을 것이다. 일찍이 그가 각성한 바와 같이, 현대사회 속의 우리는 타자의 욕망을 받아들이며 살아간다. 인간의 욕망은 타자의 욕망이며, 인간은 타자가 만들어 놓은 욕망을 지정받는다는 라캉의 각성은, 현대사회의 교육체제, 미디어, 정치경제 권력의 난무하는 설득과 위협 속에서 정신을 차리지 못한 채, 그들이 요구하는 바대로 더욱 큰 욕망 속으로 자신의 모든 것을 내던지는 불나방의 운명처럼 살아가는 우리들 자신의 실체를 파악하는 데 적합해 보인다. 실로 현대의 인간은 타자의 욕망을 자신의 것인 양 주체화시킴으로써 실존적 존재가 된다. 타자의 욕망은 인간의 원초적 욕망에 불씨를 지펴 큰 불꽃으로 타오르게 하며, 더 큰 불꽃을 태우는 인간일수록 더 큰 존재로서 실존토록 만드는 것이다.

욕망을 하나의 이념으로 받들고 있는 사회 속에서 우리는 욕망의 요구와 타협할 때만이 오롯이 주체로서 존재할 수 있게 되었다. 냉정히 말해 우리는 욕망을 추구하라는 사회적 요구를 거부할 수 없는 상태에 빠져 있다. 거부의 결과는 소외와 불이익의 초래일 테니까 말이다. 욕망의 추구를 멈출 때 우리는 수많은 현실적 제약과 불이익을 마주하게 될 것이다. 욕심 없는 사람은 이 시대와 어울리는 데 극심한 어려움을 겪는다. 욕심은 이 시대와 결합하기 위한 필수 지참금인 것이다. 이 시대의 사회가 주체를 위해 마련한 온갖 선물은 욕망 추구를 위해, 즉 시대에게 구애하기 위해 온 몸을 던져 노력하는 자를 위한 것이다. 존경, 찬사, 인정의 헌사는 욕망의 힘으로 무엇인가를 달성하고 획득한 사람들에게 주어지도록 예정되어 있다.

그래서 욕망의 추구는 더 이상 개인의 문제로 그치지 않는다. 그것은 본질적으로 사회의 문제로 부상할 수밖에 없는 것이다. 욕망하기를 주저하는 주체들에게 사회는 좌절, 실망, 절망을 맛볼 수 있다는 위협을 가한다.

현대인들이 물질적 풍요를 누리면서도 행복하지 않다고 느끼는 이유는 욕망의 충족이 반드시 편안하고 안정된 감정으로 이어지는 것은 아니기 때문일 것이다. 욕망은 인간을 항상 굶주리고 탐닉하는 정서적 상태에 머물게 하는 것 같다. 그것은 일종의 불안감 같은 것이다. 현대의 인간은 욕망의 실체를 인정하고, 종교와 윤리의 테두리 안에서 사육되던 욕망을 해방시켰지만, 거꾸로 그것의 막강한 힘에 포획되어 버렸다. 이제 인간은 욕망의 주체가 아니라, 그의 조종을 받는 대상물로 전락했다. 범람하는 상업주의적 메시지는 인간이 상품을 소유함으로써 행복을 느낄 수 있을 뿐만 아니라, 자신의 정체성까지 찾을 수 있다고 설파하지만, 분명 허구적인 메시지일 뿐이다. 그래서 에리히 프롬은 산업주의의 위대한 약속은 실패했다고 선언했던 것이다.[17]

세계 경제가 유례없는 위기에 빠져 저성장을 거듭하고 있는 지금, 각국의 정부는 사상 최초로 마이너스 금리를 도입하거나 초저금리 상태를 유지함으로써 더 많은 돈을 유통시키고, 이를 통해 소비가 진작되기를 바라고 있다. 이러한 조치들은 욕망의 실현에 들어가는 비용을 최소화하기 위함이며, 더 많은 소비가 경제를 살리고 행복을 증진시킬 수 있다는 믿음에 근거하고 있다. 그러나 이러한 조치들은 설령 단기적으로 소기의 목적을 달성하더라도 장기적으로는 인간을 더 깊은 욕망과 쾌락에 중독되게 할 뿐이다. 이것은 분명 마약이며, 중독을 강제하는 오염적인 생각이다. 자본주의의 핵심 운영자들은 이러한 사실을 모를까? 세상에는 그 부작용을 알면서도 섭취해야 하는 약물이 한두 가지가 아니다.

현대의 인간은 인스턴트식 소비에 중독되어 있다. 모든 물건은 쓰고 버리기 위해 소비된다. 나는 멀쩡한 휴대폰을 2년 이상 사용해 본 적이 없다. 그저 지겹기 때문이다. 개인은 끊임없는 소비를 통해 만족감을 얻으려 하며, 소비가 중단되는 즉시 금단 현상을 겪는다. 그리고

---

17) 에리히 프롬은 그의 저서 『소유냐 존재냐』의 서문에서 "행복에 대한 산업주의의 약속은 이행되지 않았으며, 인간에게는 새로운 선택, 즉 새로운 사회상과 새로운 인간상이 필요하다."고 역설했다.

기업은 이러한 현상을 의도적으로 극대화시킴으로써 성장을 추구한다. 계속 쓰고 버려야만, 다시 말해 욕망의 충족을 무한히 반복해야만 경제가 굴러가는 시대가 되었다. 욕망의 확장은 현대사회를 움직이는 기업의 실제적 요구이며, 불행히도 그러한 요구를 거부하고 무산시킬 수 있는 권력은 지금 당장은 존재하지 않는다.

그렇다고 해서 욕망을 강압적인 방식으로라도 제한하는 게 바람직하다는 말을 하고 싶은 것은 아니다. 더구나 기술의 진보나 신기술 개발을 통한 성장이 인간의 삶을 피폐하게 만들 것이라는 설익은 주장을 하고 싶은 것도 아니다. 오히려 나는 인간의 마음속에 실체적으로 존재하고 있는 욕망을 억누르는 시도는 결코 성공하지 못할 것이라는 생각을 지지한다. 과거 소련과 중국에 의해 실행된 공산주의조차도 생산과 분배의 방식을 자본주의와 차별화하고자 했던 시도였지, 물질적 풍요로움을 포기한 것이 아니었다. 오히려 그들은 세계 최대의 자본주의 국가인 미국을 생산량 측면에서 앞서기 위해 온갖 어리석고 무리한 짓을 강행했었다.[18] 북한도 마찬가지다. 그들이 인민의 노동력을 동원해 무슨 무슨 운동이라는 이름으로 추구하는 궁극의 목표는 생산의 극대화다. 생산의 극대화를 추구한다는 점에서 자본주의와 공산주의는 동일한 지향점을 가진 체제이며, 다른 듯하지만 같은 목적과 속성을 갖고 있다. 이것은 어떤 경제 체제든 간에 더욱 많은 것

---

18) 가령 중국은 문화혁명 당시 미국의 철강 생산량을 일거에 따라잡을 목적으로 마을마다 조그마한 제철소를 설치하여 민가의 솥단지며 살림살이들을 수거해 녹이도록 했다. 중국의 소설가 위화의 장편소설 『인생』에는 이러한 장면이 생생하게 묘사되어 있다.

을 생산하고, 더욱 많이 소유하고 싶은 인간의 본능을 본질적으로 외면할 수 없음을 적나라하게 보여준다. 중국이 국가자본주의 체제로 신속히 전향할 수 있었던 것도 물질을 바라보는 자본주의적 시선이 공산주의 체제 안에 이미 내재되어 있었기 때문일 것이다. 인간은 지금까지 단 한 순간도 소유하기를, 욕망하기를 포기해 본 적이 없다.

지금 인간은 거대해진 욕망이 만든 딜레마와 마주하고 있다. 욕망이 멈추면 작동이 정지되는 사회 속에 살면서, 개인은 자신의 행복을 어디에서 어떻게 찾을 수 있을 것인가? 더 많이 소비하지 않으면 생산 체제가 붕괴되는 사회 속에 살면서, 그리고 자본주의의 최전선에 배치되어 타인의 욕망을 자극함으로써 더 많이 소비토록 만드는 역할을 부여받아 살면서, 개인은 스스로 욕망의 주인이 될 기회를 찾을 수 있을 것인가? 우리는 지금 욕망의 충족 그 자체만으로는 행복으로 향하는 길을 찾을 수 없음을 잘 알면서도 계속해서 욕망을 추구할 수밖에 없는 세상을 살고 있다. 우리 삶의 현장은 이로 인해 극심하게 압박받고 있다.

그러나 만일 우리가 이러한 사실들을 용기 있게 직시할 수 있다면, 욕망에 대응하는 적절한 방식을 모색함으로써 삶을 개선시킬 수 있는 토대를 확보한 바와 다르지 않을 것이다. 이것은 욕망을 거부함으로써 좌절, 실망, 절망과 같은 부정적 감정을 없애자고 주장하는 것이 아니라, 불가피하게 긍정할 수밖에 없는 욕망과 공존할 수 있는 새로운 가능성을 모색해 보자는 제안인 것이다. 또한, 물질이 우리 삶에 어떤 가치가 있는 것인지를 파악하고, 그것과 어떤 관계를 맺을 것인지를 고민해 보자는 것이다.

앞으로도 계속 인간은 욕망이 주는 딜레마에 빠져 고통스러워 할
것이며, 각 개인의 참모습은 이러한 고통 속에서 욕망에 어떤 자세를
취할 것인지에 의해 결정될 것이다. 당연히 주체적 인간이라면 이 문
제를 스스로 해결하기 위해 노력해야 할 것이다. 도대체 얼마나 소유
해야 하나? 욕망의 종으로서 고통스러운 삶을 살 게 아니라, 그의 당
당한 주인으로서 행세할 수 있는 방법을 찾아보자.

CEO

기업은 우리에게 어떤 의미인가?

예전에 같은 직장에서 근무하다가 지금은 울산공업단지 내에 소재한 중공업 회사로 옮겨 전무이사로 일하고 있는 친구와 얼마 전 저녁 식사를 함께했다. 친구가 당시에 직장을 그렇게 옮길 수 있었던 이유는 그 회사들 모두가 같은 대기업 그룹 안에 소속된 계열사였기 때문이었다. 처음에는 금융 회사에서 얌전히 법무팀장을 하다가 철강을 두드리고, 자르고, 용접하는 회사로 옮겨 고생하고 있을 친구가 안쓰러워서 웬만하면 빨리 그룹 본사가 있는 서울로 올라오라고 권유하기도 했었다. 더구나 요즘 울산 거제 지역 중공업 회사들이 큰 어려움을 겪으면서 친구 자신의 손으로 직원들 구조조정을 단행하는 상황까지 거쳐야 했음을 알고 있었기에 더욱 그런 마음이 들었던 것이다. 구조조정 통보를 받은 어떤 생산직 직원은 사무실로 찾아와 몸을 벌벌 떨며 월급을 덜 받아도 좋으니, 계속 근무만 할 수 있도록 해달라고 사정하더라는 얘기까지 들었다.

그런데 그날 저녁 친구의 마음을 알고 나서는 더 이상 그런 권유를 할 수 없음을 느꼈다. 그리고 친구가 참 자랑스럽게 느껴졌다. S대 법대를 나온 친구의 말로는, 그 공장에 근무하는 직원들 다수가 고졸 학력이고 지방 4년제 대학 출신도 고작 몇 명 되지 않는다고 했기 때문에, 나는 내심 친구가 평소에 대화할 사람도 없고 참 외롭겠다고 어림짐작하고 있던 참이었다. 이런 내 생각과는 다르게, 친구가 이제는 울산공업단지 풍경에 정겨움을 느끼고 직원들과도 정이 많이 들어서 끝까지 해봐야겠다는 생각이 든다고 말하는 것을 보고는 크게 느껴지는 게 있었던 것이다. 평소 생각이 깊고 어떤 일에 대해 단정적으로 말하는 경우가 드문 친구이기 때문에 그 정도의 말로도 나는 그의 마음속에 어떤 의지 같은 것이 담겨 있다고 느꼈다.

현대를 살아가는 우리에게 회사란 단순한 삶의 터전으로서의 직장, 그 이상의 의미를 지닌다. 회사 내에서의 삶은 실질적으로 회사 밖의 삶에도 절대적인 영향력을 행사한다. 지금부터는 편의상 '회사'라는 용어를 '기업'이라는 말로 대체해 이야기를 계속해 보자. 현대사회의 문명은 생산 방식은 물론이고, 일상적인 생활 방식조차도 기업화의 과정을 거치면서 형성된 것이다. 한가한 휴일 오후 잠깐의 여유를 즐기기 위해 찾는 카페조차도 기업화되어 있지 않은가? 아직까지 남아 있는 몇몇 소상공 분야, 가령 슈퍼마켓이나 자영 음식점 같은 상점들도 급속히 기업화되고 있다. 그러니 지금 우리가 사는 이 세상은 기업이라는 기반 위에 구축되어 있다고 해도 과언이 아니다.

기업은 경제적 차원을 넘어 문명을 창출하는 주역으로 부상했으며, 세상을 통제하고 삶의 규칙을 정하는 지배자가 되었다. 특히나 자본주의 사회에서 기업은 이데올로기 그 자체다. 자본주의 사회는 실질적으로 기업을 통해 세상을 조직화하고 통제하고 있다고 해도 틀린 말이 아닐 것이다. 기업의 영향력은 경제, 정치, 법의 영역에만 머무는 것이 아니라 윤리와 도덕을 정하는 일에까지 이르고 있다. 무엇이 윤리적이고 도덕적이냐의 판단에 기업은 깊숙이 개입하고 있다. 이것은 기업이 우리의 실제적 삶에 절대적인 영향력을 행사하고 있다는 의미다.

자신을 고용한 자본을 위해서 성실하게 봉사하는 것은 자본주의 사회의 시민이 갖추어야 할 최고의 미덕 중 하나다. 개인의 사회적 성공은 이러한 미덕을 최대한 발휘했을 때 이루어지는 것이다. 주주와 자본의 이익은 그 무엇과도 바꿀 수 없는 최고의 선이며, 피고용인에게 그 이상의 윤리 도덕적 판단은 허용되지 않는 경우가 많다. 기업이 설정하는 판단 기준을 넘어 외부의 타인과 사회 전체의 이익을 고려하고 선택하고자 할 때 피고용인은 해고와 소외의 위험에 노출될 가능성을 안게 될 것이다. 기업 내부의 비리와 부조리를 폭로하는 수많은 내부고발자들이 그 대표적인 사례다.[19]

---

19) 내부고발자를 바라보는 우리 사회의 시각은 대단히 이중적이다. 표면적으로는 외부 기관에 자기가 속한 조직의 비리를 신고하거나 언론에 양심선언을 하는 행위가 사회 공동체 전체의 공익 증진을 위해 바람직하다고 말하지만, 실제적으로는 조직에 대한 배신이나 항명 행위로 간주되어 눈에 보이지 않는 불이익을 받는 경우가 많다. 아직까지 내부고발 행위는 우리 사회의 문화적 토양에서는 쉽게 받아들여지기 힘든 일임이

지금 이 세상에서 기업의 영향력으로부터 완전히 자유로운 사람은 없다. 우리 삶의 모든 영역들, 예를 들어 일자리, 소비, 문화생활 등이 기업이 생산하는 가치에 의존하고 있다. 극심한 실업률에 시달리는 작금의 상황에서도 알 수 있듯이, 기업의 선택을 받지 못하는 개인은 인간다운 삶을 영위하는 데 필요한 조건을 갖추는 일에 큰 어려움을 겪는다. 이것은 지금 친구가 있는 울산 거제 지역에서 조선산업이 무너지면서 발생하고 있는 실업 사태로 인해 수많은 사람들이 고통받고 있는 현실을 봐도 알 수 있는 일이다. 개인의 생계는 역사상 그 어느 때보다도 구조적으로 기업에 의존하고 있다.

그런데 어떤 시대든 경제적 의존은 무력한 종속을 낳는 법이다. 이로 인해, 현대사회의 개인은 기업이 허용하는 범위 내에서만 자율적 삶을 영위할 수 있게 되었다. 개인은 자신의 얼굴을 기업이 추구하는 목적 수행에 적합하도록 성형해야만 생존할 수 있게 되었다. 이것은 소위 말하는 상위 1퍼센트의 개인에게도 동일하게 적용된다. 오히려 그들이 더 기업의 눈 밖에 날 것을 두려워하며 전전긍긍하면서 살아가는 것 같다. 자신들의 기득권이 기업에서 비롯되기 때문일 것이다. 이제 대다수의 개인은 기업이라는 조직 안으로 편입되어 통제받고 있으며, 개인의 실질적 통제자는 정부가 아니라 기업이 되었다. 기업은 그렇게 우리 사회를 조직화하고 있다.

분명해 보인다. 하지만 소위 '김영란법'이 시행되고 있는 마당에 사회 전체의 윤리의식을 증진시키기 위해서라도 내부고발자들에 대한 사회적 인식은 개선되어야 마땅할 것이다.

이렇게 기업은 세상의 중심부를 차지하고는 자신의 이익이 곧 사회적 공리임을 선포했다. 이제 기업은 개인들의 세세한 삶의 영역에까지 영향력을 행사하고 있다. 분명 지금 우리는 그런 세상을 살고 있다. 그러니 당연한 말이겠지만, 사람들의 삶이 건강하고 따뜻해지기 위해서는 기업 역시 건강하고 따뜻해야만 한다. 만일 어느 기업이 부조리로 가득하다면, 그에 속한 개인은 말할 것도 없고, 기업 외부에서 소비자의 지위를 갖고 있는 사람들 역시 행복한 삶을 영위하기가 매우 어렵게 된다.[20]

 이렇듯 사람들의 삶에 미치는 기업의 막대한 영향력 때문에 현대사회는 기업의 활동을 감시하고, 기업 시민으로서의 역할을 주문하기도 한다. 가령 사회는 기업의 독과점이나 단합 행위, 불량 제품 제조 등에 대해서는 처벌을 하기도 하고, 사회공헌 활동을 수행토록 요구하기도 하는 것이다. 이러한 요구들은 기업 역시 사회 공동체의 일원으로서 그에 상응하는 책임과 의무를 져야 한다는 개념에서 출발하는 것이다. 그러나 아직까지 이러한 요구들은 주로 기업과 사회와의 관계 측면에 집중되고 있을 뿐, 기업 내부자들의 복지와 행복에 대해서는 소홀한 측면이 있는 게 사실이다.

 물론, 본질적으로 고용계약은 기업과 개인 간의 사적 계약이므로 사회의 영향력이 기업 내부로 미치는 게 꼭 좋은 것만은 아니다. 하지만 우리 사회에는 여전히 운전기사를 상습 폭행해 고발당했던 모 식

---

20) 가령, 가습기살균제로 인해 수많은 산모, 영유아 등이 사망하거나 폐질환에 걸린 사건을 보라.

품회사의 회장님이나, 종업들에게 부당한 업무 지시를 내리는 등 온 갖 '갑질'을 자행하는 회사, 또 상습적으로 임금을 체불하는 사례를 통해서도 알 수 있듯이, 기업 내부자들의 권익이 제대로 보호되지 않는 경우가 많음도 틀림없는 사실이다. 따라서 특정 기업에 속한 구성원들의 행복추구권이 심각하게 침해당하고 있을 때 사회가 이를 시정토록 요구할 수 있는 기준과 제도를 좀 더 명확하게 수립하고, 이를 통해 도출된 결정을 기업이 받아들이도록 하는 일은 대단히 중요하고, 꼭 필요한 것이라고 말할 수 있다.

종업원들의 행복은 그 무엇보다도 가장 크게 기업문화에 의해 결정되는 것 같다. 우리나라에도 직원들의 행복을 중시하는 훌륭한 기업들이 많긴 하지만, 반대로 군대식의 거친 조직문화를 가진 기업들도 여전히 많다. 상사로부터 신체 폭력을 당하는 직장인들도 상당수 존재한다고 하니 참으로 놀라울 따름이다. 종업원들이 일과 생활의 균형을 추구할 수 있도록 근무시간에 최대한 생산적으로 일하고 퇴근시간을 준수하도록 필요한 제도를 만들어 실행하는 훌륭한 회사도 많지만, 반대로 어떤 기업들은 상습적인 야근과 주말 근무를 당연시하면서 이를 강요하기도 한다. 또 상하 직원들 간의 원활한 소통을 위해 탈권위적인 문화를 조성해 가는 기업이 있는 반면에, 권위적 문화와 불통으로 일관하는 기업들도 대단히 많은 게 사실이다.

그런데 이러한 기업문화의 차이가 종업원들을 대하는 태도에 따라 좌우됨은 물론이다. 좋은 조직문화라는 것이 단지 가족 같은 분위기를 만든다거나, 퇴근 시간을 잘 지킨다거나, 복리후생을 강화하는 것을 뜻하지는 않는다. 이런 것들은 있으면 참 좋은 것들이고, 경우에 따라서는 꼭 필요한 것들이기도 하지만, 정작 사람들이 갖는 진정한 욕구는 회사에서 일을 통해 자신의 성장을 도모하는 것이다. 종업원들을 단순히 노동력을 제공하는 근로자로 보는 것이 아니라, 공동의 목표를 추구하며 함께 성장해야 하는 동반자로 여길 때만이 좋은 조직문화에 대한 개념이 형성될 텐데, 우리 사회 일각에는 그들을 그저 이익 창출을 위한 소모품으로만 여기는 문화가 여전히 강하게 남아 있다고 할 수 있다.

많은 사람들에게 있어, 특히나 인생을 조금이라도 진지하게 살고 싶은 사람들에게 있어 회사란 단순히 월급을 받기 위해 자신의 노동력을 귀속시키는 장소가 아니라, 작게는 자아를 실현하는 공간이자 크게는 사회를 위해 기여할 수 있는 통로의 역할을 하는 곳이다. 따라서 어떤 회사가 좋은 회사라는 것은 종업원들이 일을 통해 스스로 성장하고 있으며 사회 발전에도 기여하고 있다는 성취감과 만족감을 갖도록, 함께 좋은 비전을 공유하고 그것을 달성하는 일에 힘을 합치는 회사일 것이다.

그런데 기업의 이러한 태도 형성에 절대적인 영향력을 행사할 수 있는 사람은 해당 기업 내에 단 한 사람만 존재한다. 바로 CEO(최고경영자)다. 어떤 형태의 조직에나 리더가 있고 소속된 조직원들에게 큰 영향력을 미치게 마련이지만, 그중에서도 기업이라는 조직의 수장인 CEO는 내부 조직원들에게 절대적이라 할 만큼의 영향력을 행사할 뿐만 아니라, 사회경제적 관점에서도 대단히 큰 책무를 짊어지고 있는 사람이다. CEO는 자본주의 생태계의 정점에 올라 있는 사람이다. 돈을 가장 많이 벌고 사회적으로도 존경을 받는다. CEO가 됐다는 것은 신분이 상승했다는 뜻이기도 하다. 그러나 한편으로 그만큼 외롭고 힘든 자리이기도 하다.

요즘처럼 어느 조직이고 인사 적체가 심한 상황에서는 참 어려운 일이 되었지만, 운 좋게 조금 일찍 태어난 덕분에 관리자 생활을 십수년 넘게 하다 보니 꽤 많은 CEO들을 모셨다. 그중에는 오너도 있었지만, 대부분이 대리인으로서의 경영자였다. CEO는 주주의 이익 극대화, 기업의 지속적 생존, 조직원들의 고용 유지 등을 자신의 가치 있는 임무로 삼지만, 대리인으로서의 CEO는 그 외에도 내면적으로 자신의 임기 연장을 중요한 목표로 삼게 마련이다. 그는 자신 역시 피고용인이기 때문에 성과에 늘 목말라하며, 탁월한 업적을 창출해야 한다는 강박관념에 시달린다. 그래서인지 모르겠지만, 모셨던 CEO 중에는 별난 성격을 가진 분들이 참 많았다. CEO가 종업원들을 따뜻한 시선으로 바라보는 감성을 갖추고, 이를 경영 현장에 접목시킨다면 참 좋을 것이다. 그러나 그의 고민은 자신을 임명한 주주들이 그의 따뜻한 시선을 원치 않으며, 심지어는 그 점을 결격 사유로 간주할 수도 있다는 사실을 알고 있기 때문에 시작되는 것이다.

CEO가 내리는 중대한 결정 중에는 종업원의 고용과 관련된 사항이 있는데, 이러한 결정은 대기업의 경우 각종 위원회나 이사회 등의 제도적 틀을 거쳐 이루어지기 때문에 CEO의 의사결정은 개인의 인격적 성향이 아니라, 합리적 분석의 결과로 받아들여지는 경향이 많다. 그러나 실제적으로는 많은 경우 그러한 결정이 CEO의 인격적 성향까지는 아닐지라도 그의 개인적 경영철학에 의해 크게 영향받는다는 사실을 부인하기도 힘들다. 특히나 대리인으로서의 CEO는 경영환경이 어려워질 경우 고용 축소를 통한 비용 절감에 실패하게 되면 자신의 임기에 불리한 상황이 만들어질 수도 있기 때문에, 종종 종업원을 그의 동반자가 아니라, 그저 여러 경영 자원 중의 하나로 손쉽게 취급하는 경우가 발생하는 것이다.

　우리가 해고를 단행한 CEO를 인간성이 나쁜 사람이라고 단정해서는 곤란하다. 사실 우리는 그의 인격성에 관해서는 아는 바가 없고, 따라서 섣불리 그러한 결정만을 바탕으로 그의 선의를 의심해서는 안 되는 것이다. 오히려 CEO의 고용 축소 결정은 혹독한 현실을 만나 다 같이 죽을 수 없다는 선의에 찬 결단에서 나온 것이었을지도 모를 일이니까 말이다. 요즘 극심한 불황을 겪고 있는 조선해운업에서 발생하고 있는 대량해고 사태로 인해, 해고자들은 말할 나위 없고 그들을 해고한 CEO들 역시 마음이 편치 않을 것이다. 물론 선한 의지를 갖고 있는 CEO에게나 한정될 가정이기는 하지만 말이다. 그러니 우리는 이쯤에서 단지 CEO의 개인적 경영철학(세계관)이 기업 내부자들의 운명에 지대한 영향을 미친다는 정도로만 본 사안을 이해하고 넘어가도록 하자.

　다시 내 친구 이야기를 조금 해보자. 내가 친구와의 대화에서 느꼈던 점은 바로 방금 언급한 선한 의지 같은 것이었다. 친구는 분명 그와 한솥밥을 먹고 있는 동료들에게 따뜻한 마음을 품고 있었다. 그래서 그 만남의 며칠 후에 나는 친구에게 카톡을 보내, 울산에서 할 수 있을 만큼 최대한 노력해서 많은 사람들에게 힘이 되기를 바란다는 말을 했다. 물론 그의 대답은 조직의 명령을 받고 근무하는 사람의 합리화 심리도 적지 않다는 겸손에 찬 말이었다.

그러나 나는 진심으로 친구가 언젠가는 최고경영자가 되었으면 한다. 그는 직원들에게 함부로 고함을 치는 경영자가 되지는 않을 것이다. 사실 경영자뿐만이 아니라 조그마한 직위라도 갖고 있는 관리자라면, '아랫사람'에게 함부로 말하는 경우가 많다. 그 이유가 조직의 목표를 달성하기 위해 직원들을 독려하기 위함도 있겠지만, 적지 않은 경우 단지 자신의 권위를 올리기 위해 또는 그저 쌓여 있던 화를 풀기 위한 목적도 있는 게 사실이다. 이런 행위가 조직은 물론이고 그 누구에게도 도움이 되지 않을 것이라는 점은 분명하다. 기껏 긍정적으로 해석해 봐야 화 푸는 사람의 정신 건강에는 조금 도움이 될 수도 있겠다.

내 친구는 인내가 무엇인지를 알고 있는 사람이다. 그것은 친구에게 훌륭한 경영자가 되기 위해 필요한 대단히 중요한 덕목이 있음을 뜻한다. 보통의 경영자들은 성과를 내기 위한 의욕 때문에 마음이 항상 조바심으로 가득 차 있고, 마음대로 움직이지 않는 직원들이 원망스럽게 보이기 쉽다. 보통의 경영자들 눈에 직원들의 주장은 때로는 떼를 쓰는 것처럼, 때로는 수준 이하의 말처럼, 때로는 어려운 회사 사정에 대한 몰이해에서 비롯된 것처럼 보이기 쉬울 것이다. 물론 직원들 생각이 짧은 경우도 많겠지만, 지금까지 나와 함께했던 많은 직원들은, 당연히 나 자신을 포함해서, 회사의 발전이 자신의 성장을 위해 꼭 필요한 것임을 잘 알고 있었다. 오히려 미흡한 리더십이나 불명확한 소통, 책임과 고통을 직원들에게 먼저 부과하려는 태도 같은 것들이 직원들의 내면에 있는 의지를 이끌어내지 못하고 문제를 만들어 내는 경우도 많았다.

경영자에게 인내라는 덕목이 필요한 이유는 바로 그 이유 때문일 것이다. 나는 친구가 그 덕목 위에서 직원들을 설득하고 이해하며 함께 가치 있는 비전을 만들어 갈 수 있을 것이라고 믿는다. 비록 그 비전이 어려운 상황 속에서 일단은 살고 보자, 하는 식의 조금은 폼 나지 않는 것이라 할지라도 말이다.

친구는 간혹 늦은 퇴근길에 전화를 할 때면 그의 직원들과 술에 취해 있는 경우가 많았다. 그는 많은 사람들의 행복이 자신에게 달려 있음을 무겁게 받아들이고, 그들이 보다 나은 삶을 영위할 수 있도록 최선을 다하는 경영자가 될 수 있을 것이다.

3장

● ● ● ○

여행

모디카

나는 누구인가?

대략 14년 만에 제주를 다시 찾은 것 같다. 이번 제주 여행은 집안에서 추석을 치러야 할 의무를 벗어 던지고 단행한 일이었다. 원래 명절은 우리 집에 친척분들이 다 모여서 쉰다. 그런데 금년에는 내가 제주도를 정말로 다시 한 번 가보고 싶어서, 또 매년 명절을 치르는 아내에게 미안한 마음이 들어서 어르신들 허락을 구하고 제주로 향한 것이다. 오후에 잠깐씩 비가 내리기는 했지만, 전반적으로는 좋은 날씨 속에서 수려한 경관을 즐기고, 여러 명소들을 찾아가 봤다.

그중에서도 기대를 갖고 찾았던 곳이 일본의 세계적인 건축가 안도 다다오가 설계한 '지니어스 로사이'와 '본태박물관'이다. 내가 알기로, 우리나라에는 안도 다다오의 건축물이 세 개가 있다. 원주에 있는 '뮤지엄 산' 그리고 방금 언급한 두 개의 미술관이 그것들이다. '뮤지엄 산'은 지난여름에 방문한 바 있다. 그래서 세 군데를 모두 돌아보게 되었는데, 자연스럽게 그것들의 공통점을 발견할 수 있었다.

무엇보다 그의 건축물들은 반듯하다. 굴곡지거나 흐트러진 부분을 전혀 찾을 수 없을 정도로 직선과 사각의 면에 의존한 건축을 한다. 어떠한 여분이나 군더더기도 허용하지 않는다. 그래서 극단의 모던함을 느낄 수 있다.

두 번째 특징은 콘크리트와 함께 자연석과 물을 소재의 3요소로 사용했다는 점이다. 현대 건축물답게 콘크리트를 주된 소재로 사용하여 건물의 대부분을 구성하고 있지만, 동시에 자연석을 이용해 사각의 반듯한 벽면들을 쌓아 올림으로써 자연 친화적인 이미지가 풍기도록 했다. 또한, 건물 자체에 연못을 설치하고, 그 안에 담긴 물이 외벽을 타고 바깥으로 조용히 흐르도록 하여 콘크리트와 돌이 발산하는 딱딱함을 상쇄하고 청량감을 느끼게 했다. 그러나 바로 그 돌과 연못에서 일본의 성들이 연상되는 이유는 무엇일까? 오사카 성이나 나고야 성에 가본 사람이라면, 그의 건축물에서 일본의 성들이 재연되고 있는 듯한 느낌을 받을지도 모른다. 거대한 바위들을 반듯하게 쌓아 부지를 조성하고, 주변에 도랑을 파 물을 채움으로써 적의 접근을 차단하는 설계 구조가 안도 다다오의 건축물에 하나의 모티브를 제공한 것은 아닌지 생각하게 된다.

세 번째 특징은 건축물이 만들어 내는 빈 공간을 통해 주변에 있는 상징적인 무엇인가를 보게 만들었다는 점이다. 예를 들어, '뮤지엄 산' 은 높은 산에서 바라볼 수 있는 파란 하늘과 구름이 건축물의 구조를 타고 관측자의 눈에 들어오게 되어 있으며, '지니어스 로사이'에서는 작은 사각형 구멍을 통해 멀리 있는 성산 일출봉을 관측할 수 있게 만들어 마치 캠퍼스 위에 성산 일출봉이 입체적으로 박혀 있는 듯한 인상을 이끌어낸다.

마지막 특징은 지하공간이 매우 중요한 역할을 차지하고 있다는 점이다. 지하공간은 암흑과도 같은 어둠을 만들어 내며, 그 어둠은 빛의 작품을 창조하기 위한 배경으로 사용된다. 세 곳의 미술관 모두 지하공간에서 창조적인 빛의 형상을 만날 수 있다.

종합적으로 볼 때 안도 다다오의 건축물들은 어떤 규범을 상징하는 것 같다. 사각의 반듯함에 들어 있는 절제미는 질서 있는 세계를 대변한다. 그런데 참 이상하게도 내게는 그런 느낌이 전부였다. 물론 '뮤지엄 산'에서 만난 제임스 터렐의 설치 작품에서 강렬한 인상과 교훈을 얻기는 했지만, 건축물 자체에서 받은 느낌은 빈약했다. 하지만 이 부분은 작품 감상자의 수용 태도에 따라 달라질 수 있는 것이니, 그의 건축물에 대한 이야기는 여기에서 멈추기로 하자.

제주에서 내가 기대와 설렘을 품고 찾아간 곳이 한 군데 더 있다. 한림읍에 위치한 아담하고 깔끔한 이탈리안 레스토랑인데, 이 식당의 주인은 내가 과장 시절 같은 팀에서 대리를 하던 친구다. 온순하고 정갈한 성품과 신사의 매너를 겸비한 이 후배는 어느 날 갑자기 회사에서 명퇴를 실행하자, 즉시 사표를 내고 이탈리아로 요리를 배우러 떠났다. 페이스북에는 매일 물을 접해 시커멓게 변해 버린 그의 손 사진이 올라왔다. 그리고 한국에 돌아와 제주에 자택과 레스토랑을 겸해 이 층짜리 집을 지었다.

레스토랑 문을 열고 들어서자, 손님들 서빙을 하고 있는 후배의 모습이 보였다. 이윽고 후배 부부가 우리 식구를 반갑게 맞이했다. 이들을 부부로 맺어준 사람 역시 내가 아주 좋아하는 후배였다고 한다. 기특하다. 어쨌든 레스토랑 주인인 후배가 직접 요리한 파스타를 맛있게 먹은 후에 그들이 키우고 있는 성팔이(늑대보다 큰 개. 그 개에게서는 정말 야생동물의 땀 냄새가 났다)와도 머뭇거리며 인사를 했다.

이제 후배는 나와는 전혀 다른 인생을 살고 있다. 후배는 그 온순한 성품에도 불구하고, 회사 생활을 하는 동안에는 내면에서 이 세계와 화합하지 않았던 것 같다. 그렇다고 그가 세계와 노골적인 불화의 관계에 있었다는 말은 아니다. 다만, 이 사회에서 맡았던 역할이 자신의 정체성[21]을 추구하는 데 어울리지 않는다고 느꼈을 것이란 뜻이다. 그것은 마치 안도 다다오의 규범적인 건축물 속에서 정해진 형태의 삶을 살기를 거부하는 의미와 유사하다고 할 것이다. 후배는 정말 자기의 참된 모습을 발견하고, 자신만의 삶을 살기 원했던 것 같다.

그런데 사실 많은 사람들이 후배처럼 선뜻 용기를 내지는 못하지만, 자기의 참된 모습을 발견하고 자신의 삶을 살기를 열망한다. 가면을 벗어 던지고 '있는 그대로의 나'를 발견하고 싶어 한다. 일반적으로 이러한 열망은, 자신의 진정한 정체성을 현실 세계에 드러나 있는 본인의 역할에서 찾는 게 아니라, 역할 수행을 위해 착용하고 있는 가면 뒤에 자기의 본모습이 있다는 믿음을 갖는 데서 출발한다.

---

21) 본문 속의 정체성, 참된 모습(참모습), 자아 등의 어휘는 동일한 의미로 사용되고 있음을 밝힌다.

기능적 자아상

지난 시대를 살아온 사람들은 자신의 참된 모습과 정체성을 그의 사회적 역할 속에서 발견할 수 있다고 믿었다. 이들은 구조화된 세계 속에서 각자 특정한 위치와 공간을 점유하고, 자신이 속한 세계가 설정한 목표를 달성하기 위해 맡은 역할을 효율적으로 수행하는 것을 자신들의 존재 목적이라고 여겼다. 개인의 자아는 그러한 역할을 충실히 수행한 결과로 얻게 되는 타인의 인정과 보상을 토대로 공고히 확립되며, 개인은 그것에 대해 큰 자부심을 품었다. 기능적 자아상을 갖고 있는 개인은 세계와 불화를 겪게 될 위험에 적게 노출된다. 이러한 개인들은 일반적으로 서로의 발전을 돕는다는 측면에서 세계와 공모 관계를 이루고 있기 때문이다. 그들이 세계와 불화를 겪게 되는 경우는, 자신들이 수행한 역할의 성과를 평가하면서 세계와 의견의 불일치를 보거나, 또는 자신들이 보유한 능력에 걸맞은 역할을 부여받지 못하고 있다는 불만을 갖게 될 때 정도일 것이다. 그래서 지난 시대의 사람들은 전반적으로 세계와 친밀한 관계를 맺어 왔다. 다시 말해, 대부분의 사람들이 세계의 요구에 순응하면서 자신의 역할에 충실하게 살아왔다는 뜻이다. 그것은 세상의 중심으로 들어가고 싶은 욕망의 결과이기도 했다.

외부에서 내면으로

그런데 한국 사회의 근대화가 진전을 이루고 사회 체제가 서구화되면서, 이러한 기능적 인간상에 대한 확신이 점점 희미해지고 있다. 지금 이 시대의 많은 사람들은 자신의 참된 모습과 온전한 삶이란, 사회가 강요하는 부조리한 규범에서 탈피하여 자기만의 고유한 세계로 들어갈 때 비로소 이루어질 수 있다고 믿는 것 같다. 참된 모습이 자기 내면의 은밀한 곳에 간직되어 있고, 언젠가는 꼭 그것을 찾아야 한다는 믿음을 품고 있다.

많은 사람들이 이러한 믿음을 품게 된 이유는 아마도 사회가 강요하는 규범 속에 점점 큰 모순[22]이 축적되고 있기 때문일 것이다. 점점 더 큰 모순이 많은 사람들의 가슴에 아프게 와 닿고 있다. 사실 어떤 면에서 세계와 화합한다는 것은 그 속의 모순을 잘 수용하고, 거기에 맞춰서 산다는 말과 다르지 않다. 세상에서 능력자로 평가받는다는 것은 분명히 세상이 던져주는 모순에 남보다 잘 대응할 줄 안다는 뜻일 것이다. 우리 사회에 나홀로족(myself generation)이나, 세상으로 나오기를 거부하고 자기 방에만 틀어박히는 젊은이들이 증가하는 이유 역시 단지 그들의 개인주의적 성향과 나약함 때문이 아니라, 세상의 모순을 피하기 위해 그들이 무의식적으로 자구책을 행사하고 있기 때문일지도 모른다. 그들은 사회의 모순에 대응하는 요령이 서툴거나, 그

----

22) 부조리'라고 표현해도 좋을 것이다. 카뮈가 『시시포스 신화』에서 말한 바를 빌리자면, 부조리란 '인간의 호소와 세계의 비합리적 침묵 사이의 대면에서 생겨나는 것'이다. '나의 조건을 벗어나는 의미가 존재한들, 그것은 나에게 의미가 없을' 때 자유 역시 부조리가 된다. 지금의 젊은이들은 고등학교를 졸업할 때까지 치열한 입시 경쟁을 벌이며 정해진 틀을 벗어날 수 없는 생활을 한다. 사회가 강요하는 틀 안에 갇혀 살아온 젊은이들에게 어느 날 갑자기, 취업에만 매달리지 말고 창업을 하라거나, 아프리카 같은 오지로 나가서 도전하라는 말은 그저 부조리하고 공허한 모순이 될 뿐이다.

것에 맞춰 살기 위해 노력할 때 맛볼 수밖에 없는 정서적 동요에 겁을 내고 있다. 많은 사람들이 자신의 역할에서 탈피하고 싶어 하는 이유도 이와 유사하다. 역할에 수반되는 모순, 또는 자기 자신이 모순의 행위자로 변모하게 될 가능성을 회피하고 싶기 때문이다.

이것은 갈수록 많은 사람들이 자신의 정체성을 공적인 영역이 아니라, 사적인 영역에 속하는 그 무엇인가로 규정하게 만드는 원인이 되고 있다. 세계와 친밀한 관계를 맺어온 지난 시대의 사람들에게 정체성이란 늘 공적인 영역과 연결된 것이었다. 역할을 수행하고, 이에 힘입어 사회가 발전하고, 그 대가로 타인의 인정과 보상을 얻는 일 말이다.

그러나 이제는 많은 사람들이 그러한 관점을 거부하고 있다. 자신이 수행하는 공적인 역할이 기껏해야 사회적 모순을 축적하는 데 기여할 뿐이라고 보는 사람들이 늘어나고 있다. 이들은 어쩔 수 없이 사회에 참여하여 맡은 역할을 충실히 수행하고는 있지만, 동시에 내면적으로는 자신이 사회에 대해 도덕적 책무를 다 하지 못하고 있다는 죄책감 비슷한 감정을 느끼고 있다. 그리고 이렇듯 죄책감을 갖게 된 사람들은 자신의 모습을 공적인 부분과 사적인 부분으로 분리한 후에, 스스로 '공적인 부분은 나의 참모습이 아니야!'라고 자위함으로써 죄책감이 주는 암울한 기분에서 빠져나오려 하는 것이다. 자신의 참된 모습이 공적인 영역에서 분리된 별도의 사적 공간에 내밀하게 담겨 있으며, 자신의 진정한 가치 역시 사회적 인정과는 별도로, 독립적으로 성립되어 있다고 믿어버림으로써 가까스로 자존감을 유지해 나가는 것이다.

근원적 갈등

자아(사람의 정체성)의 실체를 바라보는 시각의 차이는 때때로 타인에 대한 적개심을 불러일으키기도 한다. 어떤 사람들, 특히 지난 시대의 가치관을 갖고 있는 사람들의 눈에는, 사회라는 큰 마당에서 주어진 역할을 적극적으로 수행하는 대신, 자기만의 세계를 찾아 안으로 들어가는 듯한 태도를 보이는 젊은이들이 게으르고, 소극적이며, 이기적인 모습으로 비춰질 수 있을 것이다. 반대로 이들 게으르고, 소극적이며, 이기적인 사람들은 자신들을 삐딱한 시선으로 힐난하는 사람들이 사회의 잘못된 규범과 왜곡된 인간상을 강요할 뿐만 아니라, 사회가 개인의 자유와 양심을 토대로 운영되는 것을 방해하고 있다고 여길 것이다.

더불어 그들이 사회라는 집단 개념을 앞세워 타인의 소중한 자아를 건드리고 침해하는 데 아무런 거리낌이 없다고 느끼며, 이러한 행위를 개인의 정체성을 붕괴시키는 무례한 위협으로 간주한다. 그리고 자아를 지키기 위해, 쉬운 일은 아니지만, 권력의 부당한 행사와 남용에 어떠한 방식으로든 저항해야 한다고 생각한다. 방 안에 틀어박히는 것도 저항의 소극적 방식 중 하나일 것이다. 마치 사보타주를 하는 사람처럼 말이다.

사회적 인정과 승인[23]

그러나 이러한 내면 중시의 경향에도 불구하고, 이 지점에서 우리가 분명히 짚고 넘어가야 할 사실이 하나 있다. 개인은 각자가 속한 사회의 종류나 크기에 관계없이 그 속의 다른 구성원들로부터 인정과 승인을 받아야만 자신의 정체성을 구축할 수 있다는 사실이다. 사람도 원숭이 사회에서 양육되면 원숭이가 되고, 늑대 무리 속에서 키워지면 늑대의 일원이 될 수밖에 없다. 사람이 사회적 동물인 이유가 바로 이것이다.

우리는 종종 개인의 내면에서 작동하는 심리적, 생리적 움직임 자체를 자아의 실체로 파악하는 태도를 보인다. 우리가 자아의 정체성을 이런 식으로 정의하는 이유는 자신의 성격이나 독특한 취향, 남모르게 갖고 있는 생각과 감정, 과거에 대한 아련한 추억, 내면 깊숙한 곳의 오래된 상처, 드러낼 수 없는 자존심 따위의 사적인 감정을 떠올리고, 그것들을 자아의 정체성을 구성하는 유일한 측면으로 이해하기 때문이다. 우리는 그것들을 자신의 내면에서 통제하기 위해 남모르게 정신적인 노력을 기울인다. 그것이 자아의 주인으로서 자신을 관리하는 길이라 믿기 때문이다.

그러나 수많은 경우에 있어 그러한 통제력은 원활히 작동되지 않으며, 이로 인해 우리는 내면에서 극심한 갈등을 겪기도 한다. 물론 개인의 심리적 움직임이 자아의 중요한 일면임을 부정할 수는 없을 것

---

23) 이와 관련해서는 김현경의 『사람, 장소, 환대』와 어빙 고프먼의 『자아 연출의 사회학』에서 많은 영감을 받았음을 밝힌다.

이다. 하지만 중요한 점은 개인의 심리가 독립적으로 움직이거나 활동하지는 않는다는 점이다. 마치 노예가 자아의 정체성을 갖지 못하는 것처럼, 아니면 복종하기 위해 태어났다는 왜곡된 정신을 갖는 것처럼, 우리의 자아는 사회가 허락하는 범위 내에서만 성립되고 확장될 수 있다. 이 시대를 함께하고 있는 동료 인간들의 인정과 승인을 통해 자존감을 갖지 못하는 한 자아는 왜소하게 위축될 수밖에 없다. 그리고 이러한 인정과 승인은 일반적으로 주체의 엄청난 노력을 통해 획득된다.

그럼, 우리는 그들로부터 무엇을 인정받고자 하는 것인가? 개인의 자아는 이 질문에 어떻게 답하는가에 의해 결정된다. "무엇을 인정받을까?"라는 질문은 "어떤 인간이 될 것인가?"와 동일한 의미를 가진다. 기능적 자아상을 갖고 있는 사람이라면 사회적 역할을 통해 타인의 인정과 승인을 획득하고, 이를 바탕으로 자존감을 획득할 것이다. 물론 이것에 실패한 사람은 자존감의 위축을 느낀다. 기능적 자아상을 갖고 있는 사람의 눈에 세상은 오로지 어떤 목적을 달성하기 위해 존재하는 것으로 비춰진다. 일등, 건설, 혁신, 개발, 자기실현 등이 그들의 삶을 지배하는 목표가 된다. 그러한 시각이 그의 세계관을 형성하는 것이다. 그러나 자아의 실체를 이렇듯 특정한 성과의 실현에 대한 보상으로 주어지는 자존감으로만 규정한다면 그것은 매우 협소한 생각이 될 것이다.

어쩌면 인정과 승인의 진정한 의미란 어떤 목표의 달성 여부를 떠나 일상적 의례나 규범의 차원에서 한 개인의 인격권을 존중하는 행위에서 비롯되는 것이 아닐까? 현대사회에서 개인의 인격은 매우 중요한 의미를 가진다. 그것은 이 시대의 우리가 표방하고 있는 철학적 올바름의 궁극적 지향점을 구성하고 있다. 인격의 존중은 어떤 사회의 사상적, 문화적 근대화를 상징한다. 개인의 인격을 존중하지 않는 사회는 그만큼 덜 근대화된 세계를 의미하는 것으로 받아들여진다. 그러나 아무리 근대화된 사회라 할지라도 일상적 현실 속에서 인격은 그 자체로서만 존중되지 않는다. 인격은 일종의 불가침적인 특성을 갖고 있고, 특히나 서구 문화를 받아들인 거의 모든 사회에서 하나의 보편적 권리로 인정되고 있지만, 그에 수반되는 그림자가 없다면 그 보편적 힘을 상실하고 말 것이다.

그 그림자란 사람이 사회 안에서 인격적 존재로 살아가는 데 필요하기는 하지만, 실체를 명확하게 정의하기 어려운 실존적 조건들, 가령 최소한의 경제적 생존권, 평등한 법적 권리, 정치적 의사 표명권 등의 사회적 권리들을 말하는 것이다. 인격은 이러한 요소들을 그의 배후에 일상적으로 대동할 때에만이 존중받을 수 있는 것이다. 가난한 경제적 약자, 힘없는 사회적 약자는 항상 함부로 대해질 가능성에 노출되어 있다는 점을 생각해 보자.

개인의 은밀한 자산이라고 여겨지는 '자아'라는 것은 인격에 대한 존중(인정과 승인)과 긴밀히 관계되어 있고, 인격은 다시 사회적 권리의 일상적 충족과 연결되어 있는 것이다. 만일 인격에 그림자처럼 수반되어야 할 사회적 권리들이 일상적으로 충족되지 않는다면 인격에 대한 존중의 의례는 약화되고 개인의 자아도 위축될 수밖에 없을 것이다.

힘없는 자에게 깍듯하게 대할 사람이 몇이나 되겠는가? 사회적 권리의 충족이 이루어지지 않아 인격에 대한 일상적 존중의 의례가 약한 사회는 그 근대성을 의심받아 마땅하다. 과거 미국의 흑인 노예나 카스트 제도의 하층 계급들이 가졌던 인격권과 그들이 가졌던 자아의 형체가 어떤 모습이었을지 상상해 보자.

외부가 아닌 내면에서 자아의 참모습을 발견하고자 시도하는 사람들(가령, 수도승이나 참선을 하고 있는 스님 등)이라고 해서 인정과 승인의 원칙에서 벗어날 수 있는 것은 아닐 것이다. 참선을 통해 내면의 세계로 침잠하는 행위도 본질적으로는 세계를 해석하고자 하는 시도와 연결될 수밖에 없는 것이다. 만일 세계와 격리되어 절대적 고립감과 고독을 느끼는 사람이 있다면, 그의 자아는 해체되고 인간성은 와해되는 결과가 초래될 뿐일 것이다. 와해되지 않은 인간은 언제 어디서나 외부와 연결되어 있거나, 연결의 가능성을 유지하고 있는 인간이다. 반대로 와해된 인간이란 외부와 어떠한 연결점도 갖고 있지 않은, 또는 연결의 가능성을 완벽히 차단당한 인간을 말한다.

그런데 세계와의 연결이라는 것은 세계의 인정과 승인 작용이 유지되고 있을 경우에만 가능한 것이다. 그러한 점에서 내면으로 침잠하는 행위 역시 세계와의 연결을 단절하기 위한 것이 아니라, 세계를 어떻게 해석하고 어떤 관계를 맺고 싶어 하는지에 대한 주체의 태도와 깊숙이 연관되어 있는 것이며, 그러한 해석과 관계의 추구는 다시 한번 앞서 말한 "무엇을 인정받을까?" 그리고 "어떤 인간이 될 것인가?"라는 욕망과 동일한 궤도의 의미를 가지는 것이다.

사실, 우리가 갖고 있는 모든 생각(사상, 이념, 지식 등) 중에 외부에서 오지 않은 것이 없다.[24] 침잠하는 사람의 생각이라고 해서 예외가 되지는 못한다. 그 모든 생각의 기원은 외부이며, 우리 내면에서 발원하는 유일한 생각은 본능과 욕망뿐이다. 삶과 생존, 성적 욕망, 성격적 형질 따위의 본능적 특징들이 유전자 속에 각인되어 전수되고, 그것들이 우리 행동의 큰 부분을 결정짓기도 하지만, 그것들을 제외할 때 인간은 그저 텅 비어 있는 상태로 태어날 뿐이다. 주체는 그 빈 공간 속에 사회에서 구한 재료를 이용해 삶(생존)을 이루기 위한 본능의 힘으로 자신만의 탑을 쌓아 올리기 시작한다. 그것은 마치 '레고 게임'을 하는 것과 같다. 어떤 조합으로 무슨 탑을 쌓아 올리느냐는 자신이 결정할 문제이기는 하지만, 사실은 그러한 결정조차도 삶 속에서 우연히 만난 동료 인간들(부모, 스승, 친구, 그리고 인간들의 어록인 책 등)의 인정과 승인 속에서 자연스럽게 유도된다고 볼 수 있을 것이다.

　이제 사회와 자아의 불가분적 관계를 생각하면서 우리가 분명히 확인해야 할 점이 하나 더 있다면, 공적인 자아와 사적인 자아는 결코 상호 대립하는 관계 또는 이원적으로 분리되어 있는 관계가 아니라는 것이다. 사적인 자아는 세상이라는 무대 뒤에서 주체를 떠받치는 은밀한 역할을 수행한다. 그것은 개인적인 자존감 같은 것이다. 우리는

---

24)　이와 관련하여 필자는, 자신의 머릿속에 형성된 생각이 어떤 경로와 과정을 거쳐 구성된 것인지를 자신도 잘 알지 못하면서 사람들이 어쩌면 그토록 무모할 정도로 특정한 소신을 가질 수 있는가에 대해 늘 의문을 갖고 있다. 예를 들어, 사상과 이데올로기에 대한 굳건한 확신 같은 것들 말이다. 내 안의 생각이 정말 '나의 생각'임을 어떻게 확신할 수 있을까?

그것이 한 인물에게만 속해 있는 고유함 또는 절대성이라고 생각한다. 한편, 개인의 공적인 자아의 형상은 특정한 사회가 사적인 자아를 인정하는 방식에 따라 크게 영향을 받는다. 개인의 인격을 존중하는 사회의 공적 방식에 따라 개인의 공적 자아가 크게 달라지게 나타난다는 의미다. 그리고 개인의 자아와 인격을 인정하는 방식은 사회의 문화적 지향점을 결정하기도 한다. 예를 들어, 개인의 프라이버시를 중시하는 경향이 강하게 나타나는 서구와 관계를 중시하는 중국은 사회의 문화적 지향점이 크게 다를 수밖에 없는 것이다.

그리고 여기에서 한 가지 더 간과하지 말아야 할 점은 우리가 타인의 자아를 존중하는 이유에 관한 것이다. 우리는 단지 타인의 자아 안에 내재되어 있는 고유함과 절대성 때문이 아니라, 모든 인간의 자아에 들어 있는 공통적 요소 때문에 타인을 존중하는 것이다. 타인은 나와 동일한 인격적 특성을 보유하고 있기 때문에 나의 동료가 될 수 있다. 우리는 모두가 공통된 무엇인가를 마음속에 공유하고 있다. 그래서 우리는 인간이라는 범주 안에 함께 머물 수 있는 것이다. 나와 완전히 다른 자아를 가진 인간이란 존재하지 않는다. 모든 인간은 자아와 인격의 보편적 특성을 공유하고 있다. 이런 관점에서 볼 때 타인의 자아와 인격을 훼손하는 일은 나의 자아와 인격을 훼손하는 일과 동일한 행위가 된다. 따라서 사회가 어떤 방식으로 개인을 취급하든 간에 궁극적으로 그러한 행위의 지향점은 나의 자아와 인격뿐만이 아니라, 타인의 자아와 인격 역시 동등하게 존중토록 하는 원칙 위에 있어야 한다는 것이다.

한 개인의 관점에서 볼 때 비록 공적인 자아가 사회의 영향을 받아 성립하기는 하지만, 그것이 한 개인을 두 개의 실체로 구분할 수 있음을 뜻하지는 않는다. 공적인 자아와 사적인 자아, 그 둘은 사실상 분리되지 않고 우리 삶 속에 함께 깃들어 있다. 어느 한쪽의 부재는 삶의 붕괴를 일으킬 뿐이다. 그 두 가지는 조현병 환자가 아닌 이상, 하나의 실체에서 나오는 것이다. 군대의 장교, 선생님, 조직의 고위 간부들이 어떻게 행동하는지 생각해 보자. 우리는 그들의 행동을 극단적으로 분류하여, 공적인 생활 태도와 사적인 생활 태도가 완벽히 일치하는 부류와 그 두 가지 생활 태도가 완벽히 불일치하는 부류로 구분할 수 있을 것이다. 후자의 경우, 가령 가혹할 정도의 엄격함과 위엄 때로는 폭력으로 병사들을 통솔하는 장교가 같은 계층에 소속된 사람들과의 사적인 자리에서는 상냥하고 다정다감한 태도를 보인다고 해서, 그의 공적인 자아와 사적인 자아가 이원적으로 분리되어 있다고 단언하기는 어렵다. 그것은 다만, 그의 자아 전체의 성격일 뿐이며, 때로는 자아가 각각의 위치에서 스스로 어떻게 행세할 것인지, 다시 말해 역할 수행의 관점에서 세상을 대하는 태도를 결정한 결과일 뿐이다.

그러나 우리는 그의 두 가지 모습 중 어느 쪽이 진실된 것인지를 알지 못한다. 어느 쪽이 그의 민낯이고, 어느 쪽이 가면을 쓴 얼굴인지를 알 수 없는 것이다. 다만, 연기자가 연기를 하기 위해서는 그의 본성 안에 해당 배역의 본성이 탑재되어 있어야 하는 것처럼, 천사 같은 사람이 악마처럼 행동한다면 그의 자아 안에는 이미 그 두 가지가 분리되지 못한 채 혼재되어 있다고 이해해야 할 것이다.

잃어버린 자아를 찾아서

자아의 정체성이란 원래부터 개인의 내면에 박혀 있는 고정된 체계가 아니다. 그것은 많은 경우 타인들 앞에 현시하고 싶은,[25] 또는 타인들의 눈에 비치기를 희망하는 '나'만의 고유한 개성과 이미지를 의미하는 것이다.(이것은 자아 안에는 자신도 미처 알아차리지 못하는 숱한 거짓된 모습들이 들어있을 수 있음을 암시한다) 그러한 개성과 이미지는 세상과 어떤 관계를 맺을 것인가에 대한 '나'의 태도를 보여준다. 그래서 자아란 세상에 보여주고 싶은 자신의 실체에 대한 자신의 규정이다. 무엇을 현시할 것인가는 자신을 둘러싼 사회와 그 속에서 공존하고 있는 타인의 영향[26]을 받아 언제든지 변화될 수 있다.

불변하는 객관적 형태의 자아란 존재하지 않는다. 사람은 아무리 부정하려고 해도 사회를 떠나 홀로 존재하는 자아를 만들어 낼 수 없다. 자아는 늘 어딘가에 접속되어 있다. 즉, 세계의 바깥에 자기만의 평온한 영토를 갖고, 그 땅의 너그러운 주인이 되는 일은 불가능

---

25) 자아를 '표현하고 싶은 욕망'이라는 관점에서 바라볼 때, 익명의 행위를 어떻게 볼 것인가 하는 문제가 발생한다. 가령, 익명의 기부, 익명의 선행 같은 행위 말이다. 그러나 익명의 행위는 그 자체가 이미 자기표현의 한 방식이다.

26) 라캉의 말을 빌리자면, 주체의 모든 욕망은 타인의 욕망이다. 욕망이 자아를 구성하는 하나의 요소라고 볼 때, 사회와 타인의 영향이 주체의 자아를 형성한다는 주장은 구조주의적 시각이라는 비판에 노출될 수 있을 것이다.

하다. 어쩌면 사람은 자기가 만난 세상의 숫자만큼의 다양한 자아를 갖게 되는지도 모른다. 그렇더라고 그 모든 모습은 하나의 창고에 저장되어 있는 다양한 가면들일 것이다. 상황에 따라 필요에 맞게 꺼내 쓰는 가면 창고 말이다. 물론 특별한 예외가 없지는 않다. 중증의 자폐증이나 집착증 환자들을 보자. 그들의 자아에는 결코 쉽게 변화가 생기지 않을 것이다. 하지만 이런 특이한 경우를 제외할 때, 보통의 자아는 사회와 타인들의 영향을 받아 마음이라는 방 안에서 치열하게 재구성된다.[27]

따라서 만일 어떤 사람이 자신의 전 생애에 걸친 사회적 삶 속에서 자아가 재구성되는 경험을 하지 않았다면, 그는 자폐증이나 집착증을 앓고 있는 것과 마찬가지라고 생각해도 좋을 것이다. 그런데 주변에서 의외로 이런 사람들을 쉽게 찾아볼 수 있다는 사실은 놀라운 일이다. 자폐증을 앓고 있는 것도 아닌데 말이다. 다소 논점에서 벗어나는 얘기가 되겠지만, 이런 사람들은 늘 고정된 논리 속에 빠져 있기 때문에 대화와 논쟁을 통해 더 큰 담론을 만들어 낼 수가 없다. 그들은 고정된 가치체계에 포섭되어 사물의 양가성을 깨닫지 못하면서, 아니 어쩌면 외면하면서 살아간다. 더 큰 담론이 우리 모두의 삶을 한

---

27) 자아가 늘 변화한다고? 현실에서는 자아 정체성이 특정한 대상에 고정되어 있는 경우가 많음을 볼 수 있다. 이러한 태도는 위대한 정치인이나 특정한 물건 등에 자신의 정체성을 고정시키고, 다른 가치와 대상을 배격하는 형태로 나타나기도 한다. 예를 들어, 여전히 과거 세상을 호령했던 대통령과 그 시절의 가치를 추종하는 사람들은 이에 반하는 가치를 표방하는 사람들을 자신들의 적으로 간주하기도 한다. 그러나 변화의 가능성은 늘 열려 있다. 특정한 계기가 마련될 때 그들의 자아는 변화의 가능성에 노출된다.

층 더 고양시킬 수 있음에도 그러한 가능성을 애써 부인하는 것이다. 이러한 현상이 권력과 지성의 세계에서 오히려 더욱 강하게 나타나고 있음은 안타까운 일이다. 아마도 자신들이 갖고 있는 기득권을 보호하려는 본능 때문이리라. 이 말은 그들에게는 새로운 자아를 탄생시킬 새로운 세상이 불필요하다는 뜻일 것이다. 지금 이대로가 좋을 테니까 말이다. 하지만 단언컨대, 새로운 자아가 탄생하지 않는 삶에는 더 이상의 가치가 깃들기 어렵다. 사람에게 있어 새로운 세상이 필요 없다는 것, 다시 말해 새로운 인정과 승인이 필요 없다는 사실은 무엇을 의미하는 것일까? 그것은 그들의 삶이 세계와 분리되기 시작했다는 의미이다.

다시 논점으로 돌아와, 이렇듯 새로운 세상의 탄생을 거부하는 사람이 아니라면, 자아의 재구성 행위는 인정과 승인이라는 사회적 제스처를 통해 유도된다고 다시 한 번 말할 수 있다. 그리고 그들은 계속해서 새로운 세계의 탄생을 경험하게 될 것이다. 타인의 인정과 승인(이 말은 불인정과 비난의 의미를 함께 포함한다)은 사람들에게 자존감이나 자괴감을 선사하고, 자아는 그것을 토대로 자기만의 집을 짓듯이 만들어진다. 이것은 내가 풍부한 자아를 갖기 위해서는 타인의 인정과 승인이 필요하다는 말이다. 그리고 뒤집어 생각할 때, 타인 역시 풍부한 자아를 갖기 위해서는 나의 인정과 승인이 필요함을 의미한다. 이러한 관점에서 볼 때, 나는 타인을 인정하고 승인해야 할 도덕적 의무를 가지고 있으며, 동시에 나 역시 타인에게 인정과 승인을 요구할 권리를 가지고 있다고 할 것이다.

그러나 이 모든 말에도 불구하고, 자아란 분명하게 규정할 수 있는 실체가 아니다. "내가 나를 모른다."라는 말이 있듯이, 나는 결코 자신의 실체가 어떤 모습인지를 정확하게 파악할 수 없다. 완벽한 자기 규정은 불가능한 일이다. 내가 생각하는 자신의 모습과 타인이 바라보는 나의 모습에 큰 괴리가 발생하는 경우도 많다. 이것은 나의 실체가 타인에 의해 더욱 정확하게 파악되고 정의될 수도 있음을 뜻한다. 내가 바라보는 '나'와 타인이 바라보는 '나' 중에 어느 것이 더 정확한지를 어떻게 파악할 수 있는가? 이러한 사실 앞에서 사람은 겸손해질 수밖에 없다.

자아는 나이와 함께 늘 발전하는 걸까? 오히려 대부분의 사람들은 나이가 들면서 퇴화의 경향을 갖고 있는 것 같기도 하다. 나이 든 사람이 자꾸만 보수적으로 변해 가는 이유는 내면의 감성이 사라지고 사변적 논리의 완고함이 그 자리를 채우기 때문일 것이다. 그들은 세상이 어떤 정해진 규칙들, 가령 법이나 도덕 규칙 따위의 제도적 틀 내에서 움직일 때만 안정될 수 있다고 믿는다. 사실 그러한 규칙들은 인간의 예측 불가능한 행동 뒤에 따라오는 사후적 방책들임에도 불구하고, 어느덧 늘 예측 가능하고 안정된 행위에 안주하게 된 그들은 변덕스러운 감성이 세상에 미치는 우호적 영향을 무시한 채, 오로지 사변적 논리에만 천착하는 것이다. 젊은 시절의 순수한 감성을 끝까지 유지하는 사람은 드물다. 순수함으로 가득했던 인간의 얼굴은 세상의 풍파 속에서 억지스러운 타협의 과정을 거친 후에 깊은 주름살을 가진 얼굴로 탈바꿈한다. 그리고 변해 버린 자신의 얼굴에 기꺼이 만족하는 방법을 터득한다. 이것은 분명히 퇴화다. 많은 사람들이 정신적 퇴화를 철 드는 과정이라 여기면서 기꺼이 받아들인다.

하지만 나는 그렇지 않은 소수가 존재한다는 점을 분명히 말하고 싶다. 자신이 처한 상황에 안주하지 않고, 순수함을 간직한 채 원하는 삶을 실현하기 위해 행동한다는 것은 보통의 용기를 뛰어넘는 담대함이 있어야 하는 일이다. 이것은 행동해 본 사람만이 아는 일이다. 분명히, 담대함을 갖고 행동하는 소수의 사람이 여전히 존재한다.

아마도 내 후배가 그랬으리라. 그는 결코 세상의 바깥으로 탈출한 게 아니었다. 자기에게 어울리는 옷을 고르고, 더욱 멋진 사람이 되고자 결단한 것이었다. 그것은 사회 속에서 자신이 있어야 할 적합한 장소를 찾는 여행이었으며, 동시에 '나'를 찾기 위한 여행이었으리라. 그 노력이 끝까지 좋은 결실을 맺기를 소망한다.

'모디카'는 그가 운영하는 레스토랑의 이름이다.

위대한 반항

예수는 왜 화평이 아니라
검을 주러 왔던 것일까?

겨울을 지독하게도 싫어하는 내가 봄 냄새를 맡자마자 아내와 함께 찾아간 곳들은 아산 공세리성당, 횡성 풍수원성당, 부안 내소사, 고창 선운사 같은 오래된 성당과 사찰들이었다. 모두가 깊은 역사를 간직한 장소들이며, 찾아간 사람의 마음속에 차분함을 선사해 주는 치유의 공간이기도 했다.

공세리성당은 아름답고 여유로운 분위기로 인해 각종 드라마나 영화에 자주 등장하는 곳이다. 19세기 말엽 민가를 개조해 기반을 닦았다고 한다. 우리나라의 오래된 성당들은 이렇게 민가를 개조해 만들어진 경우가 많다. 아마도 신앙을 전파하기 위한 변변한 시설이 없던 상황에서 신자들의 집을 집회 장소로 사용하다가 성당 건물로 개조한 결과일 것이다. 공세리성당을 찾았던 시기는 아직 쌀쌀한 바람이 채 가시지 않고, 이제 막 매화꽃이 피어오르기 시작하던 3월이었다. 수령을 짐작하기조차 어려운 아름드리 느티나무들이 본당 주위에 포진해 성당의 역사를 말해 주고 있었다. 여름날 잎이 우거진 모습을 상상해 보니 그 자체로도 즐거웠다. 고딕 양식의 반듯한 이미지를 풍기는 공세리성당은 한번 보면 반하지 않을 수 없는 풍성한 매력을 갖고 있다. 참고로 우리나라의 오래된 성당 대부분은 고딕 양식을 본떠서 지어져 있고, 몇몇 성당만이 로마네스크 양식이나 비잔틴 양식을 가미하고 있는데, 그 대표적 건물이 정동 덕수궁 옆에 있는 서울성공회 성당이다. 상대적으로 낮은 건물 형태를 취하면서 한국식 기와를 얹었는데, 너무나 아름다운 건물이므로 꼭 방문해 보기를 권하고 싶다. 많은 사람들에게 유명한 전주 전동성당 역시 로마네스크 양식과 비잔틴 양식이 가미된 건물이라고 한다. 실제로 종탑 꼭대기의 돔 모양에서 비잔틴 양식의 느낌을 살짝 받을 수 있을 것이다.

이보다 조금 더 한적하고 고요한 분위기를 원한다면 풍수원성당을 찾아가 보는 것이 좋겠다. 1801년 신유박해[28] 때 용인 지역에 살던 40명의 신자가 강원도 산골로 찾아들어 정착한 마을의 이름이 바로 풍수원이다. 벌써 200년 넘은 역사를 갖고 있는 것이다. 그래서 이곳은 강원도에서는 처음으로 생긴 성당이 되었다. 풍수원성당은 찾아가 본

---

28) 천주교에 관대하던 정조가 죽고 나이 어린 순조가 즉위하고 이른바 세도 정권기가 들어서면서 천주교에 대한 박해가 본격화되었다. 이 박해로 정약용 등의 진보적 사상가가 처형 또는 유배되었으며, 약 100명이 처형되고, 약 400명이 유배되었다. 이 신유박해는 유교 사회와 봉건적 지배 체제에 도전하는 새로운 사상에 위협을 느낀 지배 세력의 종교 탄압이자, 또한 이를 구실로 노론(老論) 등 집권 보수 세력이 당시 정치적 반대 세력인 남인(南人)을 비롯한 진보적 사상가와 정치 세력을 탄압한 권력 다툼의 일환이었다.

이후에야 비로소 그 느낌을 알 수 있다고 말해야겠다. 야트막한 야산 등줄기 위에 소담하게 놓여 있는 그 모습은 마치 어린 시절의 추억을 간직하고 있는 고향 집 같은 정겨움을 풍긴다. 나만이 알고 있는 비밀 장소에 와 있는 듯한 묘한 느낌도 받는다. 성당 밑 주차장에서는 신도 농민들이 직접 담근 깻잎 장아찌나 꿀, 무 같은 농산물도 살 수가 있다. 주민들이 바쁜 시기에는 무인 판매를 하기도 한다. 그동안 두 차례 방문할 때마다 조금씩 사 와서 맛있게 먹었다. 성당 내부 오른쪽 벽에 걸린 오래된 성화들 중 하나에는 이런 문구가 적혀 있다. "예수 제삼차 엎어지심이라." 십자가를 짊어진 예수가 골고다 언덕을 향해 오르다가 넘어지는 모습을 그린 그림이다. 이곳은 여전히 신발을 벗고 들어가 마룻바닥에 앉아 예배를 드려야 한다. 우리 부부가 처음 이곳을 찾아갔을 때는 성당 뒤편 고즈넉한 십자가 길에 노란 개나리와 순백의 목련이 맑은 봄 햇살 아래 절정을 이루고 있었다. 지방에 야산을 배경으로 서 있는 성당들은 대부분 십자가 길이 조성되어 있으니 조용히 걸어볼 만하다. 이렇듯 성당의 고요함을 좋아하는 사람이라면 원주에 있는 용소막성당을 찾아가 보는 것도 좋다. 용소막성당은 풍수원성당과 건물의 구조와 분위기가 비슷한데, 그 이유를 알아보니 풍수원성당의 본당 역할을 분할한 것이기 때문이라고 한다. 용소막성당 근처에는 신림역이라는 작은 기차역도 있으니, 잠깐 들러 정취를 느껴봐도 좋을 것이다.

내소사와 선운사는 모두가 알 만한 유명한 사찰들이다. 내소사는 변산반도 안에 자리 잡고 있고, 선운사는 고창 선운산의 부드러운 봉

우리들 속에 살포시 놓여 있는 천 년 고찰이다. 무릇 천 년 넘는 세월 동안 자신의 존재를 보전하기란 쉬운 일이 아니다. 그래서 우리나라에는 수많은 폐사지들이 있다. 여주 지역의 법천사지와 거돈사지, 부여에 있는 정림사지 등 수많은 절터들이 세월의 풍파를 견디지 못하고 고즈넉함과 쓸쓸함을 유산으로 간직한 채, 이따금씩 찾는 방문객들을 맞이하고 있는 것이다. 사실 이런 폐사지는 찾는 사람이 많지는 않지만, 한번은 꼭 가볼 것을 권한다. 황량한 절터에 쓸쓸히 남아 있는 불좌대나 석탑의 모습을 보노라면 윤회의 작용과 함께 세월의 흐름도 중단된 느낌을 받을 것이다. 그러니 1,400년 넘게 자신의 존재를 보존해 오면서 이 땅의 수많은 중생들에게 부처님의 자비를 설파해 오고 있는 내소사와 선운사는 그 존재 자체만으로도 경외적이라 할 수 있다. 단청이 빛이 바래 목재의 본래 색깔을 그대로 드러내 놓고 있는 담백한 내소사, 도솔암 오르는 한적한 길에 계곡 물소리를 들으며 자신의 내면을 들여다볼 수 있는 넉넉한 선운사, 언제 찾아도 나를 반겨줄 것 같은 너그러움이 느껴지는 곳들이다.

그런데 성당과 사찰은 역사적 관점에서 보면 단순히 한나절의 정취 어린 여행거리 이상의 의미를 지니고 있는 장소들이다. 천주교와 불교는 둘 다 외래 종교이고, 이 땅에 유입되면서 새로운 역사의 시작을 알리는 역할을 했다. 그것은 새로운 힘, 생소한 문물의 대변자 같은 것이었다. 삼국시대에 유입된 불교는 고대 국가의 기틀을 공고히 하는 데 기여했고, 조선 시대까지 이어지는 전근대 문명의 근간을 이루었다. 여러 성당을 돌다 보면 대부분 1890년대 전후에 해당 지역에서 터를 닦고 1920~1930년대에 본격적으로 건물을 올렸다는 사실을 알 수 있는데, 이를 통해 당시에 외래 문물이 봇물 터지듯 들어왔음을 알 수 있다. 그러니 성당과 사찰을 찾아보는 일은 어떤 면에서 이 땅의 역사를 음미하는 일이기도 하다.

나는 성당에 가면 예수에게 기도하고, 절에 가면 부처에게 합장을 올린다. 내가 두 분을 모두 섬길 수 있는 것은 역설적으로 어느 종교에도 소속되지 않은 무신론자이기 때문이다. 나는 신과 그가 관장하는 사후 세계의 존재를 믿지 않는다. 성경과 불교경전의 자구들을 그대로 진리로 생각하지 않음은 물론이다. 허공 속으로 사라진 예수와 석가모니의 말씀은 타인(제자들)의 중개를 통해 '언어'[29]라는 체계 속으로 들어와 정리된 바로 그 순간부터 인간의 해석에 의해 변형되는 길을 피할 수 없었을 터이다. 성경과 불경은 종교의 본질이 아니며, 더욱이 종교 자체가 될 수는 없다.[30]

신약성서를 보자. 신약성서는 서기 382년에 로마 교황 다마수스 1세가 예수의 제자들이 만든 수많은 문서들 중에서 27권만을 선별하여 제정한 것이다. 이 과정에서 로마의 세계관에 부합되지 않는 수많은

---

29) 인간의 의식과 사고를 열어주지만, 동시에 구속하고 제한하는 제도로서의 언어. 하이데거는 언어를 '존재의 집'이라 했다.

30) 김용옥, 『금강경 강해』, 통나무, 2000, 28~29쪽.
필자는 김용옥 교수의 견해, 즉 "경전이란 결국 종교의 제도적 측면의 유지를 위해서 요구된 형태에 불과하다."는 생각에 동의한다. 그는 교회가 있기 전에 성경이 있었고, 절간이 있기 전에 불경이 있었던 것은 아니라고 말한다. 교회와 성경, 절간과 불경은 늘 함께하는 것이다.

복음서들을 배척했음은 역사적 사실이다. 그들은 정통 유대교가 예수와 그의 제자들을 사악한 이교도로 몰아 배척한 것처럼, 자신들과 다른 견해를 가진 종파를 탄압하고 추방했다.[31] 따라서 만일 우리가 지금의 성경에 담겨 있는 모든 말씀을 그 자체로 진리라 여긴다면, 그 것은 교리 투쟁에서 승리한 로마인들의 세계관을 진리로 섬기는 일과 다르지 않을 것이다.

불경 역시, 석가모니 사후 수많은 부파(剖破)들이 생겨나 대립하면서 자신들이 속한 종파가 옳다고 여기는 바를 부처의 말씀으로 정하기 위해 경쟁한 결과물이다. 석가모니의 말씀을 있는 그대로 잘 전하고 있다고 하는 초기 불경 『아함경(阿含經)』조차 그의 제자들이 '결집'[32]하여 암송한 말씀들을 기원전 1세기 무렵에 최초로 문자화한 것이라고 하는데, 부처가 기원전 560년경에 태어난 점을 고려해 보면, 그 긴 시간 사이에 얼마나 많은 곡해가 이루어졌을지 짐작할 수 있을 것이다. 더구나, 인간이 수행을 통해 도달할 수 있는 최고의 경지를 '아라한(阿羅漢)'[33]으로 규정했던 소승불교와는 달리, 모두가 부처의 심성을 갖고

---

31) 배철현, 『인간의 위대한 질문』, 21세기북스, 2015, 286~290쪽.
가령 325년 콘스탄티누스 황제가 주관한 니케아 종교회의에서는 예수의 신성(神性)을 공식적으로 인정했는데, 이에 동의하지 않았던 아리우스 등을 이단자로 규정하고 출교시켰다. 이슬람교는 지금도 예수의 신성을 부정하고 단순한 메시아로서만 인정한다.

32) '결집'이란 '모으다'의 의미가 있지만, 초기 불교에서는 '함께 암송하는 일'을 뜻한다고 한다.

33) 소승불교의 수행자들이 영적으로 오를 수 있는 최고의 경지이며, 석가모니로부터 직접 가르침을 받은 제자들을 뜻하는 말이기도 하다. 인간이 도달할 수 있는 최고의 영

있다고 보는 대승불교의 『반야심경(般若心經)』이나 『금강경(金剛經)』 같은 경전들은 더 많은 세월이 흐른 후에야 생겨난 것이니 두말할 나위가 없을 것이다.

그럼에도 불구하고, 나는 예수와 석가모니의 참뜻을 깊이 새겨보는 일을 매우 의미 있게 생각한다. 왜냐하면, 그것은 새로운 인간상을 지향하는 사람들에게 분명 값진 혜안을 선사해 줄 수 있다고 믿기 때문이다. 종교의 참된 의미를 되새겨 보는 일은 인간의 원대한 이상을 잊지 않고 재확인하는 일이 될 것이다. 종교는 왜 존재해야 하나? 그리고 믿음이란 무엇인가?

예수와 석가모니는 모두가 20대 후반에 진리를 찾아 나선 사람들이다. 우리는 이 사실 하나만으로도 그리스도교와 불교가 단지 마음의 평화를 찾는 정적인 종교가 아니라, 꿈과 이상이 가득 찬 열정의 종교였음을 알 수 있다. 예수는 요한으로부터 세례를 받고 광야에서 40일간의 명상을 통해 하느님의 뜻을 깨달은 후에 3년간의 회개 운동을 펼치다 로마 총독 빌라도에게 죽임을 당했다. 석가모니는 29세에 출가하여 6년간의 고행 수행을 거치고, 보리수나무 아래에서 깨달음을 얻은 후에 45년 동안 설법의 여정을 계속하다가 고향으로 돌아가는 길에 숨졌다. 그들의 삶은 개혁적이며 실천적이었다.

예수가 자신의 죽음을 통해, 또 부처가 45년간의 설법 여정을 통해

적 경지로서 붓다의 하위 개념으로 설정되었다. 소승불교에서 인간은 아무리 해도 붓다가 될 수 없었다. 대승불교의 보살 운동은 아라한의 정면 부정으로서 누구나 붓다가 될 수 있다는 믿음의 표현이라 할 수 있다.

말하고자 한 것은 무엇이었을까? 그들은 무엇을 꿈꿨던 것일까? 그들은 인간이 자신의 마음속에 내재되어 있는 선한 본성을 일깨우고 그것을 현실 속에서 실천하기를 바랐다. 선한 본성만이 고통받고 있는 인류를 구원할 수 있는 희망의 등불이라고 믿었다. 예수가 자신을 하느님의 아들이라 칭한 이유도 내면의 선한 본성을 발견하고, 그것을 신성(神性)으로 해석했기 때문일 것이다. 석가모니의 가르침 역시 마음속에 자비의 마음을 품고 세상 속에서 실천하라는 것이었다.

그들이 제시한 보편적 사랑과 평등사상은 관념적 이상이 아니라 우리가 일상에서 행해야 할 실천적 지침이었다. 석가모니는 카스트 개념에 대해 수많은 비판을 제기했고, 정신적 지도를 받기 위해 자신을 찾아오는 모든 이들에게 신분에 관계없이 교단의 문호를 개방했으며, 심지어는 깊은 고민 끝에 여성까지도 신도로 받아들였다.[34] 예수 역시 마찬가지였다. 유대의 정통 기득권 세력 일부가 심정적으로 예수에게 동조하기는 했지만, 예수와 함께 3년을 동고동락했던 제자들은 어부의 아들과 같은 하층 계급 출신이었다. 적대 관계에 있던 사마리아인조차도 선행을 하는 한 진정한 이웃으로 대우했다. 적이라 할지라도 선한 사람은 나의 이웃인 것이다.

"너희가 만일 너희를 사랑하는 자만을 사랑한다면 칭찬받을 것이 무엇이냐, 죄인들도 사랑하는 자는 사랑하느니라."(마태복음 5:46, 누가복음 6:32)

---

34) D. J. 칼루파하나, 김종욱 옮김, 『불교 철학의 역사』, 운주사, 2014, 72~73쪽.

이렇듯 예수는 전통 유대교의 가르침을 뛰어넘어 원수에게까지 평등하게 사랑을 베풀어야 한다고 말했다. 불교에도 원친평등(遠親平等)이라는 개념이 있다. "원수나 적을 대할 때 증오의 감정을 품지 않으며, 사랑하는 사람을 대할 때는 집착이 없어야 한다."는 뜻으로 세상 모든 사람을 자비의 마음으로 동등하게 대하라는 가르침이다. 이는 극락왕생의 길이 나에게만 있지 않고 원수에게도 열려 있음을 의미하는 것이다. 만일 그가 자비에 찬 선한 사람이라면 말이다.

현대의 많은 사람들은 예수와 석가모니 운동의 혁명성, 급진성이 바로 이 지점에서 발현한다고 생각한다. 혈연, 인종, 성, 신분 등 인간을 속박하는 모든 조건을 뛰어넘어 만인을 향해 평등한 사랑을 실천하라는 가르침이 탄생한 것이다. 그것은 절대적 이타심을 의미했다.

그런데 인간의 이타심은 왜 생겨난 것일까? 혹시 이타심이 이기심의 우회적 표현은 아닐까? 아마도 생물학적 관점에서 이타심은 다른 개체의 생존과 이익이 나에게도 유리하게 작용하기 때문에 생겨난 본능이라고 해석할 여지가 충분할 것이다. 이 경우 이타심은 조건부적 성격을 띠는 이기심의 변형이 된다. 타인의 생존과 이익이 언제나 나에게 불리하게 작용할 경우 인간은 이타심을 발휘하지 않을 것이란 추론 위에서 판단해 보면 그렇다는 것이다. 그런데 예수는 "원수가 나의 한쪽 뺨을 때리면 다른 쪽 뺨을 내밀라."는 한마디로 그러한 추론의 가능성 자체를 봉쇄해 버렸다. 그의 사랑은 무조건적인 것이었다.

초기의 그리스도교와 불교는 모두 기존 세력들로부터 배척을 당했는데, 그 이유 중의 하나가 가정을 깨뜨리는 종교라는 인식 때문이었다고 한다. 복음서에 나오는 예수의 제자들은 그의 부름에 함께 일하던 아버지를 버리고 혹은 가족의 생계를 내팽개치고 예수를 따랐으며, 여자들은 자신의 재산으로 예수를 모셨다. 예수는 자신의 제자가 되려는 자가 길을 떠나기 전에 죽은 아버지의 장례를 치르려 하자 이렇게 말한다. "죽은 자들이 그들의 죽은 자들을 장사하게 하고, 너는 나를 따르라."(마태복음 8:22)

석가모니의 제자들 역시 출가 이후에는 속세에서 벗어나 수련에만 전념했고, 석가에게 많은 재산을 봉헌했다. 최초의 불교 사원이라고 하는 '기수급고독원(祇樹給孤獨園)' 역시 부처의 제자 수달(Sudatta)이 제다(Jeta)[35] 태자가 소유한 기수(祇樹)라는 이름의 숲에 금을 깔아서 매입한 땅 위에 세운 것이다. 이렇듯 당시의 시대 상황에서 노동으로 가족을 부양해야 할 사람들이 아무런 생산 활동에도 참여하지 않고 가족을 버리다시피 하며 신앙에 빠진다는 것은 무책임한 행동으로 여겨졌을 것이다. 여기서 이와 관련된 예수의 말씀을 들어보자.

"내가 세상에 화평을 주러 온 줄로 생각하지 말라. 화평이 아니요 검을 주러 왔노라. 내가 온 것은 사람이 그 아버지와 딸이 어머니와 며느리가 시어머니와 불화하게 하려 함이니."(마태복음 10:34)

나는 이 말씀을 하느님의 평등한 사랑 앞에서는 혈연조차도 무의미하다는 뜻으로 해석하고 있다. 인간에게 가족은 생물학적으로나 정서

---

35) 영화 〈스타워즈〉에 나오는 제다이 전사들은 바로 제다(Jeta) 태자에서 나온 개념이다. 제다는 붓다 당시 코살라 왕국이라는 나라의 태자였으며, 이름의 뜻이 '전쟁에서 이긴 사람'이라고 한다. 이에 관련하여 김용옥의 『금강경강해』를 참조했다.

적으로 또한 경제적으로도 특별한 의미가 있다. 인간은 당연히 그런 가족들에게 더 큰 사랑과 애정을 느끼기 마련이다. 그러나 예수에게 그러한 사랑은 편협한 것이었다. 예수의 사랑은 가족에게나 전혀 모르는 타인에게나 똑같이 발현되어야 한다. 만일 가족이 다른 사람보다 더욱 특별한 사랑을 요구한다면 그러한 요구는 당연히 거부되어야 한다. 예를 들어, 가뭄 탓에 모두가 굶주리고 있는 상황에 놓여 있더라도 자기 자식에게 먼저 물과 음식을 주어서는 안 되는 것이다. 더욱 절실히 배고픈 자, 보다 약한 자가 가족보다 우선이다. 이럴 때 가족이 예수의 평등한 사랑을 이해하지 못한다면 그들 사이에 원망과 불화가 생길 게 뻔하지 않겠는가?

예수와 부처의 운동은 이처럼 가족 관계에 금이 가는 것조차 감수해야 할 만큼 큰 범주에 대한 사랑과 자비를 지향하는 것이었다. 이런 보편적 사랑과 자비의 의미를 중국 묵자의 겸애(兼愛) 사상과 비교해 보는 것도 좋겠다. 묵자의 '겸애'는 사랑의 범위가 혈연관계로 맺어진 가족이나 친지, 또는 같은 계급이나 계층 안에 머물러서는 안 되고, 만인에 대한 보편적인 사랑으로 확대되어야 한다는 개념이었다. 보편적인 사랑 앞에서는 어떠한 차별이나 조건도 허용되지 않는다.[36]

---

36) 그럼에도 불구하고, 묵자는 물론이고 예수와 부처 모두 기존의 신분적 사회제도 전체를 부정하고, 현대적 개념의 평등한 세상을 꿈꾼 건 아니었을 것이다. 싱경과 불경에는 노예가 주인을 위해 성실히 봉사할 것을 주문하는 내용들이 많이 나온다. 묵자에 대해서는 김학주의 『묵자 그 생애, 사상과 묵가』를 참조하면 좋을 것이다. "그렇다고 묵자의 사회개혁이 그 시대의 정치제도, 곧 봉건제도까지 부정하고 새로운 정치 질서를 이룩하려고 했던 것은 아니었다. 원칙적으로 묵자는 유가에서 내세우던 정치제도와 질서를 그대로 받아들이고 있다. 다만, 서민의 입장에서 태어나면서부터 정해지던

가족이든 원수든 또는 사회계급 상의 하층민이든 간에 모든 조건을 초월해 동등한 사랑을 베풀어야 하는 것이다. 자신의 가족보다 비참하고 핍박받는 약자들이 있다면 먼저 배려하고 보살펴야 한다. 묵자의 사상은 그래서 제자백가의 다른 사상들에 비해 종교적 색채를 강하게 띠고 있으며, 실제로 묵자는 평생 제자들과 소유를 지양하면서 궁핍한 사람들과 재난에 처한 국가를 돕기 위해 동분서주하는 삶을 살았다. 이런 측면에서 볼 때 기독교의 사랑은 묵자의 친친(親親) 개념과 일맥상통하는 면이 있는 것 같다.

그러나 공자의 생각은 달랐다. 그는 인간의 사랑은 친소(親疏) 관계에 따라, 다시 말해 자기 위치와의 거리에 따라 차별적일 수밖에 없다고 생각했다. 특히 혈육과 신분 계급을 매우 중요하게 여겼다. 시인 고은의 이야기를 들어보자.[37]

"공자의 인(仁)은 높은 계층이야. '민(民)'은 통치자가 항상 다스려야 하는 대상이었어. 민이라는 한자는 인간의 눈에 화살을 쏘아 장님으로 만들어 노역에만 열중케 만드는 상형이야. 이런 백성에게까지 공자의 인은 닿지 않아. 그래서 묵자의 무한한 사랑이 유가 세력에게 유린되어 버리고 묵자의 시대가 불가능했지. 나라 국(國) 자는 커다란 국가 사회라는 장벽 안에 무기와 작은 입이 갇혀 있어. 그것은 인민을 가축을 헤아리는 숫자의 작은 입(口)으로 표현하고 있어."

사회 계급을 타파하고, 능력 본위의 사회를 만들어 지배자나 피지배자의 구분 없이 모두가 화동하는 사회를 이룩해 보자는 것이었다."

37) 고은·김형수, 『두 세기의 달빛: 시인 고은과의 대화』, 한길사, 2012, 69쪽.

공자에게 어떤 계층의 사람은 단지 세상의 질서를 지키기 위해 통치해야 할 대상에 불과했다.

사실 인간이 모든 타인을 사랑할 수는 없다는 점에서 예수와 부처의 보편적 사랑은 실현 가능성이 매우 떨어지는 주장이다. 우리가 이웃까지는 몰라도 어떻게 원수를 사랑할 수 있겠는가? 물론 세상에는 자신의 모든 것을 희생하며 타인을 위해 봉사하는 사람도 많지만, 일반적으로 보통의 우리들에게 있어서 그것은 한계 밖의 일이다. 그래서 기독교의 사랑은 그 숭고한 정신에도 불구하고 많은 사람들에 의해 도전을 받기도 한다.

가령, 리처드 도킨스는 『이기적 유전자』에서 보편적 사랑이나 종 전체의 번영과 같은 것은 진화론적으로 있을 수 없다고 말했다. 성공하는 유전자에 대해 기대할 수 있는 가장 중요한 성질은 '비정한 이기주의'이며, 이러한 유전자의 이기성이 개체 행동에서도 이기성이 나타나는 원인이라는 것이다. 다만, 도킨스가 진정으로 말하고자 했던 바는 생물학적 본성 때문에 공동의 이익을 위하는 이타성을 기대할 수 없다는 패배주의적 체념이 아니라, 인간 스스로의 힘으로 관대함과 이타주의를 태동시킬 수 있다는 희망이었음을 유념할 필요가 있겠다. 그것은 인간의 선험적 순수이성과 실천의지에 신뢰의 한 표를 던지는 생각이었다. 그는 순수하고 사욕이 없는 이타주의는 자연계에 안주할 여지도 없고 전 세계 역사를 통틀어 존재한 예도 없지만, 인간은 그것을 의식적으로 육성하여 문화라는 수단[38]을 통해 후대에도 계승할 방법을 논할 수 있다고 믿었다. 인간만이 유일하게 이기적인 자기복제자(DNA)의 폭정에 반역할 수 있다는 믿음이었다. 아마도 그것은 인간이라는 존재는 생물학적 행동만을 하는 것이 아니라 비생물학적 행동의 확대를 추구할 수 있으며, 그것을 통해 자연의 힘에 대항해(도킨스의 표현으로는 창조자에게 대항해) 인간 자신의 문화적 진보를 이룰 수 있다는 의미로 해석할 수 있으리라.[39]

다시 예수와 부처에게로 돌아와 보자. 그들은 왜 그토록 실천하기 어려운 보편적 사랑을 주장했던 것일까? 공자의 친소 개념이 사회에 초래하는 각종 병폐들을 생각해 보면 그 이유를 짐작할 수 있을 것 같다. 친소 관계에 따른 사랑의 차별은 인간의 이기적 본성의 결과지만, 그것이 개인 대 개인의 인격적 관계를 떠나 사회의 공적 영역 안으로 투영될 경우에는 큰 문제를 일으키는 경우가 많다. 우리는 지역 정서나 계층의식에 의존하는 정치 행태가 사회적 통합을 이루기는커녕 극심한 갈등을 조장하는 것을 익히 목도한 바 있다.[40] 자기 동네에

---

38) 리처드 도킨스는 그것을 '밈(meme)'이라는 단어로 표현했다.

39) 필자는 자본주의 시스템 또는 자본주의적 진보 개념의 한계를 바로 여기에서 발견할 수 있다고 생각한다. 자본주의는 인간의 이기심과 욕망 위에 세워진 생물학적 시스템이다.

40) 가령, 1992년 부산의 초원복집 사건을 기억해 보자. 대통령 선거를 앞두고 노태우 정부의 법무부 장관 출신 인사 및 부산 지역 기관장들이 모여 선거를 자기들에게 유리하게 끌고 갈 목적으로 지역감정을 부추기자는 모의를 한 사건이다. 이 사건에서 재미있는 점은 모의 당사자들은 전혀 처벌을 받지 않고 오히려 폭로자들이 사법 처리되었다는 점, 그리고 부산 지역 시민들이 이 사건을 알고 나서도 모의자들을 비난하기는커녕 오히려 전폭적으로 여당 후보를 지지했다는 점이다. 한동안 한국 사회의 건배사를 휩

임대 아파트나 정신병원, 장애인 시설 등의 사회시설이 건립되는 것을 막는다든지, 자식 군대 보낼 때 편법을 사용하는 일 등은 모두가 친소 관계에 연연하기 때문에 발생하는 문제다. 우리나라는, 실제로 그랬는지는 모르겠지만, 예전에는 고등학교 동창들끼리의 뇌물수수에 대해서는 법원에서 정상참작을 해주었다는 말도 있었는데, 이 역시 친소 관계에 대한 왜곡된 인식이 사회의 공적 영역에서 어떤 병폐를 만들고 있는지 보여주는 사례라 하겠다.

아마도 예수와 부처는 이런 문제를 해소하기 위해서는 모든 인간을 동등하게 사랑하는 방법밖에 없다고 생각했던 것이 아닐까? 남의 자식도 내 자식같이 여기고, 이웃을 내 가족처럼 여긴다면 인간 세상에 횡횡하는 부정과 차별 문제의 상당 부분은 해소될 수 있을지도 모른다. 모든 인간을 동등하게 사랑하는 것이 모두에게 더욱 이롭다고 생각했을 것이다.

아무튼, 모처럼 성당과 오래된 절들을 방문해 볼 때면, 예수와 부처의 사상을 반추해 보는 것도 좋겠다. 그들은 지금까지 인간이 품어왔던 그 어떤 사상보다 원대하고 초월적인 이상을 꿈꿨다. 바로 보편적 사랑이라는 꿈이 그것이다. 그리고 그들은 그 원대한 이상을 단순

쓸었던 "우리가 남이가!"라는 구호도 이때부터 등장했다. 경상도 사람들이 지배하는 한국 사회에서 어쩔 수 없이 이 건배사에 장단을 맞출 수밖에 없었던 전라도, 충청도 출신 사람들의 마음이 어땠을지 상상해 보자. 나는 이 건배사 안에 한국 사회의 모순과 치졸하고 못난 전근대적 의식이 담겨 있다고 본다. 그래서 지금도 이 건배사를 매우 싫어한다. 그리고 우리가 '남'이지 한 몸은 아니지 않은가? 타인을 '남'으로 인정하고 인격적으로 존중할 생각을 하는 게 맞는 것이다.

히 관념적 사상으로만 다루지 말고 일상에서 실천하라고 요구했다. 그 요구는 인간의 생물학적 본성을 상대로 치열하게 저항하라는 것이었다. 무력으로 대륙을 점령하거나 통일하는 일보다 그들의 이상이 더욱 원대하고 아름답지 않은가? 또한, 무리하게 신용을 일으켜 거품 경제를 만들어 경제성장률을 올리는 것보다 그들의 이상이 더욱 풍요롭고 빛나지 않겠는가? 그것은 정복보다 위대한 반항이다.

끝으로 나는 무신론자지만 제발 신이 존재하기를 희망하는 사람이다.

"구하기 전에 너희에게 있어야 할 것을 하나님 너희 아버지께서 아시느니라."(마태복음 6:8)

예수가 제자들에게 기도문을 가르치면서 이렇게 말씀하셨다. 이 말씀이 진실이기를 진심으로 소망한다. 신은 이미 우리에게 필요한 것이 무엇인지를 알고 계시므로 우리의 기도는 다만 자신의 내면에서 타인에 대한 사랑의 확대가 이루어지도록 신의 허락을 구하는 것이어야 한다. 그것이 진정한 믿음이 아닐까?

신은 그의 이름을 팔아 권력을 독점하기를 허락하지 않았고, 타인 위에서 군림하기를 허락한 적도 없었다. 신을 자기들만의 화려한 성전 안에 가두고, 부와 명예와 권력을 허락해 달라며 조르는 이 시대의 우리들에게 그의 가르침을 한 번 더 똑바로 확인시켜 주기를 바라기 때문에 나는 신이 존재하기를 희망한다. 가난한 자들은 신도로 받아들이지도 않는 일부 타락한 교회에 경종을 울려주기를 바라기 때문에 나는 진심으로 신이 존재하기를 바란다. 또한, 불행한 타인을 위해서가 아니라 자신의 번영과 영광을 위해 기도하는 우리들에게 기도의 진정한 의미를 명확히 재확인시켜줄 것을 바라기 때문에 신이 정말로 존재하기를 소망하는 것이다.

　예수와 부처의 가르침은 깊은 성찰과 자기반성을 통해 내면에 들어 있는 선한 심성을 깨우라는 것, 그리고 구원의 언덕은 저 너머에 있는 것이 아니라 인간 서로의 사랑이 실현되는 바로 이곳에 있다는 것, 그것이었음이 틀림없다.[41]

---

41)　선하지만 아둔하고 무지한 자의 악행과 오류는 어떻게 받아들여야 할까? 악행의 배후에 선한 무지가 있음을 발견할 때 우리는 큰 당혹감을 느낄 수밖에 없다. 세상이 복잡해지면서 현상의 인식에 어려움을 겪는 사람들이 늘어나고 있다. 나는 최근에 모 대기업이 기업 합병 과정에서 주주들에게 손해를 끼친 행위를 부당함으로 인식하지 않고, 오히려 그 사건을 조사하는 수사기관을 약자를 괴롭히는 나쁜 놈들이라며 욕하는 사람을 봤다. 그는 정말로 선한 마음으로 그 대기업을 약자라고 말했다. 굳이 따지자면, 약자는 피해를 당한 주주들일 텐데 말이다. 인간은 모든 걸 이해하고 알 수는 없기 때문에 우리 모두가 이런 오류의 가능성을 안고 살아간다. 신은 우리가 선한 무지로 행하는 악행에 어떤 판결을 내릴까?

145
· · · · · ·
여행

시시포스 신화

비관은 어떻게 극복할 수 있는가?

「조선 청년에게」

앞서 글에서 사람이란 결국 사회의 영향을 받아 만들어진다는 취지의 말을 해놓고, 나는 한동안 뭔가 개운치 않은 기분을 느끼며 지냈다. 왜냐하면, 그 말이 지나치게 구조주의적으로 해석되고, 인간을 삶의 주체로 서 있도록 해주는 의지(willing)의 가치를 과소평가할 여지가 있다고 느꼈기 때문이다. 인간의 자아가 사회적 영향의 구속을 벗어날 수 없다면, 개별 주체들이 갖는 의지는 가치를 상실하는 것인가? 이런 생각이 유쾌한 기분을 만들어 주지는 못하기 때문에 한동안 마음이 께름칙했다. 그러던 차에 강원도 인제에 있는 백담사에 단풍 구경을 하러 갔다가, 돌아오는 길에 근처에 있는 동국대 만해마을을 거치게 되었다.[42] 그리고 그곳에서 만해 한용운 선생이 1929년 1월

---

42) 말이 나온 김에, 인제에는 이곳 말고도 가볼 만한 기념관이 두 곳 더 있다. 우선, 「목

1일 자 『조선일보』에 기고한 글을 보게 되었다.

「조선 청년에게」라는 제목을 달고 있는 그의 기고문 내용은 이랬다.

> "현대의 조선 청년을 가리켜 불운아라고 말하는 사람이 있다면 그
> 것은 누구냐? 어리석은 촌학구(村學究)의 말이 아니면 근시안적 나
> 부(겁쟁이)의 소견일 것이다. (중략) 현금의 조선 청년은 시대적 행
> 운아다. 현대는 조선 청년에게 행운을 주는 득의(得意)의 시대다.
> 조선 청년의 주위는 역경인 까닭이다. 역경을 헤치고 아름다운 낙
> 원을 자기의 손으로 건설할 만한 가운데 제회(際會, 드디어 만남)하
> 였다는 말이다. (중략) 가다가 가지 못한다면 그것은 육체요 정신은
> 아닐 것이다."

일제의 지배하에서 암흑 같은 세월을 보내고 있는 젊은이들에게 행
운아라고 말하다니, 놀라울 뿐이다. 불운한 시대의 역경을 만나 그
속에서 새로운 세상을 만들 기회를 얻은 것 자체가 행운이라는 것이
다. 그러면서 만해는 조선의 청년들에게 '낙원이란 자기 손으로 건설
하는 것'이며, 이를 위해 '가다가 가지 못한다면 그 이유는 정신의 문

마와 소녀」라는 시로 유명한 박인환을 기념하는 문학관이 인제 시내에 있다. 이곳에는
1960년대 박인환이 서점을 운영했던 서울 명동 거리가 일부 재현되어 있어 관람의 재
미를 돋운다. 그리고 기념관 바로 옆에는 '산촌민속박물관'이 있는데, 옛날 산골에서
농사와 수렵, 벌목 등으로 생활했던 사람들의 모습을 엿볼 수 있는 이 박물관을 둘러
보고 나면, 당시 이곳 사람들의 삶이 얼마나 고달프고 힘들었을지 짐작해 볼 수 있다.
더불어 지금 우리의 삶이 그들의 삶과 얼마나 다른지를 실감할 수 있을 것이다. 기념
관들은 아담하고 방문자도 드물다. 하지만 오히려 이러한 한적함이 편안한 기분으로
관람할 수 있도록 해줄 뿐만 아니라 몰입도를 높여준다. 그러니, 인제 근처를 지날 기
회가 있다면 건너뛰지 말기를 권한다.

제일 뿐'이라며 의지의 발휘를 요구하고 있다. 의지란 역경을 이겨 나가기 위해 필요한 동력의 원천이다.

그런데 만일 이 말을 지금 우리 사회의 리더 계층에 있는 누군가가 했다면 틀림없이 큰 오해와 논란을 불러일으켰을 것이다. 같은 말이라도 누가 하느냐에 따라 의미가 달라진다더니 바로 이를 두고 하는 말이다. 자기희생과 도덕적 권위를 갖춘 사람의 말과 그렇지 않은 사람의 말은 분명 그 가치가 다를 수밖에 없다. 지금 우리 사회의 지배 계층들이 보여주고 있는 위선과 타락을 다시 한 번 생각해 볼 수밖에 없는 이유는, 그러한 위선과 타락이 사회 공동체의 기반을 침식해 들어오고 있기 때문이며, 이로 인해 궁극적으로 우리 자신의 건전한 삶이 파괴될 가능성이 커지기 때문이다. 만해의 말이 새삼 무겁게 들린다.

비관의 시대

의심할 여지 없이 현대는 비관의 시대다. 비관과 체념이 사회 저변에 팽배해 있다. 가령 젊은이들을 가리키는 '삼포세대'라는 용어를 보라. '헬조선'은 또 어떤가? 내가 있는 이곳을 지옥이라 부르고 있다. '열정페이'에 시달리면서도 불안정한 일자리와 사회 진출의 어려움 등으로 불안해하는 자조적 심리를 이보다 극적으로 표현할 수는 없을 것이다. 기성세대들 역시 마찬가지다. 명퇴 이후의 백 세 인생을 걱정하는 그들의 목소리는 막걸릿잔에 부딪혀 허망하게 흩어진다. 그들은 자식 교육과 결혼 비용으로 명퇴금마저 날리고 빈곤층으로 추락할 것을 걱정하고 있다. 불안에 지친 부부들이 아이 낳기를 거부하는 바람에 출산율은 OECD 국가 최저치를 기록하고 있다.

도대체 무엇이 잘못된 것일까? 경제가 재차 성장의 시동을 걸고 GDP 규모를 확대해 나간다면 이 문제가 해결될 수 있을까? 많은 사람들이 이 질문에 긍정적으로 답할 것임을 안다. 지금의 문제는 근본적으로 성장이 정체되었기 때문이므로, 보다 높은 경제성장률을 통해 보다 많은 부를 창출하는 것이 유일한 해법이라는 것이다. 나는 이러한 주장에 반박할 생각은 없다. 어차피 인간은 물질적 존재니까 말이다. 특히나 자본주의 사회에서 행복은 상품 진열대 위에 놓여 있는 것이다.[43] 물질은 자아의 확장을 가능하게 만드는 소품이며, 자신을 치장할 소품을 갖지 못할 때, 그 사람은 벌거벗은 몸으로 밀려오는 좌절감을 경험할 터이다. 갖지 못한 것에 대한 욕망은 시기와 분노 그리고 파괴의 본능을 자극한다. 경제성장률이 지속적으로 떨어지고 있는 가운데 경제적 불평등마저 날로 심화되면서 상품 진열대 위로 손을 뻗치지 못하는 사람들이 늘어나고 있다. 마땅한 일자리를 찾지 못하거나, 운 좋게 찾았더라도 언제 잘릴지 모르는 비정규직으로 취업한 인구가 절반을 넘게 있는 현실은 충분히 시기와 분노 그리고 파괴

---

43) 지그문트 바우만, 『왜 우리는 불평등을 감수하는가』, 동녘, 2014, 75쪽.
바우만은 2011년 런던 폭동(아프리카, 동유럽 출신 이민자들이 많이 모여 사는 토트넘 지역에서 시작된 폭동으로, 한 청년을 숨지게 한 경찰의 총격에 항의하기 위해 시작되었으나 영국 전역으로 확대되었다. 방화와 약탈이 자행되었다)에 대해 소비주의 사회의 교리에 대한 근본적인 의문 제기나 도전이 아니라, 잠깐이라도 천국에 들어가고 싶은 궁핍한 자들의 욕망의 표현이라고 해석하고 있다.

의 본능을 자극할 만한 것이리라. 그러니 작금의 비관이 물질의 문제에서 파생되었음을 쉽사리 부정할 수는 없는 것이다.

그럼에도 불구하고 이런 식의 결론에, 다시 말해 물질적 부의 확대가 비관의 시대를 끝낼 것이라는 결론에 선뜻 동의하기 어려운 것도 사실이다. 왜냐하면, 비관과 체념이 극복된 행복의 상태가 절대적으로 물질적 풍요로움에서 나오는 것은 아니기 때문이다. 우리는 종종 우리 사회의 최하 계층조차도 저개발국가의 중산층이 누리는 물질적 풍요로움 이상을 갖고 있는 상황에서 그들의 현실 타령이 정상이냐고 반문하는 사람들에게서 나타나는 무지와 오해를 볼 수 있다. 만해의 힘찬 기고문에서 나타나는 '역경을 극복하고 건설할 아름다운 낙원'은 이렇게 단순히 절대적 빈곤에서 탈출한다고 해서 이루어지는 것이 아니다. 더구나 그 사회가 단순히 절대적 풍요로움의 상태를 달성한다고 이루어지는 것도 아닐 것이다. 미국이나 유럽 사회의 빈곤 지역에서 잊힐 만하면 발생하는 폭동, 소요 사태가 이 점을 증명한다. 사실 빈부 격차가 심한 사회에서는 어디를 막론하고 이런 일이 벌어진다. 아름다운 낙원은 절대적인 것이 아니라 상대적인 것이다. 만일 지금의 젊은 세대들이 불행을 느끼고 있다면, 그것은 '흙수저'인 자신들보다 한층 더 빛나고 값지지만, 감히 넘볼 수 없게 된 '금수저'가 존재하고 있기 때문이지, 그들의 배가 굶주려 있기 때문이 아닌 것이다.

정치는 또 어떤가? 이 시대의 정치는 꿈과 희망이 아니라, 좌절과 상실의 원천이다. 정치권력과 금권의 옹호 아래 잘못된 일이 반복되고 있다. BBK 사건은 정치가 금권과 한 몸처럼 유착되어 이익공동체,

카르텔의 일원으로 전락했음을 보여주었다. 아니, 사실은 원래부터 한 몸이었던 그들이 어쩌다 본색을 드러낸 사건이었다고 하는 게 더 정확할지 모른다. 정치는 세월호를 기점으로 바다 깊숙이 가라앉았으며, 최순실 사건을 통해 기득권 세력은 더 이상 사회를 끌고 갈 도덕성이나 능력이 없음을 스스로 증명했다. 그들의 신념은 권력과 화폐를 향해 있을 뿐이며, 실의에 빠진 시민들의 마음을 위로해 줄 생각을 갖지 못한다. 어쩌면 그들은 약자의 마음을 느낄 수 있는 정서적 공감 능력이 결핍되어 있는지도 모르겠다.

그들의 세계관은 여전히 구태의연하지만, 탐욕은 현대적이다. 그들은 과거의 정치적 유산에 향수를 느끼고 있으며, 정신적으로 퇴화의 과정을 거치고 있는 일부 시민들의 온정과 무관심, 오해 속에서 여전히 독버섯처럼 번창하고 있다. 정치가 앞으로 나아가기 위해서는 독재 개발 체제의 효율성과 가부장적이며 봉건적인 지배구조 아래 일시적으로 누렸던 사회적 안정에 대한 향수에서 벗어나 과거의 정치적 유산을 청산해야 하지만, 일부 시민들의 잘못된 세계관이 그것을 가로막고 있다.

흔히들 지금의 시대적 상황을 구한말 시대에 비유하곤 한다. 그만큼 사회가 소용돌이 속에서 혼란과 혼돈을 겪고 있음을 뜻한다. 그런데 이러한 주장이 기득권 계층에서 주로 나타나고 있음은 참 아이러니한 일이다. 그들은 그저 시민들에게 혼란을 초래하지 말고 가만히 있어라, 라고 말하고 싶은지도 모른다. 마치 세월호의 선내 방송이 그랬던 것처럼 말이다. 그러나 조선이 망한 이유는 지배계층이 여전히

151
· · · · · ·
여행

소중화사상에 몰입되어 유교적 봉건주의를 청산하지 않았기 때문이지 백성들이 동요했기 때문이 아니었다. 당시의 지배계층은 백성의 계몽을 오히려 두려워했다. 전봉준의 동학운동은 일본군을 동원한 관군이 지리산까지 쫓아간 끝에 최후의 한 사람까지 사살한 후에야 끝이 났다. 지금의 정치 세력도 혹시 시민들의 계몽을 두려워하는 것은 아닌가?

문제의 본질

문제의 본질은 바로 '정의로움'에 있다. 정의로움이란 정도의 차이에 대한 상대적 인식의 문제다. 단순히 경제적 불평등 운운하는 것이 아니다. 하나의 확고한 원리 속에서 날이 갈수록 강화되고 있는 부조리의 문제를 말하고자 하는 것이다. 이 말은 지금 우리 사회의 확고한 운영 원리로 작동하고 있는 신자유주의와 물신숭배주의가 현대사회가 표방하는 평등의 이념과 충돌하고 있으며, 이러한 현상이 부조리를 강화시키고 정의로움을 파괴하고 있음을 뜻한다.

현대사회의 이념적 원칙은 모든 사람이 인격적으로 평등함을 전제하고 있다. 공식적으로 신분제는 폐지되었고, 우리는 모두 사회라는 공동체 안에서 자유로운 영혼의 주인으로서 대우받을 권리를 부여받고 있다. 이것이 현대사회가 표방하는 정의로움이다. 그러나 우리는 정의로운 평등의 원칙이 조금씩 무너져내리고 있음을 느끼고 있다. 인격의 평등을 표방하는 현대사회의 원리가 무엇인가에 의해 조금씩 훼손되고 있는 것이다. 지난 수년 동안 한국 사회에서는 '라면상무, 땅콩회항, 구타회장님' 등과 같은 수많은 '갑질' 사건들이 발생했고, 이런 사건들의 본질은 권력을 갖고 있는 '갑'들이 '을'의 지위에 있는 사람들의 인격을 무시하고 훼손했다는 것이다. 신분제가 폐지되었음에도 불구하고, 현대사회의 운영 원칙(모든 사람의 인격은 평등하다)을 새로운 신분제 하의 '갑'들이 파괴하고 있는 현실에서 우리는 정의로움이 사라지고 있음을 느낀다.

그렇다면, 이러한 부조리는 왜 발생하고 있는 것인가? 그것은 바로 현대사회가 외양적으로 표방하는 평등과 실제적 사회구조 사이의 부조화 때문이다. 지금의 우리는 인격적으로는 평등하지만(하다고 하지만), 돈 앞에서는 불평등하다. 법적으로는 평등하지만(하다고 하지만), 사회적으로는 불평등하다. 정치적으로는 평등하지만(하다고 하지만), 권력 앞에서는 불평등하다. 이것은 이념의 문제가 아니라, 현실의 문제다. 현대 자본주의 시스템 내에서 우리가 가진 인격과 시민으로서의 사회적 위치는 우리의 소비 능력과 지위, 그리고 이것들이 선사하는 권력에 비례하여 인정될 뿐이다. 그 세 가지는 동체이다. 소비 능력(광의적으로 부와 사회적 지위에서 파생되는 권력)을 상실한 이후의 결과는 인격과 정치적 영향력의 하락이다. '갑질'은 이것들이 얼마나 큰 불평등을 야기하고 있는지를 보여주는 좋은 사례다.

이 글을 쓰고 있는 도중에 라디오에서 어떤 세입자의 이야기가 전해 온다. 아파트 보일러가 고장 나서 집주인에게 연락했더니, 반말로 퉁퉁거리며 그 정도는 세입자가 고쳐야 하는 거 아니냐고 하더라, 그리고 그런 대우를 받으면서도 상냥한 목소리로 사정할 수밖에 없더라는 것이다. 이 이야기는 당연히 일상의 사소한 에피소드지만, 세입자는 집주인의 반말을 통해 자신의 인격권이 하락한 사실과 상냥한 목소리로 공손하게 말할 수밖에 없었음을 통해 정치적 의사 표명 역량이 저하되었음을 깨달았을 것이다.

경제적 능력에 따라 인격이 차별되는 사례는 그냥 우리의 일상 자체가 되었다. 그래서 우리는 인격의 평등함과 사회구조 사이의 부조화 자체를 인식조차 못 하는 지경에까지 이르렀다. 설령 인식한다 하더라도, 일부 성격이 못된 자들의 소행이라 여길 뿐이지, 그것을 구조적인 문제로 파악하지는 않는다.

그러나 우리는 경제적 불평등을 조장(최소한 방조)하는 사회가 인격적 평등을 말하는 것은 가장된 평등을 내세움으로써 숨겨진 목적을 달성하기 위함이라는 사실을 분명히 깨달아야 한다.

시시포스의 신화

여기서 나는 부조리의 사회적 해법을 말하고 싶지는 않다. 사실 그것은 내 역량 밖의 일이다. 대신에 부조리를 바라보는 어느 실존주의자의 생각을 소개하고자 한다.

카뮈는 '부조리'란 인간의 호소와 세계의 비합리적 침묵 사이의 대면에서 생겨난다고 했다. 세계는 그 두꺼움과 낯섦으로 인간의 호소를 무시한다는 것이다. 인간 자신에게서 엿보이는 비인간성이 이런 두

꺼움과 낯섦의 원천임은 물론이다. 그럼에도 불구하고, 부조리는 인간과 세계를 이어주는 유일한 유대다. 사람 사는 세상에 부조리는 어쩔 수 없이 존재할 수밖에 없다. 인간은 타고난 본성과 이성의 한계로 인해 늘 부조리와 이웃하며 함께 살아갈 수밖에 없는 것이다. 따라서 문제는 인간이 부조리의 상태, 그 안에서 어떤 태도를 갖고 살 것인지로 귀착된다.

카뮈는 부조리란 인간이 그 부조리에 동의하지 않을 때에만 소멸하지 않고 존재한다고 생각했다. 문제의식을 느낄 때에만 부조리의 모습을 볼 수 있다는 뜻이다. 우리가 부조리에 동의하는 순간 부조리는 더 이상 존재하지 않고 하나의 당연한 것, 세상의 온당한 원리로 변환될 것이다. 카뮈는 인간이 부조리에 동의하는 실존적 태도를 보일 때 '철학적 자살'이 발생한다고 말한다. 참으로 진지한 철학적 문제는 단 하나, 즉 인생이 살 만한 가치가 있느냐 없느냐를 판단하는 것이라고 했던 그에게 '철학적 자살'이란 부조리에 대한 굴복을 의미한다. 그렇기 때문에 이렇게 말한다.

"사유한다는 것은 보는 방법을 다시 배우고, 자신의 의식이 향하는 방향을 정해 주며, 개개의 이미지가 특권적인 장소가 되도록 하는 것이다."

사유란 의식으로의 복귀, 일상적 삶의 졸음으로부터의 탈출이다. 사유를 통해 인간은 '철학적 자살'에 빠져들지 않고, 부조리에서 해방된 삶을 향해 첫걸음을 내디딜 수 있을 것이다. 이러한 걸음걸이가 곧 자유다. 인간이 최대한 많이 산다는 것은 이러한 자유를 최대한 많이 느낀다는 뜻이다.

카뮈의 명제는 인간이 비인간적인 부조리의 모습을 인식하고, 인간적 반항이라는 열정에 찬 불꽃으로 살라는 것이다. 자유란 인간 지성의 한계와 육체적 한시성을 알면서도 부조리에 저항하는 정신을 잃지 않을 때에만 누릴 수 있다.

인간은 스스로가 자신이 살아가는 날들의 주인이다. 지성과 육체의 한계로 인간의 의지가 무의미하게 무산될지라도, 인간은 부조리에 대한 저항을 포기할 수 없다.

"창조한다는 것은 자신의 운명에 어떤 태도를 부여하는 것이다."

메밀꽃

올바른 시대정신이란 무엇인가?

　초가을이 찾아오면 봉평의 크고 작은 들판에는 '소금을 뿌려 놓은 듯한[44]' 메밀꽃이 피어난다. 그리고 매년 9월 이 메밀꽃밭 위에서 축제[45]가 열린다. 봉평 외곽을 흐르는 하천(흥정천)과 이효석문학관 사이에 펼쳐진 아담한 들판이 축제가 열리는 곳이다. 하지만 봉평으로 진입하기 위해 고속도로 톨게이트를 빠져나오면, 금세 여기저기 언덕이며 들판에 하얗게 피어 있는 메밀꽃들을 만날 수 있다. 그만큼 이 시기의 봉평은 메밀꽃으로 뒤덮여 있다. 메밀꽃은 크기가 작아 그 생김새를 면밀히 관찰하기 어렵다. 하지만 스마트폰 카메라로 촬영한 사진을 확대해서 안경까지 끼고 꼼꼼히 살펴보니 생김새가 제법 예뻤다. 마치 이제 갓 외모에 신경 쓰기 시작한 애송이 소녀 같은 인상이다.

---

44)　이효석의 『메밀꽃 필 무렵』에 나오는 표현이다.

45)　축제의 정식 명칭은 소설 『메밀꽃 필 무렵』의 작가 이효석의 이름을 딴 '효석문화제'다.

축제가 열리는 이곳이 과연 이효석의 소설 속 그 장소인지는 알 수 없으나, 허 생원과 동이 그리고 조 선달이라는 세 인물이 당나귀를 끌고 달빛 아래를 걸었을 때, 그 느낌이 어땠을까 상상해 봤다. 투명한 달빛을 받아 찬연하게 빛났을 메밀꽃밭⋯⋯. 그 옆에서 시냇물은 조용히 흘렀을 것이다. 이제 그 느낌은 축제 참가자들 각자의 몫이다. 메밀꽃밭을 둘러 본 후에는 이효석문학관으로 가는 게 정석이다. 그곳으로 가기 위해서는 산허리를 타고 나 있는 좁은 오솔길로 들어가야 하는데, 초입 지점에서 물레방앗간 하나를 만났다.

젊은 시절의 어느 날 밤, 장돌뱅이 허 생원은 물레방앗간에서 홀로 울고 있던 성 서방네 처자를 만나 하룻밤의 정을 나눴다. 다음 날 몰락한 성 서방네는 마을을 등지고 야반도주를 했지만, 처자를 잊지 못한 허 생원은 평생 거르지 않고 장날이 되면 봉평장을 찾았던 것이다.[46]

이효석문학관은 봉평읍이 한눈에 들어올 만큼 좋은 전망을 가지고 있다. 문학관에서 소개하고 있는 이효석의 삶을 살펴보자. 군이 오래된 작가의 삶을 되짚어보려는 이유는 그의 삶이 현대를 살아가고 있는 우리들에게 값진 시사점을 던져준다고 믿기 때문이다.

이효석은 1907년 봉평에서 태어나 불과 35년간의 짧은 인생을 경험

---

46) 성 서방네 처자는 이후 아들을 낳았다. 그 아들도 장돌뱅이가 되어 정처 없이 떠돌다가 우연히 허 생원의 슬하로 들어오게 된 것이다. 소설은 다 늙은 허 생원이 어느 날 밤 메밀 꽃밭을 지나고 개울을 건너며 동이와 나누던 대화 속에서 그가 자신의 아들임을 눈치채면서 끝난다.

하고 1942년 뇌막염으로 사망했다. 그는 평창에 있는 보통학교(초등학교)를 다녔는데 집과의 거리가 100리나 됐다고 한다. 당시는 마땅한 교통수단이 없었던 때이므로 이효석은 평창의 하숙집과 봉평 집 사이를 오갈 때 걸어서 다녔다. 그가 걸었던 그 100리 길 사이사이에는 물레방앗간이 있었고, 충주집이라는 주막이 있었으며, 노루목고개와 개울 등이 있었는데, 그것들은 나중에 『메밀꽃 필 무렵』의 배경으로 등장하게 된다. 이효석은 서울로 이사를 와서도 우수한 성적을 놓치지 않았던 수재였다. 이효석문학관에서는 그를 가리켜 서구 지향적 모더니스트라 칭한다. 빵과 버터, 커피, 모차르트와 쇼팽의 피아노곡, 프랑스 영화를 좋아했다는 것이다.

> "커피는 '진한 다갈색의 향기 높은 모카' 같은 질 높은 커피를 좋아해 가끔 서울에서 모카커피를 구해서는 퍼콜레이터로 끓여 마셨으며, '제대로 된' 버터를 얻어 지하실에 저장하기도 하고, 야외에 나갈 때는 '밀감으로 만든 잼'과 '야채수우프'를 준비하여 식사를 했다. 거실에는 항상 책이 꽂혀 있었으며, 쇼팽의 초상화와 여배우 사진이 걸려 있기도 했다. 한 달에 7, 8회나 영화를 볼 정도로 즐겼다."

놀랍지 않은가? 1930년대는 조선에 서구 문물이 쏟아져 들어오기 시작하는 시점이었다.[47] 이효석의 이러한 취향은 근대화가 달성되고,

---

47) 우리나라에 있는 오래된 성당들을 찾아가 보면, 대부분 1920~1930년대에 건축을 올렸다고 소개하고 있는데, 아마도 우연이 아닐 것이다. 스커트 양장, 커피 따위의 문

생활 방식 자체가 서구화된 현재와 비교해도 결코 뒤지지 않는 세련된 것이었다. 그는 서구 문명 속에서 무엇을 보았고, 무엇을 동경했던 것일까? 그에 대한 평가는 이렇게 이어진다.

> "이효석은 시대적 좌절감 속에서 당시 시대와 정면으로 맞서지도 못하고 적응하지도 못하면서 자신의 서구적 취향에 맞는 생활을 영위했다. 그는 시대적 고뇌를 자신의 실존과 결부하여 받아들인 인물이기보다는 자신의 취향대로 대상을 즐기면서 시대에 반응한 존재였다."

사실 내가 이효석의 삶을 되짚어 보고자 했던 이유는 바로 이 문구 때문이었다. 나는 이 문구를 읽고 작은 충격을 받았다. 그가 보여준 삶과 시대를 대하는 태도는 어느 시대를 막론하고 보통의 엘리트 지식인들에게 나타나는 일반적인 성향이 아닌가, 하는 생각이 들었다. 또한, 이러한 태도가 나 자신에게도 어느 정도 적용된다고 느꼈다.

알다시피 1930년대는 일제가 만주사변과 중일전쟁 등을 일으키며, 조선을 대륙 침략의 병참기지로 이용하려는 목적을 갖고 조선인에 대한 탄압을 강화하던 시기였다. 문인들 역시 예외가 될 수 없었다. 조금이라도 사회운동적 색채를 띤 문학단체[48]는 모두 해산되었다. 이로써 문학은 현실을 비판하지 못하고 탈정치화가 가속되었다. 1938년에

물 역시 이 시대부터 본격적으로 유입되었다고 한다.

48) 신간회 해체(1932), 카프 소속 문인들에 대한 대대적 검거(1931, 1934) 및 카프 해산(1935) 등을 말한다.

이르러서는 학교에서 '조선어' 과목이 폐지되었다. 이러한 상황에서 문인들의 선택은 자연주의적 순수문학으로 귀결될 수밖에 없었을 것이다. 우리가 잘 아는 '청록파' 등의 문학 조류가 1930년대에 태동한 것도 우연이 아닐 것이다. 큰 틀에서 볼 때 이효석의 삶도 이와 다르지 않았다고 말할 수 있다. 자연주의적 순수문학은 문인들에게 문학적 갈증을 해소하면서도 안녕을 보장받는 유일한 방법이었지 않았을까?

반면에 이들과는 달리 조금이라도 사회비판적 정신을 갖고 있었던 지식인이라면 병적인 방황 속에서 좌절감을 느꼈으리라. 그리고 외세에 대항할 것인지, 아니면 외세를 등에 업고 근대화의 길을 택할 것인지, 그것도 아니라면 외세에 붙어 개인적 영달을 추구할 것인지의 갈림길 앞에서 갈등했을 것이다. 이런 와중에 춘원 이광수 같은 갈지자의 길을 걷게 된 문인도 탄생했다.

오늘날 친일파로 지탄받고 있는 춘원 이광수는 당초 안창호를 정신적 스승으로 모시면서 서대문형무소에서 옥살이까지 겪은 민족주의자였다. 그는 1919년 도쿄에서 조선인 유학생들의 2·8독립선언을 주도했고(춘원은 도쿄 히비야공원에서 독립선언서를 낭독한 후에 거리행진을 막는 일본 경찰과 격투를 벌였다고 한다), 3·1운동 이후에는 상하이로 건너가 대한민국 임시정부에 참여했으며, 『독립신문』 발간을 맡기도 했다. 1922년에는 흥사단(興士團)[49]을 측면 지원하는 조직인 수양동맹회를 조직하기도

---

49) 1913년 5월, 도산 안창호가 샌프란시스코에서 창립한 민족 운동 단체. 민족 부흥을 위해 민족의 계몽 활동에 주력했다. 1949년 본부를 국내로 옮긴 후, 5·16군사정변 때까지 존속했다. 수양동우회는 흥사단의 자매단체였으며, 1938년 일제에 의해 해체되었다.

했다. 그랬던 춘원은 1921년 안창호 등의 만류에도 불구하고 다시 귀국하게 되는데, 이에 대해서는 임시정부의 어려워진 재정 형편이나 일제의 공작(일제가 훗날 춘원의 셋째 부인이 된 허영숙이라는 여자를 보내 신변 안전을 보장했다는 설), 임시정부 내부의 다툼 등을 이유로 드는 견해가 있다.

이광수가 귀국하자마자 친일행위를 한 것은 아니었다. 오히려 그는 1937년 흥사단 사건으로 안창호 등과 함께 서대문형무소에 투옥되었다가 이듬해 병으로 보석되었지만, 안창호는 감옥에서 숨을 거두게 되었다. 정신적 스승이 사라졌기 때문이었을까? 이때부터 춘원은 조선신궁에 참배를 하는 등 본격적으로 친일 행위를 벌이게 된다. '일본식 성명 강요'에 앞장섰으며, 조선의 젊은이들에게 전쟁에 자원할 것을 촉구했고, 천황의 신민이 되리라 선언했다. 춘원을 변절토록 한 것은 무엇이었을까? 무엇이 그에게 좌절감을 주었던 것일까? 춘원은 조선의 봉건적 모순과 계몽되지 않은 민족성에 환멸을 느꼈던 것일까?

당시의 민족 운동 단체들은 한결같이 민족 계몽을 활동의 주된 목표로 삼았다. 흥사단과 수양동우회 역시 참되게 말하기, 거짓말 안 하기, 실천에 힘쓰기, 신의와 믿음 갖기 등을 표방하고 있는데, 이로써 당시의 지식인들이 민족 계몽을 독립의 전제 조건으로 간주하고 있었음을 알 수 있다. 몇백 년 동안 봉건적 적폐에 신음하던 민족의 내면은 텅 비어 있었다. 민족의식이라는 것이 있었을 리 만무했고, 이는 많은 지식인들을 절망의 벽 앞에 서게 했을 것이다. 시인 고은이 대담집 『두 세기의 달빛』에서 말했듯이, "민족의 자아는 중국과 무관하지 못했고, 구한말 의병의 원칙도 화이론의 사대주의적 자기표현일지 몰랐다. 많은 의병대장들이 민족 문제의 차원과는 거리가 먼 사대 차원의 대의에 몸을 두었다."[50] 일제에 강제 합방을 당한 이후에도 선비들의 정신은 소중화사상에서 벗어나지 못하고, 위정척사(衛正斥邪)를 붙들고 있었다. 그것은 이미 몇백 년 전에 망해 버린 명나라에 대한 사모곡이었던 것이다.

생산 활동을 통해 강고한 신분 사회를 떠받치고 있던 백성들은 물질만이 아니라 정신과 영혼까지 수탈당한 상태였다. 일찍이 조선의 노비 제도는 중국과 일본의 경우에 비춰볼 때도 너무나 가혹한 것이었다.[51] 백성과 노비들에게는 자아를 갖는 일이 허용되지 않았다. 양반은 때리는 일이 많았고, 노비는 맞는 일이 많았다. 그들에게 허용된 것은 오로지 복종과 굴종의 행위뿐이었다. 거기에서 사회에 대한 개인의 권리와 책임, 이성과 윤리의식을 근간으로 하는 근대적 시민 정신이 발아될 가능성은 없었다. 백성의 의식이 이랬을진대 조선을 식민지로 만든 일본인들의 눈에 '조센징의 노예근성'이 들어온 건 어떤 측

---

50) 고은·김형수, 『두 세기의 달빛: 시인 고은과의 대화』, 한길사, 2012, 90쪽.
시인 고은은 여기에서 의병대장 이인영이 총공세를 앞둔 운명의 전야에 모친상을 당하자마자 의병장직을 버리고 고향으로 돌아가 시묘살이를 했던 이야기, 최익현이 의병의 명분을 자기 자신의 국권이 아니라 저 망해 버린 명나라 조정에 둔 사대주의, 마지막 의병 지도자 유인석이 압록강 건너로 망명해서 그곳이 단군과 고구려의 땅이었음은 간과한 채 청나라 발생지인 오랑캐 땅에 발 디딘 것에 통탄해 했다는 이야기 등을 소개한다.

51) 노비 제도에 관한 여러 가지 글들을 보면, 조선 시대에는 전체 인구의 30~50퍼센트가 노비였다고 한다. 이를 근거로 조선이 노비 사회였다고 주장하는 글들이 많다. 성호 이익은 조선의 노비 제도에 대해 한번 천한 종이 되면 천만년이 가도 그 신세를 면치 못하고, 학대와 고통은 천하 고금에 없는 일이라며 개탄했다고 한다. 17세기에 태어나 이런 급진적인 생각을 하다니, 가히 링컨에 못지않은 인물이다.

163
• • • • •
여행

면에서 당연했을 것이다. (우리 민족은 지금도 자신을 폄하할 때 노예근성 운운하곤 한다. 그런 면에서 식민지의 잔재는 아직도 청산되지 않고 우리의 정신세계를 지배하고 있는 것이다)

당시의 지식인들에게 민족의 이런 모습은 자강(自强)의 길이 요원하다는 결론에 도달하게 만들었을 수 있었을 것이다. 춘원의 눈에도 조선은 계몽의 대상이었고, 계몽을 이루기 위해서는 조선의 모든 것을 버리고 근대화된 일본과 합치하는 수밖에 없다고 보였을지도 모른다. 그래서 그는 심지어 900년 전에는 조선인들에게 지금과 같은 성씨가 없었고 그것들 모두가 중국에서 건너온 것이라며, 오히려 임진왜란 때부터는 상민이 돈을 주고 양반의 족보를 사서 혈통을 위조한다는 주장을 하며 일본식 성명 강요를 옹호했던 것이다.

시대를 대하는 태도는, 곧 개인의 삶의 성격을 결정짓는다. 이효석과 이광수는 같은 시대를 살았지만, 자기가 처한 시대를 대하는 태도 면에서는 완전히 다른 모습을 보여주었다. 두 사람의 삶이 달랐던 이유는 그것에 반응하는 방식이 달랐기 때문이다. 이효석이 1940년대를 온전히 살아냈다 하더라도 분명 그의 태도가 바뀌지는 않았을 것이다. 이효석이 외세의 침입과 지배라는 시대적 조건들과는 무관한 삶을 추구했다면, 이광수는 초기에는 그 조건들을 극복하기 위해 노력했고 변절 이후에는 일본 제국주의를 적극적으로 옹호했다.

이효석이 커피와 치즈 향기에 취해 시대의 아픔을 외면했다고 해서 그가 마냥 이기적인 삶을 살았다고 말할 수는 없을 것이다. 사실 사람은 모두 타고난 성격과 기질 대로 살아갈 수 있어야 한다. 좋은 세상이란 사람이 갖고 있는 성격과 기질을 자연스럽게 표현할 수 있고, 그러한 표현이 너그러움 속에서 인정되는 사회일 것이다. 이효석의 불운은 그가 단지 시대를 잘못 타고 태어나 그런 세상을 만나지 못했던 것뿐이다. 만일 그가 지금 이 시대에 태어났었더라면 사라진 낭만의 시대를 복원시킬 멋쟁이 예술가가 되었을 것이다. 그러나 그 시대는 지식인의 이런 한가한 삶을 고운 눈으로 봐주기에는 너무나 절박하고 불행한 시대였다. 이런 맥락에 볼 때 지식인에게 강압적으로 시대적 소명감을 갖도록 요구할 수는 없겠지만, 어떠한 형태가 됐든 역사 인식을 가져야 하는 지식인이 스스로 시대적 소명을 갖는 데 실패했다는 점은 지식인의 한계와 관련해서 한 번쯤 생각해 봐야 할 사항인 것 같다.

조선의 3대 천재 중 한 명이었다는 이광수의 변절에 대해서도 착잡한 마음을 금할 수는 없지만, 그의 변절을 마냥 비난하기가 쉽지 않음을 안다. 물론 친일파의 청산은 이 시대의 우리가 완수해야 할 역사적 소명임이 분명하다. 해방 이후의 시점에서조차 민족주의자들을 탄압하는 데 앞장섰던 친일파들의 기회주의적 행적을 고려해 보면 더욱 그렇다. 그러나 한 개인의 차원으로만 바라봤을 때 춘원이 내면에서 어떤 갈등을 겪었을지는 충분히 상상할 수 있는 일이다. 그가 본격적으로 친일 행위를 벌이기 시작한 1930년대 중반은 을사늑약(1905)이 체결되고 30년이나 경과된 시점이었다. 30년이라는 세월은 무엇인가가 고착되기에 충분한 시간이다. 대부분의 지식인들이 시대의 무거운 압박을 느끼며 변절한 상태였다. 춘원이 해방 후 자신의 변절을 변명하면서 들이댄 이유도 "일본이 망할지 몰랐다."는 것이었다. 지금 다시 동일한 역사가 반복되더라도 많은 지식인들이 시대가 파놓는 고약한 함정을 피해 가지 못할 것이다. 그렇다고 우리가 그에게 역사적 면죄부를 줄 수는 없는 일이다. 만일 우리가 진심으로 민족의 역사를 바로 세우고자 한다면 지식인의 시대적 선택에 대한 단죄는 냉엄해야만 한다.

내가 그 상황에 처해 있었다면 과연 어떤 판단과 선택을 했을까? 나는 무엇이 올바른 시대정신이라고 생각했을까? 이런 생각을 하니, 갑자기 끔찍한 생각에 몸서리가 쳐진다. 아울러 정신 바짝 차리고 살아야겠다는 생각도 든다. 나라와 국민이 시험에 들지 않도록, 불행한 시대에 처하지 않도록, 이 시대를 살고 있는 사람들이 깨어 있는 의식으로 자신의 미래를 침식하는 일들에 작은 몸짓으로나마 항거하기를 멈추지 말아야 한다는 생각도 든다. 왜냐하면, 이렇게 해야만 우리 모두가 역사가 파놓는 고약한 함정에 빠지지 않고, 타고난 성격과 기질 대로 세상을 자연스럽게 살아갈 수 있는 토대를 유지할 수 있을 것이기 때문이다. 우리에게는 불행한 내일을 거부할 권리가 있지 않은가! 우리는 늘 시대 속에서 치열하게 생각하고 행동할 수밖에 없다. 특히나 강국들의 위협과 농간 속에서 균형을 찾으며 살아가야 하는 우리 민족은 더욱 그렇다. 한반도에서의 삶은 늘 위태롭다. 우리는 그런 위태로움을 숙명으로 받아들이고 항상 깨어 있도록 노력해야 한다.

엉뚱한 사족 하나를 달자면, 나는 일본이 위안부 문제[52]에 대해 사과하지 않는 한 일본 브랜드 자동차는 사지 않을 생각이다. 요즘 같은 세계화 시대에 어울리지 않는 발상이고, 우리 민족이 봉건적 역사에서 탈피할 수 있었던 원동력을 일제의 근대문명 이식으로 돌리는 '식민지 근대화론'을 전면적으로 부정할 생각도 없지만, 일제가 우리 민족에게 준 모욕은 아직 씻겨내려가지 않았다고 생각하기 때문이며, 그들로 인해 고통받은 사람들이 아직도 한반도 안팎에서 원통한 마음을 풀지 못하고 있는데 뭐가 좋다고 그들이 만든 자동차를 사야 하는지 스스로 납득할 수 없기 때문이다.[53]

---

52) 대한민국 정부는 2015년 12월 일본 정부와 위안부 '합의'를 체결하고, 2016년 위안부 할머니들에 대한 위로금으로 10억 엔을 받았다. 이 합의는 할머니들의 의견을 반영하지 않은 상태에서 정부의 독단적 결정에 의해 이루어졌고, 정부는 2016년 7월 소위 '화해·치유재단'이라는 것을 만들어 할머니들에게 돈을 받도록 회유하고 다녔다. 미국 정부의 압력에 따라 체결된 것으로 알려진 이 합의는 법원에서 그 구체적인 내용을 공개하라고 판결했음에도 불구하고, 여전히 내용을 공개하지 않고 있다.

53) 배우 송혜교는 2016년 미쓰비시자동차의 중국 모델을 거절한 바가 있는데, 당시 그녀는 드라마 〈태양의 후예〉로 상종가를 치고 있던 시절이었다. 그녀가 미쓰비시자동차의 제안을 거절한 이유는 그 회사가 전범 기업이었기 때문이었다.

4장

• • • •

사회

낯선 세계

나의 믿음은 신뢰할 만한 것인가?

참여하고 있는 친목 모임 멤버들과 함께 충주호 주변에 있는 골프장으로 운동을 하러 간 적이 있는데, 대략 5월 초순경이었다. 운동을 끝내고 나서 점심식사를 위해 호숫가 바로 인근에 있는 민물매운탕집을 찾았다가 아직 여름이 오려면 한참이나 남았음에도 불구하고 호수 표면을 장악하고 있는 녹조를 보게 되었다. 흔히 말하는 것처럼 녹조라테가 따로 없었다. 일행이 그 장면을 보고 유속이 어쩌니 수질이 어쩌니 걱정을 하고 있었는데, 갑자기 연세가 좀 있으신 고참 한 분이 나서며 "물빛만 좋구먼그래." 말씀하시는 통에 일행 모두가 걱정하기를 그치게 되었다. 나를 포함한 모두가 물빛 좋다는 그 짧은 문장 안에 무거운 의미가 함유되어 있음을 순식간에 눈치챘기 때문이다. 그 짧은 문장은 사실 물빛에 대한 평가가 아니라, '녹색성장'을 지지하는 한 사람의 강렬한 정치적 입장을 담고 있었던 것이다.

물론 나는 지금 여기에서 4대강 사업의 타당성을 따지고자 하는 것은 아니다. 수많은 반대를 무릅쓰고 단행했던 4대강 사업의 실제적 목적이나 효과에 대한 분석은 철저하게 합리적인 관점에서 따져보고 결론을 낼 사항이라고 믿는다. 수문을 개방할 것인지 아니면 계속해서 닫아둘 것인지의 결정 역시 동일한 관점에서 도출되어야 할 것이다. 나는 다만, 동일 시각에 동일 장소에서 녹조가 가득한 호숫물을 목격하고 나서도 사람들이 각기 다른 결론에 도달한 이유가 궁금할 뿐이다.

우리는 이번 일을 통해서가 아니더라도 사람이란 존재는 결코 경험한 바대로 믿는 것이 아니라, 믿는 바대로 경험할 수도 있음을 잘 알고 있다. 사람들은 동일한 상황 속에서도 각기 다른 경험을 하며, 자신의 믿음에 들어맞도록 감각을 왜곡하기도 한다. 마치 녹색의 물빛을 아름답게 여기는 것처럼 말이다. 사람들이 보고 싶은 것만 보고, 듣고 싶은 것만 들으며, 스스로 감당하기 어려운 감각을 외면하는 일은 너무나 일상적이다. 사람들은 이전부터 간직해 오던 믿음에 머무름으로써 마음의 평온을 지키려고 하지, 진실과 대면하는 일을 좋아하지 않는다.

문제는 이로 인해 사람들이 타인의 경험 세계를 온전히 이해할 수 없는 상태에 빠지고, 이로써 자신만의 불완전한 세계에 머물게 된다는 점이다. 타인의 세계에 대한 이러한 몰이해는 나와 타인 사이에 놓여 있는 생소함의 원인으로 작용한다. '나'라는 존재의 내면에는 오랜 시간 동안 자신이 받아들인 세상의 모습이 투영되어 있는 것이며, 그러한 과정이 진행될수록 상이한 과정 안에 놓여 있었던 타인을 이해하기란 점점 더 어려워질 것이다.

그런데 이보다 더 큰 문제는 설령 자기 내면에 체화되어 있는 믿음에 의해 자신의 경험세계가 왜곡될 가능성을 인식했다 하더라도, 그 믿음이 어떻게 형성된 것이며 과연 정당한 것인지를 판단하는 일은 또 다른 차원의 이야기라는 사실이다. 인간은 자신이 지금 믿는 바는 쉽게 파악하는 편이지만, 왜 그런 믿음이 형성되었는지를 파악하는 데는 큰 어려움을 겪는다. 자신의 믿음이 무엇의 영향을 받아 만들어진 것인지, 혹은 무엇이 자신의 생각에 영향력을 행사한 것인지를 확인하기 위해서는 매우 큰 노력이 필요하기 때문이다.

우리는 흔히 자신의 믿음(신념)이 어떤 공고한 논리체계 위에 서 있다고 생각하지만, 완벽해 보이는 논리조차도 비약을 내포하기 마련이다. 사람들은 동일한 논리 구조 위에서 완전히 다른 결론을 도출하기 일쑤다. '~이기 때문에 ~이다'라는 논리 구조처럼 자의적 믿음이 담긴 표현은 없을 것이다. 우리가 흔히 듣는 "생각이 다르기 때문에 함께 할 수 없다."는 말은 다양성을 배척하고 자기중심의 세상을 구축하기 위한 의도를 품고 있다는 점에서, 그런데 정작 세상에는 생각이 똑같은 사람은 없다는 점에서 언제나 이율배반적이다. "아름답기 때문에 꺾지 않고 지켜야 한다."는 믿음은 "아름답기 때문에 꺾어서 소유해야 한다."는 또 다른 믿음과 정면으로 충돌할 것이다. 우리는 너무나 빈번히 논리적 명증함이나 합리성에서 벗어나, 그저 허약한 논리 위에서 만들어진 믿음을 정당한 것으로 받아들이고 그것에 의존해 행동한다.

믿음이 뚜렷한 의식 속에서 형성되는 것도 아니다. 대부분의 경우 우리의 믿음은 모호한 의식 안에 담겨 있다. 의식을 선명하게 하는 일은 비용이 많이 드는 정신 활동이다. 어떤 사태의 본질을 선명하게 인식하기 위해서는 치열한 사유의 과정을 거쳐야 하지만, 그것은 많은 에너지를 요구하는 일이므로 일반적 상황에서 주체는 그저 이전부터 지켜오던 희미한 믿음에 근거하여 행위를 한다. 인간은 자신의 감각과 인식 사이의 괴리를 좁히고 현상을 있는 그대로의 모습으로 파악하기 위해 노력해 왔지만, 아직까지 그러한 노력은 성공을 거두지 못했다. 그래서 우리의 믿음은 여전히 불안한 인식론의 영역 안에 희미하게 머물러 있다. 색맹이 특정한 색깔을 구분하지 못하는 것처럼 모호한 의식은 현상의 진리를 제대로 파악하지 못함에도 우리는 그러한 사실조차 알아차리지 못한 채 흐릿한 믿음 위에 위태롭게 서 있는 것이다.

혹시 자신의 믿음이 외부의 무엇인가에 의해 의도적으로 형성되었다는 의심을 해본 적은 없었나? 사실 우리가 갖고 있는 많은 믿음들은 문화적, 제도적 또는 이데올로기적 관점에서 특정한 목적에 맞게 기획된 것들이지 않던가? 사람의 생각은 외래적 성격을 갖는다. 심지어는 감정조차도 무엇인가에 의해 기획되고 조장될 수 있다. 특정한 기념일마다 우리는 사회적 약속을 지키기 위해 스스로 내면에서 기쁨이나 슬픔의 감정을 되살린다. 현충일이나 고인을 추모하기 위해 정해 놓은 기일에 우리는 스스로에게 슬픔을 느끼도록 조장하고, 크리스마스 시즌에는 기쁨과 감사의 마음을 갖기 위해 노력한다. 감정이 이렇게 외부의 권유를 아무런 저항 없이 따르는 것처럼, 믿음 역시 자신도 모르는 사이에 주체의 내면으로 외래한 것이 아니던가?

세상은 불완전한 믿음들이 충돌하는 투쟁의 장이다. 하나의 특정한 믿음은 스스로의 번영을 위해 추종자를 확보하고 그를 노예로 양육하면서 자생적으로 작동한다. 아이로니컬하게도 불완전하고 위태로운 믿음일수록 더욱 강한 자생력을 가진다. 거기에는 어떤 열광이 들어 있기 때문이다. 무엇이 그런 열광을 만드는가? 열광적 믿음 안에는 적, 차별, 증오, 폄하와 같은 대결적 감정이 숨어 있다.[54] 그러한 감정은 인간 내면에 뿌리 깊게 박혀 있는 자기중심주의의 본능을 자극하기 때문에 더 큰 생명력을 갖는다. 그것은 지배 욕구를 해소하지 못해 내심 안달이 나 있는 모든 사람들에게 욕망의 우회적 분출구를 제공하는 역할을 한다.

우리는 왜 이토록 허약하기 짝이 없는 믿음에 그토록 강고하게 매달려 있는 것일까? 분명 우리는 질퍽이는 믿음의 늪에 빠져 자신의 인생에 수많은 오류를 만들어 내고 있다. 잘못된 믿음으로 인해 스스

---

54) 상대에 대한 증오와 폄하의 언어는 지배자가 피지배자에게 또는 강자가 약자에게 일방통행적으로 행사하는 것이 아니다. 지배자와 강자가 그들의 지배력을 강화하기 위해 이런 언어를 사용함으로써 공동체 구성원들의 분열을 획책하는 것은 분명 사실이겠지만, 피지배자와 약자 역시 자신들의 투쟁 과정에서 이런 언어를 노골적으로 사용한다. 흩어져 있던 약자들은 이런 언어를 사용할 때 비로소 하나가 될 수 있기 때문일 것이다. 강자의 증오는 부당하고, 약자의 증오는 정당한 것인가? 이 질문에 대한 윤리적 해답을 찾기는 어려울 것이다. 다만, 약자들의 절박함이 어느 정도 그 해답이 될 자격이 있는 것은 아닐까?

로 고통받고 있으며 타인에게도 고통을 안겨주고 있다. 그럼에도 불구하고, 우리는 부실한 믿음의 세계 위에 강철같이 강고한 집을 짓고 안주한다.

하나의 믿음은 곧 하나의 고유한 세계다. 그 세계는 낯익은 풍경으로 채워져 있고, 주체는 그 세계 안에서 익숙함이 주는 편안함을 느낀다. 우리가 믿음을 버리지 못하는 이유는 이런 안정감을 잃지 않기 위해서이다. 주체에게 믿음의 동요는 세계의 붕괴를 유발하는 위험한 일이다. 그것은 자기 세계의 운영 원리에 대한 도전이자 세계관의 전복을 초래하는 진동이다. 익숙한 세계가 해체될 때 주체는 낯선 세계 앞에서 두려움을 느낀다. 그동안 주체가 자신에게 익숙한 세계에서 이룩한 모든 업적은 물거품이 되었고, 이제 그는 낯선 풍경에 둘러싸여 새롭게 시작해야만 한다.

사람이 나이가 들면서 보수화되는 이유는 이렇듯 낯선 세계로의 진입을 두려워하기 때문이다. 젊은 시절 우리는 낯선 세계로 진입하기 위해 과감히 도전을 단행했다. 그런 과감함만이 우리를 세계로 편입시켜 그 안에서 성장할 수 있는 길을 열어주기 때문이었다. 지금도 수많은 젊음이들이 두려움과 심장이 뛰는 벅찬 희망을 안고 자기 앞의 세계로 주저 없이 뛰어든다. 그러나 익숙한 세계에 안주하는 사람들은 그런 도전을 주저한다. 그뿐만 아니라 낯선 세계에 대한 두려움으로 그 세상의 존재 자체를 부정하기도 하고, 이로 인해 낯선 세계에 담겨 있는 새로운 가능성도 함께 사라지는 것이다. 이들은 기존의 세계관이 무너질 때 내면에서 발생하는 충격과 동요를 감당할 만한 정신적 힘을 갖고 있지 못하다. 주체가 자신의 기존 믿음에 반하는 새로운 논리를 받아들이기 위해서는 평정심이 와해되는 경험을 거쳐야 하지만, 이런 경험을 감당할 정신적 힘이 없는 사람에게는 어떠한 합리적 논리도 거부의 대상으로 전환될 뿐이다.

물론 정반대의 경우도 있다. 어떤 사람들은 자칫 자신이 세상의 모든 현상을 관통하는 초월적 지혜를 갖추고 있다는 확신을 갖고 있는 것 같다. 이러한 태도는 특히 권력의 편에 서 있는 사람들이 공통적으로 보여주는 모습이다. 자신이 나이를 먹어가면서 경륜을 획득했다고 믿는 사람들 역시 이런 태도를 보여주는 경우가 많다. 주체의 삶에 이보다 치명적인 독배는 없을 것이다. 자신의 지혜가 모든 현상의 해결점에 맞닿아 있다는 확신은 사람을 완고하게 만들고, 이러한 완고함은 그를 더욱 좁고 편협한 세계에 가둘 뿐이다. 이런 과정의 반복은 주체의 세계를 왜소하게 만들지만, 그는 자신이 보는 하늘이 우주의 전부인 것처럼 생각할 따름이다.

경험의 원리는 언제나 제한된 세계 안에서만 작동하는 것이다. 그러나 삶의 이력 속에서 경륜을 획득했다고 생각하는 사람들일수록 비타협적인 태도를 갖는 경향이 높다. 세상은 과거로부터 현재에 이르기까지 늘 이런 사람들로 넘쳐났었다. 역사상 이런 부류의 사람들이 부족했던 적은 한 번도 없었기 때문에, 만일 그 사람들이 진실로 지혜로웠다면 세상은 지금쯤 조화롭고 아름다운 천국이 되어 있어야 했지만, 역설적으로 대부분의 경우 세상이 혼란으로 뒤덮였던 이유는 바로 자신이 초월적 지혜를 갖추고 있다고 믿는 자들의 세상에 대한 무지와 오만함 때문이었다.

세상은 우리의 의지와는 무관하게 그 자체적으로 매 순간 새롭게 태어난다. 우리가 세상에 미치고자 하는 영향력은 때때로 좌절되고, 때로는 빗나가고, 어떤 때는 전혀 의도치 않은 결과를 만들어 낸다. 세상의 모습은 이런 식으로 앞선 세대가 살던 과거에도 늘 변화해 왔으며, 지금 이 순간에도 변하고 있고, 후대가 살아갈 미래에도 그럴 것이다. 새로운 세상은 새로운 이치를 품게 마련이다. 스스로 경륜을 갖추고 있다고 자부하는 사람들의 문제는 과거 시대의 이치를 유일한 진리로 받들면서 그것을 미래로 연장하기를 기획한다는 점이다. 그들은 그러한 기획이 더 이상 자신들의 책무가 아니라 새로운 세대의 몫임을 인정해야만 한다. 물론 그 과정에서 경륜을 갖춘 사람들의 도움조차 필요 없다는 말은 아니다. 문제는 그들에게 요구되는 적정한 역할과 그들이 갖고 있는 과도한 의욕 사이의 부조화일 것이다. 인간의 제대로 된 삶이란 시대가 품고 있는 (혹은 시대에 필요한) 새로운 이치를 파악하는 데에서부터 출발하는 것이 아닐까? 새로운 이치를 깨닫기를 멈추어버린 사람들, 여전히 낡은 옷을 입고 지나간 세상을 붙들고 늘어지는 사람들의 모습은 처량하고 누추하게 보인다.

다른 한편으로 우리를 편협한 사변의 감옥 안에 가두려고 하는 자들의 농락도 우리가 잘못된 믿음에서 탈출하지 못하는 원인이 되고 있다. 이들은 자신들의 사익을 위해 대중의 의식을 움켜잡고 조종하려고 하는 자들이다.[55] 그들은 확신에 찬 듯한 거짓말과 선동을 반복할 경우 사람들이 그것을 믿게 된다는 것을 알고 있다.[56] 그들의 불순한 의도는 쉽게 드러나지 않기 때문에 더욱 위험하다. 그들에게 진실은 어떤 의미가 있는 것인가? 그들은 온갖 궤변과 왜곡을 늘어놓으면서도 정작 겉으로는 누구보다 진실을 앞세운다. 진실은 그들이 걸핏하면 사용하는 화려한 가림막일 뿐이다. 왜곡된 정보를 만들어서 교묘한 방법으로 유포시키고 사람들을 기만하면서도 양심의 가책을 느끼지 않는다. 그들은 우리를 잘못된 믿음 안에 꼼짝 못 하게 묶어놓고는 자신들의 이익을 추구하지만, 잘못된 믿음에 포획된 우리는 안타깝게도 그러한 사실을 전혀 눈치채지 못하는 것이다.

우리는 자신의 믿음을 어디까지 신뢰해야 하는가? 우리는 자신이 갖고 있는 믿음에 대한 이해를 통해 자기 존재의 이해를 확대할 수 있어야 한다. 감각기관을 거쳐 대뇌피질 안으로 유입된 정보가 어떻게 프로그래밍되어 있는지 해부하는 일이 그리 유쾌하지는 못할지라

---

55) 마키아벨리의 『군주론』의 한 구절을 인용해 보자. "경험에 따르면, 우리 시대의 위대한 업적을 성취한 군주들은 신의를 별로 중시하지 않고 오히려 기만책을 써서 인간을 혼란시키는 데에 익숙한 인물들입니다. 그들은 신의를 지키는 자들에게 맞서서 결국에는 승리를 거두었습니다."

56) 하버드대 심리학자 다니엘 길버트 길버트 교수는 트럼프 대통령의 몸에 밴 거짓말에 대해 이렇게 말한다. "정치 지도자가 한두 번이 아니라 지속적으로 거짓말을 하면, 그것을 듣는 국민의 뇌에 과부하가 걸려 사실 여부를 따지는 검증 과정을 생략하고, 거짓말의 일부를 사실로 받아들인다. 특히, 정치인의 거짓말이 일반 국민의 정치적 정체성과 결합하면 그 거짓말을 정정하는 일은 사실상 불가능하다." 이와 관련하여 국기연(워싱턴 특파원)의 『세계일보』 2017년 2월 4일 자 기사 「바나나 공화국의 박근혜와 트럼프……거짓말은 통치 수단」를 참조했다.

도 유익한 일이 될 수는 있을 것이다.

생각이 정신에 미치는 영향은 음식이 육체에 미치는 영향과 같다. 편식하지 않고 다양한 음식을 즐기는 것이 육체에 좋은 것처럼, 다양한 관점의 생각을 받아들일 줄 알아야 정신도 건강해진다. 그러니 어느 날 갑자기 인식의 무의식적 연속에 뜻밖의 사건이 개입하는 의식의 쓰나미가 일어나 마음이 흔들릴 때가 있다면, 우리는 그때를 두려움과 거부의 시간이 아니라 자신의 믿음을 돌아보는 기회로 삼아야 할 것이다. 믿음이 산산조각이 나는 사건을 많이 겪을수록 우리는 더욱 크게 성장할 수 있지 않을까? 우리는 자기 생각의 부족함을 인정하고, 열린 마음으로 배움과 터득의 과정을 지속시키는 일을 인생살이의 기초로 삼을 줄 알아야 한다.

두려움을 떨치고 과감히 낯선 세계로 들어가자.

모순

모순이 사라지면 인간은
더 행복해질 수 있을까?

    모순은 인간 세상의 가장 큰 특징이다. 동물 세계에는 자연의 순리에 따르는 본능만이 작동하므로 모순이 존재하지 않는다. 얼마 전 거제도 횟집 센터에 도둑이 출몰해 매일같이 수족관을 터는 일이 있었는데, 알고 보니 범인은 수달 가족이었다고 한다. 수달 가족은 살기 위해 도둑질을 했지만, 생존이라는 가치를 위해 법이나 도덕이라는 또 다른 가치를 위배하는 모순에 빠진 적은 없었다. 스피노자가 자연의 섭리 자체를 신으로 간주하며 "신이 자연이고, 자연이 곧 신이다."라고 말했던 이유는 아마도 자연의 운영 질서에는 인간 세상에서 발견할 수 없는 무모순적 순리가 깃들어 있다고 믿었기 때문일 것이다.

    반면에 인간 세상의 현실은 이와는 달리 늘 모순을 생성해 내며, 이로 인해 해결해야 할 문제들이 넘쳐난다. 그래서 인간은 지그문트 바우만의 말처럼, '사회적인 평준화와 개인적인 독특성을 추구하는 경향

사이에서 타협을 보장하는 독특한 삶의 형태'[57]로써 유행을 추구하는 것인지도 모른다. 유행은 '완벽한 하나일 수도 없고, 완벽한 개별어'가 될 수도 없는 인간의 모순적 고뇌가 일상 속에 녹아들어 있음을 증명하는 외면적 현상이다. '유행을 추구하는 모든 인간이 개성을 추구하지만, 결과적으로는 개성의 상실을 경험하는' 것처럼, 광범위하게 삶의 원리처럼 퍼져 있는 모순을 어떻게 대하고 처리할 것인가, 이것이야말로 모든 인생 담론의 기초이자 모든 철학의 근원적 물음일 것이다. 한 인간의 성숙은 자신의 삶이 모순적 상황 속에 놓여 있다는 사실을 깨닫는 일에서 출발할 수밖에 없는 것이다. 그것은 삶의 근본 문제를 인식하는 일이기도 하다.

이기주의와 이타주의, 그 모호한 경계 위에서 휘청거리고 있는 인간의 모습을 보자. 인간은 소속감을 매개로 서로에 대해 이타적 연대의식과 애정을 느끼지만, 이러한 의식들은 분파와 대립 집단의 형성을 초래하고 증오와 혐오의 근원이 되기도 한다. 인간은 통합되고자 하면서도 분리되고자 하는 욕구를 버리지 못한다. 결코 분리될 수 없는 하나의 범주 안에 공존하지만 동시에 결코 복사되거나 되풀이될 수 없는 고유한 존재, 그것이 인간이다. 인간 세상에서는 늘 전체주의를 지향하는 힘과 개인주의로 향하는 힘이 충돌하지만, 서로 반대 방향으로 나가고자 하는 이런 힘들은 본질적으로 하나의 내면에서 나오는 욕구들이다. 인간은 일체적인 동시에 개별적이므로 우리는 함께

---

57) 지그문트 바우만, 『고독을 잃어버린 시간』, 동녘, 2014, 135쪽.

있을 때의 열광을 원하면서도 때때로 고독의 세계로 귀향하고자 한다. 큰 존재의 부름을 갈망하면서도 자유인이고자 하는 욕구를 포기하지 못하는 인간, 그는 숙명적 모순 속에서 방황하는 존재다.

변화와 혁신에 대한 태도 역시 마찬가지다. 변화와 혁신은 새로움을 얻고자 하는 행위이지만, 연속적으로 끝없이 진행되는 새로움은 더 이상 새로움이 아니다. 그것은 하나의 노역을 낳는 고루한 행위의 반복일 뿐이다. 고루한 새로움, 그것은 노역을 낳는 모순이다.

자유와 평등 사이의 위태로운 긴장감은 또 어떤가? 경제적 자유를 주장하고 옹호하는 사람일수록 정치적, 윤리적 자유에는 더 보수적인 모습을 보이는 경향이 높다. 이들은 세상의 경제적 '유동성'을 무한대로 넓히고자 하면서도 정치적 평등에 대한 인식과 윤리 도덕의 기준만큼은 고체화시키고자 한다. 상품의 생산 방식을 자동화하고, 기존의 노동방식과 고용방식을 해체하자고 외치며, 어제의 지식은 오늘의 새로운 지식으로 대체되어야 한다고 주장하면서도, 기성의 사회질서와 윤리 도덕만큼은 불변의 시대정신 위에 세워진 것이며, 모든 선량한 시민이 따라야 할 규범이라고 강변하면서 고정시키려 하는 것이다. 심지어 때로는 과거의 규범으로 복고하기 위한 시도를 진행하기도 한다. 2017년 1월 어느 날, 군복 차림에 선글라스를 착용하고 심지어 허리춤에 권총 벨트를 두른 일단의 사람들이 서울시청 앞에 나타나 대형 성조기를 펼쳐 들고 계엄 선포를 요구했을 때, 역사는 한나절의 허탈한 긴장감에 딸꾹질하듯 작은 경련을 일으켰다. 성조기와 계엄의 병존, 변화와 복고의 충돌, 그것은 내재된 모순의 분출이었다.

다른 한편으로 먹고사는 문제는 그 냉엄한 속성에도 불구하고, 수단이 목적을 능가한다는 점에서 언제나 모순적이다. 인간은 끝없는 성장과 부의 축적을 도모하지만, 그것이 궁극적으로 무엇을 위한 행위인지를 명확히 밝히는 데에는 실패하고 있다. 출산에 대한 논의조차 동족에 대한 사랑의 발로가 아니라 부의 확대 재생산을 위한 수단의 관점에서만 다루고 있다. 더 이상 새로운 식민지 개척이 불가능한 상황에서 시장 확대의 유일한 방법이 그것뿐이라면, 인간은 도대체 인구를 어느 선까지 증대시켜야 하나? 인간은 그 존재의 목적화와 수단화 사이에서, 증명할 수도 없고 반증할 수도 없으며, 긍정할 수도 없고 부정할 수도 없는 삶의 원리를 껴안고 앉아 갈피를 잡지 못하고 있는 것이다.

인간이 아름답게 산다는 것은 무엇을 의미하는가? 그것은 이와 같은 모순된 가치들을 자신의 삶 속에서 병존시킬 때 비로소 가능한 것이 아닐까? 자기의 삶과 타인의 삶을 동시에 사랑할 수 있을 때, 공동체의 일원으로서 통합되어 있으면서도 당당한 개별 주체로 분리되어 있을 때, 전체의 권위와 개인의 권리를 함께 존중할 때, 평등하지만 동시에 자유로울 때, 스스로 목적으로서 존재하지만, 타인을 위해 봉사하는 수단으로도 행위할 수 있을 때, 인간은 최고로 고양된 삶을 영위할 수 있을 것이다.

그런데 우리는 왜 이토록 고양된 삶을 실현하는 데 어려움을 겪는 것일까? 여러 유력한 이유 중 하나는 마음의 지평선 위에 돌출하듯 펼쳐지는 욕망 때문일 것이다. 우리는 인간의 욕망이 모순된 목적을 동시에 탐욕할 만큼 확장적이라는 사실을 잘 알고 있다. 욕망은 단순히 맹목적 본능만을 의미하는 대신 때때로 이성을 동반하는 치밀함을 보이기도 하며, 생물학적 본능을 뛰어넘어 문화적으로 조성된 목표를 추구하기도 하고, 존재의 본질로 다가서기보다는 자기 확장의 목적을 지향하기도 한다. 불타오르는 욕망의 의지, 그것이 모순을 잉태하는 것이다. 스피노자가 신의 의지를 부정한 이유 역시 이런 맥락에 놓여 있으리라. 스피노자는 만일 신이 목적 때문에 행동한다면 그것은 자신이 무엇인가를 결여하고 있음을 의미하는 것이기 때문에 신의 완전성을 부정하는 일이 된다고 생각했다.[58] 그 자체로서 완전무결한 신이 목적을 추구하는 것, 다시 말해 의지를 갖는다는 것은 분명히 모순된 일이라는 것이다.

사람 사는 세상에서 발생하는 모순 중에 실로 인간의 욕망과 얽혀 있지 않은 것이 없다. 인간은 늘 무엇인가를 목적하는 의지를 갖고 있기 때문에 타인의 욕망과 대결하는 운명을 안고 살아가는 것 같다. 그것은 마치 하나의 원리처럼 인간의 실제적 삶 속에 뿌리 깊게 박혀 있는 것이다. 욕망 없는 삶을 생각하기 어려운 것처럼, 모순 없는 삶을 상상하기도 어렵다. 이런 관점에서 보면 인간의 자기 확장 욕망이 커질수록 모순도 더욱 두껍게 축적될 것이다. 그러나 그것은 정말 빠져나올 수 없는 운명인 것일까?

인간이 갖고 있는 여러 위대함 중의 하나는 욕망을 추구하는 열정

---

58) 스피노자, 조현진 옮김, 『에티카』, 책세상, 2014, 80쪽.

못지않게, 욕망이 만들어 낸 모순의 해결을 위한 노력에도 열정적이라는 사실일 것이다. 많은 사람들이 모순의 해결을 위해 자기 삶을 바치며 행동한다. 그들은 혁명가가 되기도 하고, 사회운동가가 되기도 하며, 종교인이 되기도 한다. 국가주의자가 되기도 하고, 독재자가 되기도 하는 것이다. 평범한 시민들은 시위에 참여하기도 하고, 소박하게는 일상의 삶에서 어떻게 하면 모순을 해결할 수 있을지 고민하기도 한다. 그 추구하는 모습은 각자가 다르고 서로의 마음에 들지 않는 경우도 많겠지만, 만일 그들 모두가 순수한 마음으로 행위를 하고 있다면, 사실상 이 모든 모습들이 동일한 마음, 즉 모순의 해결을 희망하는 선의에서 나오는 것임을 우리는 인정하지 않을 수 없을 것이다.

그러나 동시에 우리가 인정해야 할 또 하나의 관점이 있다면, 인간은 선의를 갖고 치열한 노력을 전개해 왔음에도 아직까지 모순을 해결할 수 있는 완벽한 해법을 찾지 못했다는 점일 것이다. 오히려 무수한 오답을 만들어 내며 스스로를 옥죄는 상황에 갇혀 신음하고 있다고 보는 편이 맞을 것이다. 이제부터는 바로 이 점에 대해 몇 가지 경우를 생각해 보자.

가령, 우리는 국가주의적 이념을 갖고 있는 사람들이 국가의 강령이 지시하는 질서 규범과 행동 양식에 의존해 모순을 해소할 수 있다고 믿는 모습을 심심치 않게 찾아볼 수 있다. 자유주의자들의 눈에는 도저히 이해할 수 없는 국가에 대한 광신적 믿음은, 개개의 시민들이 국가의 확고부동한 명령 아래 조직적이고 일사불란하게 자기 역할을 수행할 때에만 비로소 체제 내에 모순이 쌓이지 않고 공동체가 번영을 구가할 수 있다는 생각에서 출발하는 것이다. 천황이 하사했다는 '사케' 한 잔을 마시고, '그의 근심을 덜어주기 위해' 적함으로 돌진했던 '가미카제 특공대'를 보자. 그들은 자신의 역할에 무모순적으로 충실했던 사람들이다. 그들에게 모순이란 국가가 부여한 역할에서 벗어나 개인의 사적인 욕망을 도모하는 일을 의미했다. 모든 사사로운 목적을 국가의 명령에 수렴시키는 한 그들에게는 어떠한 모순도 모순이 아니었다. 국가의 명령이 개인의 양심을 능가하는 가치로 치부됨에 따라, 개인은 국가를 위한 일이라면 어떠한 악행을 저질러도 양심의 거리낌을 느낄 필요가 없었다. 일제가 저지른 위안부 사건이나 만주에서의 학살 사건 등은 그렇게 해서 저질러진 것이었다. 참수한 머리를 한 손에 들고, 나머지 한 손에는 일본도를 들고 환하게 웃고 있는 병사의 사진을 본 적이 있는지? 국가주의의 진정한 문제란 그것이 단지 개인의 자유를 탄압할 가능성을 갖고 있다는 것이 아니라, 개인이 양심과 이성을 버리더라도 아무런 거리낌이 없는 상태를 만든다는 데 있다고 해야 할 것이다. 다소 엉뚱한 이야기가 되겠지만, 우리는 일본 제국주의가 이 땅에 심어 놓은 왜곡된 국가주의 사상이 여전히 가까운 일상에서 숨 쉬고 있음을 조금만 세심하게 관찰한다면 쉽사리 발견할 수 있다.

다른 한편으로, 우리는 신권주의(神權主義) 문화권에 속해 있는 사람들이 모순의 해법을 신의 명령에서 찾으려 하는 모습을 볼 수도 있다. 그들에게 있어 신의 명령은 그 무엇과도 모순되지 않고, 그 무엇에 의해서도 침해받지 않는 절대진리이자 절대가치로 여겨진다. 신의 명령

은 그를 믿는 인간의 마음으로 들어와 욕망을 제어하는 양심의 소리
로 전환되며, 모든 인간은 신의 명령에 따를 때 양심에 거리낌이 없
는 무모순적 삶을 살 수 있다고 여겨진다. 이러한 믿음은 특히나 유
일신을 신봉하는 문화권에서 더욱 강력히 작동하는 것 같다. 그러나
참 아이러니하지 않은가? 인간이 일으킨 수많은 전쟁의 배후에 신의
이름이 새겨져 있다는 사실 말이다. 심지어는 같은 신을 모시고 있는
사람들끼리도 서로 다른 교리를 섬기며 충돌하면서 숱한 전쟁을 일으
켰다. 분명한 사실은 신이 인간의 역사에 개입한 지 수천 년이 흘렀지
만, 신은 아직도 인간 세상의 모순을 해결하지 못했다는 점이다.

소수의 사람들이 모순을 해소하기 위한 방법으로 사용하는 자살
은 자발적인 죽음의 초대 행위지만, 동시에 대단히 사회적이며 강압적
인 성격을 내포하고 있기도 하다. 그것은 카뮈의 표현법을 빌려 말하
자면, 나의 절규에 무관심한 세상의 두툼한 무응답에서 비롯되는 것
이다. 자살하는 사람은 무응답이 강압하는 무게를 대면하고 있다. 자
신의 빚을 자살로써 갚아야 하는 사람, 불의와 탄압에 항거하기 위해
자살하는 사람, 실연의 슬픔을 잊기 위해 자살하는 사람, 그들 모두
가 세상의 무응답에 직면해 있는 것이다.

자살이 심리적으로 촉발되는 성격을 갖고 있으면서도 동시에 사회
적인 동기에서 벗어날 수 없는 이유는 세상의 무응답 자체가 문화적
인 것들의 영향을 받아 결정되기 때문이다. 개인의 목소리에 대한 세
상의 응답은 그 사회의 문화적 성향에 따라 큰 편차를 보인다. 호응
하지 않는 불통과 타인의 감정에 대한 몰이해는 응답 없는 메아리를

만들고, 개인을 죽음으로 몰아넣는 보이지 않는 힘으로 작용하는 것이다. 때때로 자살이 강압적인 이유는 사회의 침묵이 한 개인이 감당하기엔 너무나 무겁게 느껴질 수 있기 때문이다.

복잡한 세상을 단순한 구도로 정리하거나, 여러 갈래의 모순을 하나의 거대 모순으로 단순화시킨 후에 그에 대항하는 구도를 만드는 방법은 이 시대의 많은 사람들에게 익숙한 모순 해소 방식이다. 선과 악의 대립 구도가 그 대표적인 형태다. 그러한 구도 아래에서 스스로 선의 역할을 자처하는 것은 현대사회에서 모순의 해소를 추구하는 사람들이 사용하는 보편적인 방법인 것이다. 선과 악의 이원적 대결 속에서 양방은 서로를 제거의 대상으로 간주하고 필사의 투쟁을 전개하는데, 사실 이토록 단순한 대립 양상이 현대사회의 대표적 모순 해소 방식으로 작동하고 있다는 사실은 매우 놀라운 일이다. 정치가 타락하고 네거티브가 커지는 이유도 바로 여기에서 기인한다. 정치를 생사의 문제로 보기 때문에 정의와 양심이 뒤로 밀릴 수밖에 없는 것이다. 최고의 공적 활동인 정치가 봉건적 의리와 같은 사적 관계에 의존한 파벌로 나뉘어 이전투구식의 생사를 건 싸움에 물들어 있다. 이것이 현대 정치에서 대의(大義)가 사라진 이유다.

모순이 사라지면 인간은 더 행복해질 수 있을까? 이 질문에 답하기 위해서는 모순이 인간세계에서 어떤 역할을 하는지에 대한 이해가 필요하다. 물론, 지금까지 살펴본 바와 같이, 모순은 다양한 상황에서 인간의 삶을 비틀어대듯 압박하며 지독한 소음과 소란을 만들어 낸다. 그러나 사람들은 이런 소음, 소란 속에서도 꿋꿋하게 삶을 살아간다.

어떻게 이런 일이 가능한 것일까? 이 지점에서 다시 바우만의 말 속에서 힌트를 얻자면, 인간 세상의 소음과 진동이 역설적으로 공동체에 끊임없이 에너지를 공급하기 때문일지도 모른다. 이런 관점에서 보자면, 인간은 평온하고 조용한 삶을 사는 게 아니다. 오히려 격렬함이 들어 있는 삶을 사랑하는 것 같다. 고요함을 사랑하는 사람들조차 스스로 사랑하고 미워하며, 스스로 그리워하고 멀어지며, 스스로 기뻐하고 슬퍼하며, 스스로 즐거워하고 고통스러워 하는 모습을 보면 인간은 확실히 본질적으로 역동적인 존재임을 부정할 수 없는 것이다. 인간의 삶에서 이런 격렬함이 사라지면, 과연 더 행복해질 수 있을까? 사람의 마음속에 들어 있는 이 모든 격렬함은 분명 모순을 잉태하지만, 이러한 격렬함이 사라졌을 때 인간의 삶도 위축되지는 않을까? 인간은 모순에 대항하는 과정에서 혹은 그것을 해소하기 위한 노력의 과정에서 스스로 에너지를 창출해 내며 역동적인 삶을 이루어 내는 것 같다.

그러니 어쩌면 정말 중요한 것은 모순을 인정하지 않거나 제거의 대상으로 바라보는 게 아니라, 그것에 어떤 태도를 보일지를 결정하는 일이라 할 것이다. 역사는 모순을 제거하기 위한 갖은 노력들이 인간을 행복하게 만든 것이 아니라 오히려 불행하게 만들 수 있음을 보여 주었다. 역사는 혁명을 통해서만 발전한다고 믿는 사람들도 있다. 그러나 사실 역사가 혁명 없이 발전할 수 있다면 그게 더 좋은 방법이다. 역사의 발전을 희망하는 인간이 궁극적으로 기대해야 할 점은 혁명의 도래가 아니라, 혁명 없이도 발전할 수 있는 방법의 실현이다. 그것은 상대가 지닌 모순적 면면을 이해하고자 하는 소통의 노력 속에서 꽃필 수 있는 방법이다.

나는 그것이 모순을 대하는 여러 가지 바람직한 태도 중 하나가 될 수 있다고 믿는다. 모순에 대응하는 태도는 결국 나와 세상과의 관계, 내가 세상에 존재하는 방식을 정리하는 일과 상통하는 것이다. 모순은 어쩔 수 없는 우리 삶의 방식이다.

광화문

올바름이란 무엇인가?

나는 매일 광화문으로 여행을 떠난다. 여행의 종류를 따져 말한다면 비즈니스 여행이다. 세종문화회관 뒤편에 회사 사무실이 있기 때문이다. 그래서 그곳은 나에게 매우 익숙하고 친숙한 장소다. 광화문광장을 한 번이라도 와 본 사람이라면 이곳이 얼마나 멋진 곳인지를 안다. 광화문은 가히 서울의 중심일 뿐 아니라, 새로운 역사의 산실이며, 정치적 올바름을 주장하는 민주주의의 수호지이기도 하다. 광장을 지키고 있는 이순신 장군 동상은 그 건립 목적과 형상에 대한 논란에도 불구하고, 우리나라 사람들의 마음에 깊이 각인된 조형물이되었다. 광장에 서서 세종대왕 동상 뒤편으로 경복궁과 인왕산, 북한산이 함께 어우러져 있는 모습을 바라보노라면 세계 그 어느 도시에서도 맛볼 수 없는 독특한 분위기를 경험할 수 있다. 조선왕조 500년의 역사가 그 한 폭의 프레임 안에 담겨 있기 때문일 것이다. 광화문은 북쪽으로는 경복궁 좌우로 펼쳐져 있는 북촌과 서촌, 남쪽으로는 시청과 정동길, 동쪽으로는 인사동과 청계천, 서쪽으로는 경희궁과 사직단으로, 그리고 그 각각의 골목길로 연결되어 있다. 결코, 방문자를 실망시키지 않을 수많은 볼거리가 주변에 펼쳐져 있다.

그런데 2016년 11월 12일의 광화문 거리는 이와 같은 일상적인 풍경이 아니었다. 그곳에는 100만 명의 시민들이 촛불을 들고 모여 있었다. 평범한 시민, 학생, 가족들로 구성된 군중들은 자신들이 역사의 한 장면 속에 서 있음을 의식하고 있었다. 그리고 이제부터 '정치적 올바름'[59]을 위한 외침의 주체가 되기로 결심한 상태였다. 2002년 월드컵 이후 이렇게 헤아릴 수 없는 군중이 광장에 재집결할 날이 오리라고는 상상해 본 적이 없었다. 그들 모두가 올바름을 원하고 있었다.

물론 100만 명의 시민이 모였다고 해서(시민의 숫자는 몇 주 후 200만 명을 훌쩍 넘어섰다), 이 나라의 모든 사람이 광화문 촛불집회를 지지하는 건 아니었다. 보수 성향의 모 유명 칼럼니스트는 그 날카로운 필력으로 시민들에 대한 조롱을 쏟아냈다. 그의 눈에는 이 모든 게 이성을 잃은 시민들이 선동에 이끌려 생업에 열심히 종사할 생각은 않고 자기가 있어야 할 자리를 이탈한 결과로 보일 뿐이었다. 그러면서 그는 정

---

59) 이 용어는 슬라보예 지젝(Slavoj Žižek)이 그의 다양한 저서에서 처음 사용한 것이다. 『불가능한 것의 가능성』에서 그와 대담을 한 바 있는 편집자들의 해설을 소개하자면, '정치적 올바름'이란 인종적, 성적, 문화적, 사회적 편견을 최소화하기 위해 말이나 행동에 정치적 공정성을 기하려는 태도를 말한다. 슬라보예 지젝은 이와 관련해서 현재의 정치적 담론은 자본주의 체제의 근본은 손대지도 못하고 문화적 차이(성 소수자 등의 문제)를 존중하는 투쟁 정도로 '정치적 올바름'을 어설프게 소비하고 있다고 비판한다.

치를 잊고 나날의 생업에 매진하자고 외쳤다. 부모 잘 만난 시위꾼들이 먹고사는 문제의 엄중함을 모른다고 답답해했다. 물론 이분의 나라를 사랑하는 그 순수한 충심을 이해 못 할 바는 아니다.

그러나 그는 시민들이 광장에 모인 진짜 이유를 인식하지 못했다. 어쩌면 호도한 것일 수도 있겠다. 그의 우려와는 달리 시민들은 오히려 먹고사는 문제의 엄중함을 너무나 절실히 느끼고 있었기 때문에 광장으로 나온 것이었다. 아니, 나올 수밖에 없었을 것이다. 시민들은 국정농단 사태를 일으킨 주역의 어린 딸이 SNS에 "돈도 실력이고, 억울하면 돈 없는 너희 부모를 탓하라!"는 말을 뱉어낸 것을 보았으며, 권력을 이용해 요리조리 부정한 방법으로 돈을 벌어 외국으로 빼돌린 사실도 알게 되었다. 대기업들로부터 몇백억 뜯어내는 건 일도 아니었다. 시민들은 먹고사는 문제가 이토록 불공정하게 진행되고 있는 것에 충격을 받았다. 그래서 시민들의 행동은 그저 그럴듯한 올바름의 요구를 넘어, 지극히 세속적인 욕망의 분출이기도 했다. 생업에 관한 한 아마도 그곳에 모였던 대부분의 시민들은, 펜대를 굴리며 시민들의 어리석음을 개탄했던 자들과는 비교할 수 없을 정도로 늘 심각하고 고달플 것이다. 펜대를 잡은 자들이 시민들의 결집을 반경제적인 행위로 몰아붙였던 것은 의도적인 기획이었을 뿐이다. 역사 속의 어느 민중이 명분의 쟁취 그 하나만을 위해 거리로 나온 적이 있단 말인가? 민주주의의 근간은 먹고사는 문제의 공평함이며, 공평함이 없는 자유란 자유로서 성립할 수 없음을 그들은

애써 감추려 하고 있다.[60]

저항에 대하여

어쨌든 이렇게 자신들의 생업을 걱정해 주는 사람들의 마음을 아는지 모르는지, 광화문에 모인 시민들의 마음은 분노와 허탈감으로 들끓고 있었고, 동시에 한편으로는 새로운 희망과 올바름에 대한 갈구로 가득 차 있었다. 시민들은 평화와 비폭력을 외쳤고, 심야에는 한때 과격시위의 조짐이 보이자 대치하고 있는 의경(의무경찰)들 역시 '우리'와 한마음일 것이라면서 폭력을 행사하지 말 것을 요구했다. 또한, 집회가 끝난 뒤에는 광화문 거리에 나뒹굴고 있는 쓰레기들을 자발적으로 수거함으로써 스스로를 부패한 세력과 차별화시키고자 했다. 이 결과 광화문 거리는 100만 명의 시민들이 모였던 장소라고는 도저히 믿기지 않을 정도로 말끔한 상태를 금세 회복했다. 어느 시민단체에서 나눠준 꽃 스티커를 경찰 버스에 잔뜩 붙여놓고는 의경들이 그것들 떼어내느라 고생할까 봐 다시 손톱까지 사용하면서 고생고생하며 제거하는 일도 있었다. 청소는 곧 차별화를 위한 의례였다. 갑자기 '선하고 깨끗한 사람 신드롬'이 생겨난 듯했다. 그것은 거대한 부패가 반

---

60) 노예가 자유를 원하는 이유는 평등해지기 위해서이다. 그들은 걸핏하면 경제적 자유를 운운하지만, 불평등을 초래하는 자유란 단지 특정 계층을 위한 특권에 불과할 뿐이다. 평등과 공평함에 대한 요구를 거부하고 묵살하는 것은 사실 특정 계층의 이익을 위해 다른 계층의 자유를 제한하려는 의도가 숨어 있는 것이다.

대급부적으로 촉발시킨 일종의 결벽증이었다.

그러나 이것은 하나의 부조화였다. 왜냐하면, 우리의 일상은 늘 잠재적으로 폭력적이며, 여름철 해수욕장이 소주병과 각종 쓰레기들로 뒤덮여 있는 장면에서도 알 수 있듯이, 우리는 평소 그렇게 착하고 깨끗한 사람들이 아니기 때문이다. 우리는 늘 숨겨진 폭력의 당사자로서, 즉 잠재적인 가해자나 피해자의 입장이 될 가능성을 안고 일상을 살아간다. 직장 안에서, 도로 위에서, 가부장적인 가정 안에서 우리는 늘 스스로 폭력을 생산하거나 타인의 폭력에 노출될 가능성을 안고 살아가는 것이다. 어느 조사에서는 우리나라 직장인의 약 16퍼센트가 사내에서 폭력을 경험한 사실이 있고, 이 중 60퍼센트는 신체 폭력을 당하고도 그냥 참았다는 통계를 낸 적도 있다. '새파란 젊은 것'이 나이 드신 아파트 경비원을 폭행했다는 기사는 신문 사회면에 잊혀질 만하면 다시 등장하는 단골 소재가 되었다. 도로 폭력은 때때로 사람의 목숨을 앗아갈 정도로 난폭한 상황이 반복되고 있고, 밥을 굶겨 앙상하게 뼈만 남은 어린이가 가까스로 탈출한 사건도 드문 일이 아니다. 배우자에 대한 가정폭력, 데이트폭력, 유치원에서의 아동폭력, 성폭력 등 하루가 멀다 하고 등장하는 뉴스에 이제는 내성이 생겼을 정도다. 그나마 차라리 이런 식의 노골적인 폭력은 드러나기나 하니 그 실체를 알 수 있지만, 어떤 폭력의 형태들은 아예 그 모습을 드러내지 않고 사회를 움직이는 기득권 원리를 지탱하기도 한다.

『상실과 노스탤지어』에서 이소마에 준이치가 말하는 이야기를 들어보자.

"한 대학의 회의에서 젊은 교수가 현재 대학의 모습을 비판하는 발언을 했다고 합니다. 그러자 회의가 끝나고 나이 많은 교수가 그를 찾아옵니다. 그 교수는 '자네를 위해서 하는 말인데, 자네의 발언은 대학 경영자들의 기분을 언짢게 하는 것이니까 승진을 하고 싶으면 지금부터는 비판적 의견을 삼가도록 하게. 그게 윗선의 의향이니까.'라며 주의를 주었다고 합니다. 이 일화에서 흥미로운 것은 자네를 위한다는 '호의적인 주의'가 발언이 기록되는 회의 시간이 아니라 그 바깥에서 비공식적으로 이루어졌다는 점입니다. 즉, 연장자의 주의는 기록상으로는 어디에도 남지 않으며, 따라서 누가 그런 주의를 주었는지도 마지막까지 알 수 없게 됩니다."

물론 '윗선의 의향'을 거두절미하고 무조건 폭력으로 간주하는 것은 다소 무리한 해석이라고도 볼 수 있을 것이다. 하지만 비판의 대가로 승진을 시키지 않는 행위가 실제로 은밀히 뒤따른다면, 당하는 사람의 입장에서는 그러한 행위를 어떻게 불러야 할지 매우 난감하지 않을까?

우리가 일상에서 국가권력을 비판할 때에도 이와 유사한 경험을 할 가능성이 있다. 평범한 시민들은 평소 사적인 자리에서도 함부로 권력을 비판하지 못한다. 그들의 비판은 언제나 은밀한 가르침의 위협에 노출되기 때문이다. 가령 회식 자리에서 눈치 없이 윗사람의 정치적 성향을 고려하지 않고 그의 생각에 반하는 말을 꺼내기는 실질적으로 불가능한 일이다. 윗사람이 속으로 그를 정신 나간 놈이라며 매우 싫어하게 될 테니까 말이다. 우리는 당신의 정치적 입장 표현을 삼가라는 말을 집안 어른이나 친한 직장 상사에게서 은밀하게 듣게 되거나, 때로는 자신의 입으로 후배들에게 말하게 된다. 자신이 어떤 식으로든지 숨겨진 폭력 또는 권력의 비대칭으로 인해 어쩔 없이 받아들여야 하는 강제적 조치의 희생자가 될 가능성을 안고 있음을 알고 있기 때문에 누구나 평소 소심함과 조심성을 발휘할 수밖에 없게 되는 것이다. 그리고 우리가 평소에 보여주는 이런 유의 조신한 태도는 기득권 원리를 지탱시키는 보이지 않는 힘으로 작용하기도 하는 것이다.

한편, 우리의 일상이 깨끗하지 못한 것도 사실이다. 태평로 옛 삼성 본관 뒷골목에 있는 야외 흡연장을 지나치는 사람은 길거리에 쌓여 있는 수북한 담배꽁초의 규모를 보고 놀랄 것이다. 그리고 낚시터에는 라면 봉지가 바람에 굴러다니고, 심지어는 몰래 버린 폐가구가 방치되어 있는 경우도 있다. 사실 많은 예를 들지 않아도 일상생활에서 쓰레기는 너무나 자주 우리의 미간을 찡그리게 하는 골칫거리다.

그런데 어느 날 갑자기 우리는 목청껏 올바름을 외치고, 길거리의 쓰레기들을 수거함으로써 권력자들의 부도덕성과 부패를 조롱하기 시작했다. 그러나 분명 이러한 행동들은 우리의 평이한 일상에 내재되어 있는 본연의 태도에서 기인한 것이 아니었다. 이것들은 일상에서 늘 행해진 행동이 아니라 갑작스럽게 나타난 행동이었다. 마치 대홍수가 들판의 모든 것들을 뒤덮은 것처럼, 도저히 외면하려야 외면할 수 없고 부인하려야 부인할 수 없는 부정과 부패의 증거들이 세상을 뒤덮은 장면을 목격한 뒤에야 나타난 이례적인 일이었던 것이다.

여하간에 시민들은 저항하기 시작했다. 마치 슬라보예 지젝(Slavoj

Žižek)이 말한 '카페 레볼루시옹'이 한국에서 재현된 것처럼, 시민들은 집회에 참여한 다음 카페에 모여 토론도 하고 수다도 떨었다. 집회 후 모임 장소가 카페로 제한된 것은 아니었기 때문에, 한국적 특성에 맞게 막걸릿집이며 곰탕집 그리고 족발집에도 사람들이 모여들었다는 것이 프랑스 시위와의 차이라면 차이였을 것이다.

또한, 이러한 다소 들뜨고 행복한 집회 분위기 속에서도, 주권자의 권능을 갖고 있으니 저항이 아니라 준엄한 명령이었어야 할 외침이 보통의 비난에는 눈도 끔쩍하지 않는 농단자들로 인해 여전히 저항의 목소리에 머물렀다는 것이 비극이라면 비극이었다. 그리고 보니 대홍수가 나기 전 시민들이 담배꽁초를 버린 일도 어쩌면 저항의 행위였는지 모르겠다. 물론 그러한 행위가 좋다는 뜻은 아니지만, 자기 힘으로는 도저히 통제할 수 없을 정도로 부패해 버린 세상을 향해 침 뱉기를 하거나 내밀하게 분노를 표출하는 행위로써 말이다. 지금 우리가 길거리를 깨끗이 치우는 행위와 이전에 담배꽁초를 버린 행위 모두가 저항의 표출이라는 점에서 동일한 심리적 기제를 갖고 있는 것은 아닐까?

뭐든 좋다. 시민들이 어떤 동기 때문에 이렇게 행동했는지는 그리 중요한 사항이 아닐 수도 있겠다. 더구나 승리를 쟁취하기 위한 치열한 저항의 상태에서 발생했던 일이니까 말이다. 다만, 우리가 일상 속에서 폭력의 행태를 지양하며, 생활 주변을 깨끗하고 아름답게 꾸미는 것은 그 자체로서 언제나 좋은 일이라 할 것이다. 사실 그것은 그 유례없는 평화시위가 희망했던 정치적 결말 못지않게 중요한 일이기도 하다. 그래서 우리는 '올바름'을 평이한 일상에서 어떻게 사용할 것인가에 대한 담론을 승리의 국면이 지나간 뒤에도 놓지 않도록 노력해야 한다. 지금 당장 정의가 실현된 것처럼 보인다고 해서 이후의 사회와 시민들의 삶이 더 공명정대하고 깨끗해지리라는 보장은 그 어디에도 없기 때문이다.

최고의 저항은 일상 속에서 시민 개개인이 올바름의 작은 담론들을 놓지 않는 것이다. 제아무리 거대한 담론도 결국엔 미시적 행위로 귀결되기 마련임을 생각하면 더욱 절실히 그렇다. 거대 악을 뿌리 뽑겠다고 시작한 일도 끝에 가서는 증거물의 진위나 절차적 정당성에 대한 다툼 따위의 지루하고도 답답한 과정을 거치게 마련이다. 이런 미시적 행위 과정을 거치지 않는 저항이나 개혁은 아무리 훌륭한 목적을 갖고 있다고 하더라도 그 자체가 폭력이자 악으로 변모하기 쉽다. 그래서 우리는 작은 담론을 소중히 여겨야 한다. 특정한 계기가 발생했을 때야 비로소 저항하는 것이 아니라, 우리 자신의 삶 속에 올바름의 작은 담론들이 깊이 들어앉도록 해야 한다.

'소비'란 어떤 만족이나 쾌락을 위해 무엇인가를 사용한다는 뜻이다. 사용된 물건은 버려지기 일쑤다. 그러나 우리는 '올바름'을 이렇듯 물건을 소비하듯이 한때 사용하고 버려서는 안 될 것이다. 우리는 이번 시위에서 보여준 비폭력과 상대 시민에 대한 배려, 마구 쓰레기를 버리지 않는 태도를 사태가 마무리된 이후에도 당연히 지속시켜야 한다. 지금 세상에는 우리의 올바른 판단을 기다리는 숱한 문제들이 널려 있기 때문이다.

올바름에 대하여

　그렇다면 '올바름'이란 무엇인가? 그것이 존재하기는 하나? 당초부터 세상에는 옳고 그름이 따로 있는 것인가? 나는 세상 그 자체에는 그 어떤 본래의 목적과 의미가 담겨 있는 것이 아니라는 생각을 할 때가 종종 있다. 다만 옳고 그름을 해석하는 인간의 태도가 있을 뿐이며, 인간의 의지와 결집이 만들어 내는 일시적 가치체계가 유효 기간 딱지를 달고 있는 상품처럼 팔리고 있는 것은 아닐는지? 우리는 결국 인간이 정해 놓은 범위 내에서 올바를 뿐이며, 또 그 안에서만 의미를 발견할 수 있으리란 생각을 하게 된다. 인간은 결코 올바름 자체가 될 수는 없을 것이다. 올바름이란 단지 인간을 공동체가 정해 놓은 선(善)의 경계 내에 머물게 하기 위한 구심력 같은 것이 아닐까? 인간이 탈선과 부조리의 세계에 유혹당할 때 그의 발걸음을 무겁게 만드는 것, 그것이 올바름인 것 같다.

　그러나 세상에는 자신의 존재 자체가 곧 올바름이라 믿는 사람들도 존재한다. 김우창 선생의 말을 빌리자면, 이러한 믿음은 자신이 어떤 절대적 진리에 맞닿아 있다는 생각을 갖게 될 때 생기는 관념이다. 자신이 사물의 원리에 대해 초월적 이해를 갖고 있다는 믿음을 갖게 될 때 그 사람이 믿는 올바름은 그의 내면 안에서 더욱 공고해지고, 그 안에 담겨 있는 거짓과 부조리를 인식하지 못하게 될 것이다. 때때로 그들은 거짓과 부조리의 삶을 살아갈 때 따라오는 양심의 가책조차 느끼지 않는다. 왜냐하면, 자신이 곧 올바름이라고 생각하기 때문이다. 그래서 많은 경우 세상이 어지러워지는 이유는 이들이 갖고 있는 오만함, 즉 자신을 올바름 자체와 동일시하는 도덕적 경직성 때문이기도 하다. 경직된 사람들은 자기가 곧 선이며 정상이며 올바름이고, 타인의 의지는 악이며 비정상이고 그릇됨이라고 생각한다. 우리는 올바름을 플라톤의 '이데아'처럼 절대성을 지닌 그 무엇이라고 쉽게 단정해서는 안 될 것이다. 인간은 결코 올바름 자체가 될 수는 없다. 올바름이란 늘 타인과의 상호작용 속에서 교정되고, 새롭게 의미를 찾아가야 하는 가치체계를 의미할 뿐이다. 우리가 올바름을 절대성으로 해석할 때, 근본주의와 교조주의의 함정을 피하기 어렵게 될 것이다. 인간이 올바름을 해석하고 정의하는 다양한 태도를 갖출수록 세상은 더욱 성숙한 공간으로 변모할 것이 분명하다. 이제부터 올바름에 대한 우리의 사고를 지배하고 있는 몇몇 기준에 대해 생각해 보자.

◇ 도덕

몇 년 전 이탈리아 법정에서 배고픈 자의 도둑질은 죄가 아니라는 판결을 내린 적이 있다. 도둑질은 분명 죄악이다. 기독교의 십계명은 "남의 것을 탐하지 마라."는 항목으로 마무리된다. 그런데 로마가톨릭 교회가 태동된 나라의 법정에서 배고픈 자의 도둑질은 죄가 아니라고 판결한 것이었기에 그 기사 내용이 아직도 잊혀지지 않고 뇌리에 남아 있는 것이다. 인간에게 자기 생명의 보존은 모든 가치를 초월하는 절대가치에 해당하는 것이다. 어느 이탈리아인의 도둑질은 그래서 면죄를 받았던 것이 아닐까? 아니면 도둑질이 도덕적으로 정당한 것은 아닐지라도, 만일 사회가 그의 절대가치를 지켜내는 데 실패했다면 사회 역시 그 책임으로부터 자유로울 수 없다는 점에서 개인의 책임을 사회로 분산시킨 판결이었는지도 모른다.

국어사전에는 도덕의 실체를 '인간이 지켜야 할 도리나 바람직한 행동 규범'이라고 정의하고 있다. 우리가 도덕의 관점에서 올바름을 판단할 때는 바로 이런 기준을 사용하는 것이다. 그러나 문제는 무엇이 인간의 도리이며, 바람직한 행동 규범인지를 정의하기가 매우 어렵다는 점이다. 도덕적 공동체일 수밖에 없는 사회는 올바른 도리와 행동 규범의 준거를 어디에서 구할 것인가에 따라 그 문화역사적 성격이 크게 달라지게 된다.

인의예지(仁義禮智)의 유교적 도덕 국가를 꿈꾼 조선은 올바름의 근거를 선현의 고전적 말씀에서 구하려 했기 때문에 사회는 봉건적 성격을 버릴 수 없었고, 백성의 삶은 완고한 규범의 지배를 받지 않을 수 없었다. 개인이 행해야 할 올바름은 연장자(長幼有序), 가문(父子有親), 임금(君臣有義)에게 충효를 바치는 것으로 정의되었고, 공적인 정치는 선현의 말씀을 내세워 자신들이 내세우는 명분이 타당함을 증명하는 사변적 다툼의 문제로 변질되었다. 조선의 주요한 반정(중종반정, 인조반정)은 백성의 안위와 행복을 위한 개혁 행위가 아니라 유교적 도덕 이념에 반하는 패륜을 저지른 임금에 대한 탄핵 행위였다. 그것의 명분은 선현의 말씀을 어긴 행위에 대한 징벌이었다. 유교의 올바름은 의례 자체를 도덕으로 간주하므로 올바름은 주로 실제적 삶이 아닌 의례의 형식 안에서만 유효할 뿐이었다.

종교 역시 늘 도덕적 올바름을 표방하지만, 그 올바름은 교리와 합치될 때에만 인정받을 수 있는 것이다. 종교적 세계 안에서 교리는 신이 인간에게 행하도록 명령한 도덕적 율법이다. 그것은 인간의 내면에 들어와 양심을 대체한다. 그러나 이러한 태도가 극단적으로 강화된다면 이슬람 원리주의나 기독교 근본주의의 사례에서 볼 수 있듯이 타협할 수 없는 완고함이 탄생한다. 종교 원리주의 아래에서 얼마나 많은 사람들이 죄없이 살육당하고 고통받고 있는지를 바로 볼 수 있다면 그것의 해악을 비난하지 않을 수 없을 것이다. 그럼에도 여전히 이러한 원리주의가 강고하게 유지되는 것은 참으로 의아한 일이 아닐 수 없다.

칸트에게 이성은 그 자체가 도덕의 근본이 되는 선(善)이었다. 그는 인간이라면 누구나 내면에 올바름을 구분할 수 있는 이성을 선험적으로 갖고 있으며(순수이성), 도덕은 무엇인가의 수단으로 활용되는 것이 아니라 그 자체로서 절대적이며 무조건적인 선한 목적임을 주장했다. 또한, 모든 행위자는 도덕의 법칙 아래 복종하고, 이를 보편적으로 준수해야 한다고 생각했다. "사람의 인격을 항상 목적으로 대하고, 수단으로 다루지 마라."는 그의 말은 인류의 위대한 도덕적 유산이다.

우리는 칸트의 의도를 절차적 올바름이라는 관점에서도 이해할 수 있다. 지난 미국 대선 이후 국내 언론들이 폴리티팩트(PolitiFact)의 자료를 인용해 보도한 바에 따르면, 트럼프가 대선 기간에 내뱉은 이야기의 85퍼센트 가량은 사실이라고 할 수 없다고 한다. 17퍼센트가 말도 안 되는 거짓말, 34퍼센트가 거짓, 19퍼센트는 대체로 거짓, 15퍼센트가 반만 사실이었다는 것이다. 그럼에도 트럼프는 대통령이 되었고, 지금 미국에서는 "내 대통령이 아니야(Not my president)."라는 시민들의 구호가 울려 퍼지고 있다. 트럼프의 당선은 칸트의 관점에서는 분명히 부당한 일이라 할 것이다.

목적의 정당성과 절차적 올바름이 일치해야 한다는 칸트의 생각은 우리를 극심한 딜레마 속으로 밀어 넣기도 한다. 가령 비유하건대 "도둑질하지 마라."는 명령은 비록 배고픈 행위자가 자신의 생명을 내놓는 한이 있더라도 언제 어디서나 보편적으로 지켜야 할 명령이라는 점에서 분명히 이탈리아 법정의 판결과는 배치되는 것이다. 자기 집 안으로 도망쳐온 선인을 찾는 악인에게도 칸트는 "그 사람이 여기 있소."라고 말해야 한다고 했다. 선인이 여기 없다는 말은 형식적으로 참이 아니고, 이는 도덕적이지 않기 때문이다. 우리는 칸트의 형식적 정언명령 앞에서 큰 고심을 할 수밖에 없다.

신의 명령 혹은 인간의 선험적 이성은 공통적으로 절대성을 갖고 있는 정언(定言)적인 것이다. 거기에는 어떤 타협의 여지가 들어갈 자리가 없다. 신의 명령을 어기거나 이성이 명령하는 바에 따르지 않는 것은 그 자체로서 잘못된 일이다. 그러한 행위는 도덕적이지 않기 때문에 반성의 대상이 된다.

이와는 달리 타인의 시선과 그들과의 관계를 준거로 삼는 태도는 대단히 상대주의적인 행위 양태를 낳는다. 이러한 태도는 서구 사회와 대비되는 동아시아 문화권의 특징 중 하나인 것 같다. 우리는 흔히 자신의 잘못된 행동을 변명할 때 타인의 사례를 언급한다. 자기 행위의 정당성을 양심과 이성의 잣대가 아니라 타인의 행동을 기준으로 판단하는 습관을 갖고 있다. 타인도 동일한 잘못을 저질렀다면 나의 행동은 잘못된 것이 아니다. 자기 행위의 부당함은 양심과 이성에 어긋났을 때가 아니라 타인의 시선에 드러났을 때 비로소 반성의 대상으로 취급된다. 제2차 세계대전 이후 독일이 주변국과 피해자들에게 사과를 한 것은 자신들의 행동이 양심에 비추어 올바르지 않았다는 인식을 가졌기에 가능한 일이었다. 반면에 일본이 여태껏 반성의 기미를 보이지 않는 이유는 주변국들이 여전히 약자로 남아 있고, 피해자들의 시선이 큰 부담으로 작용하지 않기 때문이라는 분석이 있다.

건강한 사회는 구성원들이 도덕적 올바름을 공유하는 사회다. 무엇을 도덕적 올바름으로 받아들일지는 그 사회 구성원들의 몫일 것이다. 그러나 무조건 도덕적 올바름이 지배하는 사회를 좋은 사회라고 말하기는 힘들 것이다. 그것은 강요에 의해서도 가능하고, 구성원 각자의 자발적 의지에 의해서도 가능한 일이다. 강요되는 규범이 많은 사회일수록 인간의 내적인 자발성은 약화될 가능성이 커질 것이다. 그럴수록 도덕적 규범은 오히려 인간의 삶에서 자연스러움을 박탈함으로써 인간이 아름다운 삶을 이룩하는 데 방해가 될 수도 있음은 물론이다.

◇ 공리주의와 다수결의 원칙
우리는 올바름을 다수의 이익을 극대화하고 보장하는 공리주의적 관점에서 해석할 때가 많다. 사실 이러한 공리주의 사상은 민주주의의 근간을 이루는 개념이기도 하다. 다수결의 원칙은 공리주의적 관점에서 그 정당성을 획득한다. 왕조시대의 올바름은 왕과 일부 귀족계급의 이익이 보장되는 것이었다. 하지만 서구사회의 근대사상은 다수의 이익이 소수의 이익보다 중요하다고 결론을 내렸으며, 민주주의를 채택하고 있는 대부분의 사회가 이에 동조하고 있다. 아마도 이러한 공리주의적 관점은 다수의 이익을 보장하는 게 공동체의 생존과 번영에 유리하다는 생각에 힘입어 앞으로도 세상을 움직이는 중요한 원리로 채택될 것이 확실해 보인다. 예를 들어, 자율주행 자동차 시대를 눈앞에 둔 지금, 자동차 컴퓨터에는 사고 발생 시에 소수보다는 다수를 보호하는 방식의 알고리즘이 탑재될 가능성이 클 것이다.

공리주의 계산법은 다수의 이익을 위해 소수에게 희생을 강요하거나 억압을 시도할 때 인간의 양심에 발생하는 께름칙한 죄책감을 완화시켜 주는 근거로 작용하기도 한다. 이것은 경우에 따라 공리주의 안에 윤리적 정당성이 결여될 가능성이 있음을 의미하는 것이다. 따라서 다수의 이익과 행복이 윤리적 정당성을 갖기 위해서는 특정한 조건들이 선행적으로 충족되어야 할 때가 있다. 소수의 생각과 권리에 대한 배려가 그것이다. 좋은 사회란 소수의 의견도 중시되고, 그들의 권리도 함께 보장되는 사회다. 역으로 말하자면, 다수의 이익이 강조되는 사회일수록 나쁜 사회가 될 가능성도 커질 수 있다. 다수의 이익을 위해 소수의 행복을 침해하는 사회, 그들에 대한 억압을 정당화하는 사회를 좋게 평하기는 어려울 것이다.

더구나 이러한 공리주의 사상이 현실 세계에 원활히 적용되는 것도 아님을 깨닫게 되면 가벼운 좌절감조차 맛보게 된다. 가령 지금의 신자유주의적 자본주의 체제 아래에서 사회적 부가 시장 참여자들 모두에게 공정하게 분배되지 않고 특정 소수에게 집중되는 현상을 직시해 보자. 물론 이와 관련해서는 소위 '낙수이론'처럼, 소수에게 부가 집중되더라도 그것이 사회 전체의 생산 총량을 증대시키고 그 혜택을 다수가 향유할 수 있다면, 부의 분배가 공평하게 이루어지는 대신 생산 총량이 위축되는 경우에 비해, 사회 구성원 전체의 행복 총량을 증대시키는 데 보다 유리하다는 반론에 부딪힐 수도 있을 것이다. 그러나 이러한 기대와는 달리, 소수의 혜택 수혜자와 다수의 소외자가 대립하는 모습은 불평등한 사회의 일상적 풍경이다. 그렇게 대립하는 사회에서 온전히 행복을 추구하는 일이 가능할까?

이외에도 다수결의 원칙은 다수가 최선의 모습을 실현하기 위해 자발적으로 의견을 취합하는 것이 아니라, 단순히 조속한 상황 정의를 위해 어쩔 수 없이 차선에 동의하는 상황을 초래할 수도 있다는 점에서 또 하나의 한계를 발견할 수도 있다. 가령 3인 이상이 출마하는 선거를 치를 때 각 후보자들의 당락 가능성을 평가한 후에 정치 세력 교체를 위해 자신이 지지하지도 않는 후보에게 전략적으로 투표하는 경우를 상상해 볼 수 있을 것이다.

◇ 공동체
어떤 사람들은 올바름이란 모든 사회 구성원을 운명 공동체의 일원으로 대하고 서로가 상대방의 생존과 행복에 대해 책임을 나눠서 지는 행위라고 생각한다. 그들은 단순한 다수결 원칙에 반대하며, 경우에 따라서는 소수의 권리를 위해 다수의 양보도 가능하다는 입장을 취한다. 그러나 이에 반대하는 사람들은 이런 생각이 매우 비효율적이며 비생산적인 결과를 초래할 것이라고 우려한다.

하지만 소수에 대한 존중은 사상적 근대화의 핵심을 이루는 개념이다. 우리 헌법에는 "모든 국민은 인간다운 생활을 할 권리를 갖는다."라고 명시되어 있다. 이러한 헌법 조항이 노령자, 장애자 등에 대한 복지 제도를 정당화하는 법률적 배경임은 물론이다. 전쟁이 끝난 후 전사자 한 명의 유해를 찾기 위해 몇십 년이 지나서까지 노력을 기울이는 것 역시 공동체를 위해 희생한 소수를 사회가 끝까지 책임져야 한다는 생각에서 비롯되는 것이다. 사회가 망자(亡者)를 생존자들의 공동체 안으로 편입시키는 노력까지 마다치 않는 이유는 구성원들 간의 유대감을 유지하기 위함이다.

그럼에도 소수자에 대한 존중의 태도가 효율성과 생산성 측면에서 사회적 비용을 수반한다는 일각의 우려는 일정 부분 타당성을 인정받을 수 있는 의견이다. 더군다나 개인의 삶은 스스로 책임져야 한다는 원칙, 그것이 곧 모든 윤리의 출발점이라는 주장 앞에서는 공동체적 관점에서 올바름을 주장하는 목소리가 위축되기 십상이다. 그러나 만일 공동체를 강조하는 태도가 사회 구성원의 결속을 유도하고, 이로 인해 사회가 신뢰와 협동의 정신 아래 운영될 수 있다면, 사회적 비용을 회수하고도 남을 만큼의 가치가 창출될 가능성은 언제나 열려 있다고 봐야 할 것이다.

자기 인생을 스스로 책임질 의무를 삶의 제1원칙이라고 한다면, 타인의 삶에도 관심을 기울일 의무가 있다는 명제는 삶의 제2원칙에 해당하는 것이며, 우리는 이 두 가지 원칙을 모두 지켜야 할 의무가 있다고 간주해야 한다. 제1원칙을 자연이 자기 생명의 주체인 인간에게 부여한 원칙이라고 한다면, 제2원칙은 인간이 자신에게 부여한 원칙이다. 그것은 이기주의와 이타주의의 균형을 요구하는 것이기도 하다. 사회가 어느 쪽을 더 중시할 것인지는 개별 사회의 완고함과 배타성, 그리고 물질적 풍요로움의 정도 등에 따라 달라질 것이다.

공동체의 모습을 정의할 때 우리는 판화 그림이 흔히 묘사하는 것처럼 모든 사람들이 어깨동무를 하거나 서로 손을 맞잡고 둥근 원을 그리며 대동단결하는 모습을 상상해서는 곤란하다. 무조건 어깨동무의 대열에 합류하라는 요구는 자칫 강요와 억압으로 전환될 소지가 있는 것이다. 오히려 바람직한 공동체의 모습은 사람들이 서로의 다름을 인정하면서도 공존할 수 있도록 공적인 제도와 심리적 연대감을 마련하는 것에서 출발한다.

◇ 법

돌기둥 표면에 함무라비법전이 새겨진 시기가 대략 기원전 1,700년 전인데 그 이전에도 다양한 법 제도가 있었다고 하니, 인간은 세상의 혼란을 극복하고 안정된 사회를 이룩하기 위해 고대 시대부터 법에 크게 의존했던 것 같다. 그러나 모든 사람이 평등하게 '법의 지배와 통치'를 받는 법치주의가 확립된 것은 비교적 최근의 일이다. 서양 근대 이후 계몽주의 철학자들이 지배자의 입장이 아니라 시민계급의 입장에서 법을 정의하는 노력을 기울였으나, 현대적 의미의 실질적 법치주의가 확립된 것은 서구 국가에서조차 제2차 세계대전 이후의 일이다. 일본 역시 1899년 천황이 하사하는 형식으로 메이지 헌법을 제정하고 1920년대에는 '다이쇼 데모크라시'를 경험하기도 했으나, 법치주의를 근간으로 하는 민주주의 국가로 태어난 건 패전 이후 미국의 지배를 받고 나서였다. 지구 상에는 아직도 법치주의가 확립되지 않은 나라들도 많다. 독재국가나 왕정 국가들이 그에 해당될 것이다.

법이 없다면 무슨 일이 벌어질까? 법은 힘 있는 자들에게 사적으로 분산되었던 권력을 국가에 집중된 공적 권력으로 수렴함으로써 사람들에게 의존 가능한 질서를 제공해 주고 있다. 법이 없다면 힘 있는 자들이 행사하는 사적 권력의 지배에서 벗어나기 어려울 것이다. 법의 성립으로 인해 사적인 앙갚음은 감정을 배제한 공적인 제재로 대체되었고, 이를 바탕으로 우리의 삶은 구성원 모두가 함께 참여하는 공적 공간으로 크게 확대될 수 있었다. 이제 법은 사회적 신뢰를 보증하는 역할을 하고 있고, 우리는 이러한 법 없이는 한순간도 제대로 살 수 없을 것이다. 이러한 법을 수호하고 준수하는 일은 선량한 시민의 의무가 되었다.

그러나 법은 정말 항상 올바르고, 정의로우며, 평등한가? 세상에는 법 때문에 오히려 고통받는 사람들도 많다. 법은 늘 정의를 앞세우지만, 현실을 후행적으로 그것도 대단히 느린 속도로 반영할 뿐이다. 버스요금 몇백 원을 가져간 기사의 해고를 정당화하는 판결이 있는가 하면, 수백억을 횡령한 대기업 총수의 구속영장을 기각한 사례도 있다. 빵 한 조각 훔친 자에 대한 벌은 즉각적으로 이루어지지만, 큰 도둑에 대한 벌은 지연되거나 교묘히 무산되기도 한다. 그것은 법이 여전히 권력과 결탁하고 있음을 의미하는 것이다. 법은 여전히 특정 계층의 이익을 대변하는 경우가 많고, 중산층 이상의 권리와 이익을 우선적으로 배려하는 게 현실이다. 그래서 '법대로 하자'는 말은 최소한 상황적으로나마 기득권적 위치에 있는 사람의 언어로 쓰이는 경우가 많은 것이다.

법이 늘 정의로운 것은 아니다. 법이 망가지고 제 기능을 상실하는 경우는 대부분 법치를 주장하는 자들의 농단 때문에 발생한다. 법치를 강하게 주장하는 자들일수록 위계질서가 지배하는 세상을 꿈꾼다. 그들은 위계의 상층부를 점유하는 데 법치를 이용한다. 그 위계가 허물어질 조짐을 보일 때 그들은 자신들의 악덕을 덮고 이익을 지키기 위해 법치라는 칼을 꺼내 들어 세상을 농단하는 것이다.

우리가 법치주의의 기치를 들고, 그 깃발 아래 계속해서 머물기를 희망한다면 스스로 올바른 법의 수호자로 행동하는 수밖에 없을 것이다.

◇ 이성

올바름의 기준을 이성의 관점에서 판단하려는 시도는 근대를 열어젖힌 힘이 되었다. 데카르트의 '명증함'은 이성의 태동을 알리는 알람

풍경이 있는 산책

소리와도 같은 단어였으며, 이성의 능력은 어둠을 밝히는 '자연의 빛' 과 같은 것으로 간주되었다. 칸트에게 있어 이성은 자기 행동의 옳고 그름을 판단할 수 있는 선험적 의지를 뜻하는 것이었으며, 인간은 이 러한 이성의 힘을 통해 도덕을 실행할 수 있다고 여겨졌다. 독실한 기 독교인이었던 칸트에게 이성은 신이 인간을 위해 마련한 선물이었을 것이다. 그러나 칸트는 인간의 진화 과정에서 대뇌피질에 경험적으로 형성된 논리 형성 구조를 선험적 순수이성으로 오인한 것은 아니었을 까? 만일 이러한 가능성을 수용한다면 이성은 우리가 겪는 현실적 경 험 속에서 태동하는 것이며 환경적 요인에 의해 얼마든지 수정될 수 있음을 긍정해야 것이다.

비록 이성이 근대를 태동시켰다 하더라도 그것이 16세기 이후 어느 날 갑자기 나타난 것은 아니었다. 고대 그리스 시대의 '로고스(logos)'는 신, 자연, 인간을 포함한 우주 만물을 운영하는 통일된 원리이자 절 대적 진리 자체를 의미하는 것이었다. 그것은 하나의 '절대 이성'이었 다. 이성의 역사가 이토록 길고 먼 이유는 아마도 인간이 장구한 역 사 속에서 늘 혼란과 혼돈을 겪으며 살아왔음을 역설적으로 반증하 는 것이리라.

그러나 인간은 이성에 대한 강고한 믿음에 비례할 만큼의 쓰라린 배신감에 절망해야만 했다. 이성이 인간을 올바른 길로만 인도하는 것이 아니라, 수많은 학살과 수탈 행위의 도구로 봉사할 수 있음을 깨닫게 되었기 때문이다. 잔혹함의 근저에 광기만이 있는 것이 아니 라, 냉혹한 이성이 도사리고 있음을 발견했을 때 인간은 큰 당혹감을 느꼈다. 이성은 그 자체로서 정당한 것이 아니며 무엇을 위해 봉사하느냐에 따라 그 가치가 달라지게 된다. 이성이 잘못된 믿음과 광기를 위해 봉사할 때 인간은 불행한 사태 속에서 신음했다. 그러고 보면 인간에게 선험적인 것은 이성이 아니라 감정인지도 모른다.

우리가 이성의 힘을 빌려 올바름을 찾아냈다 하더라도, 그것은 확률적으로 격정에 찬 감정과의 대결에서 패배당하기 일쑤다. 이성이 진리를 구성하기 위해서는 많은 단어를 하나의 틀 안으로 엮어내야 하지만, 감정은 그저 강력한 호르몬 작용에 의지해 인간의 마음을 순식간에 빼앗아가기 때문이다. 이성이 구성한 진리가 승리를 쟁취하기 위해서는 숙고의 노력이 뒤따라야 하지만 감정은 그러한 노력을 필요로 하지 않는다. 선동가, 거짓말쟁이, 위선자들은 이러한 사실을 누구보다 잘 알고 있는 자들이다. 그들은 가짜 뉴스(fake news)를 통해 사람들을 현혹하는 방법을 알고 있다.

이에 대항할 수 있는 유일한 방법은 현명한 시민들이 깨어 있는 정신으로 건전한 상식을 확산시키는 수고를 지속하는 것뿐이리라.

◇ 과학적 논리주의

사회가 과학화되면서 결과에 대한 예측과 분석을 바탕으로 올바름을 판단하는 논리주의적 관점이 더욱 중시되고 있다. 예를 들어, 이산화탄소 배출량을 어느 정도에서 제어해야 하는가에 대한 컴퓨터 시뮬레이션 결과는 인간의 행동과 문화에 지대한 영향을 미친다. 전기자동차 시대를 급속히 앞당겨야 할지, 만일 그래야 한다면 기존의 전통적 자동차 산업 체제의 붕괴가 초래할 실업문제는 어떻게 해결해야 할지 등에 관한 결정이 과학적 분석 결과에 따라 좌우될 것이다.

문제는 대부분의 과학 영역에서 발생하는 이슈들에 대해 일반인으로서의 우리는 쉽게 그 진실을 파악할 수 없다는 점이다. 그것들 대부분은 전문가의 영역으로 남아 있다. 우리는 설령 그들의 분석이 어떤 오류의 가능성을 품고 있다고 하더라도 그것을 구분하지 못한다. 지구 온난화를 둘러싼 논쟁조차도 여전히 진행 중이다. 이제는 마치 상식처럼 보이는 이론인데도 불구하고 반론이 끊임없이 제기되고, 심지어는 정치적 목적을 위해 왜곡되기도 한다. 이런 상황에서 우리는 충분히 알지도 못하면서 행동할 수밖에 없게 된다.

더구나 논리적 분석이 어떤 객관성을 확보했다 하더라도 인간의 가치관이 그러한 진실을 뒤엎기 위해 개입하는 경우도 많다. 원자력 에너지와 관련된 문제는 사실 과학의 문제가 아니라, 정치적 문제에 가깝다. 우리가 잠재적으로 원자폭탄 제조 역량을 갖추고 있어야 하나? 이 질문에 내심 긍정적인 반응을 보이는 사람이라면 원자력발전소의 건립과 유지에 찬성할 가능성이 높을 것이다. 이런 문제를 대하는 사람들의 태도는 객관성과는 거리가 먼 정치적 신념이나 경제적 이해관계에 의해 결정되는 경우가 많다. 단기적 이익이 장기적 합리성을 압도하는 일은 현실에서 너무나 빈번히 발생한다.

◇ 역할

우리는 자신에게 주어진 역할을 수행하기 위해 주변에서 전개되는 상황의 성격을 정의하고, 자기의 배역에 어울리는 가면을 골라서 쓴다. 우리의 행동은 자신이 어떤 상황에 놓여 있는지, 그리고 그 속에서 어떤 배역을 담당하고 있는지에 대한 인식에 크게 영향을 받는다. 수많은 종교적 가르침과 사회적 규범들이 역할에 충실할 것을 종용한다. 예수가 달란트의 비유에서 말했듯이, 노예는 주인의 이익을 위해 봉사하는 역할에 충실해야 한다. 그러나 사명감 속에서 유대인을 학살한 아이히만의 사례에서도 볼 수 있듯이 역할에 대한 충실함이 우리를 꼭 좋은 길로 인도하는 것은 아니다.

현대사회의 핵심적 특징 중 하나는 사회가 고도로 조직화되어 있고, 대다수의 사람들이 특정한 조직 안에 소속되어 일상을 영위한다는 점이다. 역할이란 조직 안에서 모종의 공모 관계에 협조하기로 동의한 사람에게만 주어지는 배역과 같은 것이다. 조직이 추구하는 목적과 가치에 동의하지 않는 사람, 그래서 공모 관계 안으로 들어가지 못한 사람에게는 역할이 주어지지 않는다. 문제는 일단 공모 관계 안으로 들어간 이후에는 올바름에 대한 그의 공적 입장이 조직의 목적과 가치에 종속될 수밖에 없다는 점이다. 이러한 입장에서 벗어나려 할 때 그에게는 자칫 배신자의 낙인이 찍힐 것이다. 내부고발자를 바라보는 우리의 태도에는 이러한 '배신'의 관념이 짙게 배어 있게 마련이다. 역할이 요구하는 형식적 덕목과 인간 내면의 본연적 믿음 사이에 큰 괴리가 발생할수록 우리는 격심한 갈등 속에서 당황하게 된다.

부족하나마 이쯤에서 정리를 해보자. 올바름이란 무엇일까? 그것은 어떤 교조적 사상이 아니라 인간이 보다 자연스럽고 순리대로 사는 데 도움이 되는 규범이 아닐까? 올바름을 그 자체의 존재 필요성이나 절대성의 관점에서 받아들일 때 그것은 인간에 대한 억압과 금기의 도구로 전락하기 십상일 것이다. 반면에 절대적 올바름의 존재를 부정한다면, 세상은 중심을 잃은 자전거처럼 휘청거리게 될 것이다. 인간이 올바름에 집착하는 이유는 휘청거리는 세상이 주는 불안함과 불확실성에서 벗어나고 싶기 때문일 것이다. 지금까지 인간이 완벽한 올바름을 이루어낸 적이 있었던가? 만일 그렇게 믿는다면 그것은 다만 어느 불완전한 인간이 만들어 낸 자기 편의적 믿음에 불과할 것이다. 인간은 늘 올바름을 필요로 하면서도 그것을 절대적으로 긍정할 수도, 부정할 수도 없는 상태에서 균형을 잡기 위해 안간힘을 쓰고 있다. 인간 세상의 큰 모순 중 하나는 많은 경우에 있어서 불의는 명확하나, 올바름의 모습은 불명확하다는 것이다.

그러면서도 인간은 아직까지 올바름의 실현이라는 이상을 포기하지 않았다. 언젠가 어떤 지인이 자신의 SNS에 올렸던 말이 생각난다. 정의는 대부분의 상황에서 더 많은 패배를 할 수밖에 없으나, 한번 사는 인생 쪽팔리지 않기 위해 정의를 추구하는 결단이 필요할 따름이라는 얘기였다. 세상에는 불의를 저지르는 사람들도 많지만, 이런 의지를 갖고 있는 사람들도 많다. 인간이 이런 의지를 잃지 않고 자신의 존재와 자연의 섭리를 보다 많이 이해하기 위해 노력한다면 올바름의 기준에도 바람직한 변화가 생길 것임에 틀림없다.

광화문광장에서는 촛불집회가 거듭되면서 6차 집회에는 230만 명 이상의 시민이 참여했다. 후대가 어떤 평가를 내리든 간에, 이것은 분명히 역사의 한 페이지를 채울 일이 될 것이다. 올바름을 추구했던 시민 정신은 사회의 소중한 자산이자 시민 자신의 삶을 밝혀주는 밝은 등불이 될 것이 분명하다. 시민들은 과거를 부정했다. 그러나 그것이 곧바로 어떤 의미를 갖는 건 아니다. 부정의 참된 의미는 좀 더 발전되고 새로워진 미래 속에서만 비로소 발견될 수 있을 것이다.

그런 관점에서 이제 우리는 하나의 과제를 더 떠안아야 한다. 그것은 바로 올바름이란 우리 스스로가 모색하는 범위, 우리 자신이 정한 범위 내에서만 존재할 뿐이라는 점을 잊지 않는 일이다. 세상은 끊임없이 변화하고 있고, 그로 인해 옳고 그름에 대한 판단도 새로운 기준과 틀에서 이루어져야 할 필요성이 커지고 있지만, 여전히 과거의 낡은 관점에서만 옳고 그름을 재단하려고 하는 시도가 이어지고 있다. 이런 생각과 자세로는 역사의 진전을 이루기 어려울 것이다. 왕조시대에는 비록 그 왕이 폭정을 저질렀다 해도 반역을 꾀하는 일이 잘못으로 돌려졌겠지만, 현대의 민주사회에서는 권력의 불의를 보고도 무턱대고 참는 게 오히려 잘못된 일이다. 왜냐하면, 불의한 권력은 사회의 공공선과 개별 시민들의 행복을 해칠 위험을 갖고 있기 때문이다. 분명히 올바름이란 주어지는 것이 아니라 우리 자신의 힘으로 만들어 가는 것이다.

강남좌파

우리는 함께 잘살 수 있을까?

친구가 카톡으로 신문 칼럼 하나를 보내왔는데, 그 내용은 각기 다른 두 개의 범주로 확연히 구분되는 이분법적 진영의 싸움, 예를 들어 좌파 대 우파, 민주화 세력 대 전제주의 세력, 세계화 대 반세계화, 부자 대 가난한 자의 싸움이 세상이 변한 지금의 상황에서는 더 이상 유효하지 않다는 것이었다. 오히려 지금의 세상은 분열이 너무나 심화되어 있어 저격할 대상을 분간하기 어렵고, 세상의 부가 불평등하게 분배되고 있음에도 다수의 대표 체제인 민주주의는 그 문제를 해결할 능력을 상실한 상태라고 하면서, 이러한 현상의 해결을 위해 특히나 진보 좌파 세력의 더 큰 분발을 촉구하고 있었다.

그런데 친구가 이런 칼럼을 늘 관심 있게 본다는 것이 참 흥미로운 일이었다. 물론 젊은 시절부터 항상 진보적인 성향을 보여주긴 했지만, 재미있는 점은 그의 거주지가 예전에는 압구정동이었고 지금도 선릉역 근처의 대형 평수의 아파트에서, 비록 전셋집이기는 하지만, 살고 있다는 것이다. 큰아들은 서울대학교에 다니는 엘리트고, 작은아들은 미국으로 유학을 가 있으며, 본인은 한때 걸그룹 '소녀시대'의 팬을 자처했던 금융 회사의 임원이다. 그러니까 친구를 우리 사회의 인간 분류 기준에 따라 얘기하자면 '강남좌파'의 전형이라고 할 수 있는 사람이다. 친구와 나는 둘 다 이런 주제에 전문적인 식견을 갖고 있지는 못하지만, 간간이 저녁 식사 자리에서 사회적 이슈들에 대해 가볍게 얘기를 나누곤 했다. 물론 항상 그의 생각이 더 깊고, 말에서도 배울 점이 더 많았기 때문에 나는 보통 듣는 입장이었던 같다.

여기서 잠깐, 내가 이 친구를 좋아하는 이유를 말해 보고자 한다. 이렇게 훌륭하고 본받을 만한 생각을 많이 하는 이 친구의 대학 시절 전공은 경영학이었다. 편견임을 전제로 말하는 바이지만, 나는 소위 명문 대학의 경영학과를 나온 사람치고 말이 잘 통하는 사람을 별로 본 적이 없다. 당연히 모두가 그런 것은 아니겠지만, 경영학과를 나온 사람들의 사고에서는 마치 두꺼운 돋보기안경을 쓴 사람이 눈앞의 숫자만 헤아리는 모습과 비슷한 느낌을 받는다. 조급하고 제한된 시선으로 세상을 해석하는 느낌을 많이 받는 것이다. 그래서 몇 년 전 내 딸이 경영학과에 진학할 때도 한편으로는 매우 걱정스러운 마음이 들었고, 아빠가 부자였다면 너를 경영학과에 보내지 않았을 것이라고, 미안하게 말했던 적이 있었던 것이다. 그런데 나의 이 존경하는 친구는 사고가 자유롭고, 엉뚱하기도 하며, 유쾌하게 웃을 줄 알고, 술 마시고 흐트러질 줄도 알며, 늘 돈보다 더 중요한 게 무엇인지를 생각할 뿐만 아니라, 타인의 감정에 큰 호기심을 갖고 항상 존중하려는 태도를 갖고 있다. 나는 이런 사람이 좋다.

다소 이야기가 빗나가고 말았다. 어쨌든 지금부터는 친구가 보내준 칼럼에 대해 부족하나마 내 의견을 피력해 보기로 하자.

세상의 분열

칼럼에서 언급하지 않았더라도, 우리는 이미 세상이 분열하면서 만들어 내는 파열음을 충분히 실감하고 있다. 이것은 분명히 당혹감을 주기에 충분한 일이다. 지금 이 세상은 사람들의 삶에 헤아릴 수 없을 정도로 다양한 이슈들을 던져주고 있다. 세계화 문제만 하더라도 단순히 세상의 지평을 넓히는 데 그치지 않고, 빈부 격차의 심화, 근본주의의 성행, 대규모 인구의 자본주의 편입에 따른 환경 파괴 등 다양한 이슈들을 야기하고 있는 것이다. 이슈들이 워낙 다양하다 보니, 진보나 보수 등 동일한 범주에 속한 사람들 간에도 개별적 문제 하나하나에 대해 통일된 견해를 갖기 어려운 상황이 되었다. 세상은 그만큼 다원화되었고, 이로 인해 나아갈 방향을 정하는 일, 올바름의 의미를 정의하는 일이 더욱 어려워졌다는 뜻이다.

그렇다고 해서 이런 상황을 꼭 나쁘게 생각할 필요는 없을 것이다. 그만큼 세상이 단조롭지 않고 다채로우며, 일상을 좀먹는 권태도 흔적없이 사라졌을 뿐만 아니라, 올바름을 모색하는 치열한 노력이 계속되고 있다는, 다시 말해 사람들이 여전히 무엇인가에 최선을 다하고 있다는 증거일 수 있기 때문이다. 이분법적 양극 체제에 익숙한 눈에는 넘쳐나는 이슈들과 여기에서 파생되는 혼란이 그저 걱정거리로만 여겨질 수 있겠지만, 오히려 진실로 우려되는 일은 이것을 핑계로 다양성을 억누르려 하는 시도가 출현하고 있다는 점일 것이다.

다양성이 세상의 본질적이며 자연스러운 모습임을 인정하지 않고, 하나의 강고한 원리가 지배하는 통일된 형태의 세상을 꿈꾸는 것 역시 어지럽게 널려 있는 이슈들을 해결하기 위한 하나의 대안이 될 수는 있을 것이다. 역사적으로 보면, 이러한 대안은 세상이 어지러울 때마다 인간이 손쉽게 의존해 왔던 방식이기도 하다. 비록 그 결과로 탄생한 세상이 조화로운 통합의 결과물이었다기보다는, 강압이나 광기에 의해 떠받쳐지거나 반대편에 대항하기 위한 대립적 목적을 갖고 형성된 경우가 많기는 했지만 말이다.

사실 모든 쿠데타, 독재, 파쇼, 국가주의 등의 배후에는 시대적 혼돈을 강고한 힘으로 해결하고 싶은 자들의 요청이 있기 마련이다. 히틀러는 민주적 선거를 통해 선출된 독재자였으며, 박정희의 성공한 쿠데타는 유신헌법에 동조했던 수많은 국민들의 지지에 힘입어 15년 이상 유지될 수 있었다. 일본은 천황 중심의 단일 정치제도를 지지했던 일부 영주들과 상인 계층의 성원 속에서 왕정복고를 이루어낸 이후에야 도쿠가와 막부 시대의 봉건적 영주 체제를 끝내고 근대로 진입할 수 있었다. 장개석 치하의 부패한 중국이 혼란스럽지 않았다거나, 이에 저항하는 공산주의자들에게 중국 인민들이 지지를 보내지 않았더라면 공산당이 들어설 자리가 있었을까? 최첨단 정보화 시대라고 하는 이 시대도 예외는 아니다. 대통령 탄핵에 반대했던 일부 시민들이 그토록 목청을 높여 계엄선포를 요구하던 모습을 보면 분명히 알 수 있는 일이다. 사람들은 세상의 혼란이 가중될수록 강고하고 단일한 힘에 강한 유혹을 느끼고, 이 힘이 현실에 개입해 주기를 바라는 것이다.

그럼에도 불구하고, 여전히 중요한 점은 우리가 아무리 부정하려 해도 다양성은 그 자체로서 이 세상의 존립 방식이라는 것이다. 본질적으로 우리의 삶은 다양성의 세계에 담겨 있다. 새로운 생명이 탄생하는 이유도 이러한 다양성의 원리가 세상의 본질적인 존립 방식이기 때문일 것이다. 동일하고 균질한 것이 끊임없이 복제되는 과정으로서의 생명 탄생을 상상해 보자. 거기에 새 생명이 탄생할 하등의 이유가 깃들 수 있겠는가? 우리는 다르게 태어날 수 있었기 때문에 태어난 것이다. 만일 우리가 동일한 것의 복제로서 태어났다면 우리는 의미론적 관점을 떠나 논리적 관점에서도 태어난 것이 아니라는 얘기다. 그래서 존재하는 모든 개별자들은 다른 존재와의 차이를 전제로 존립할 수밖에 없다. 모든 개별 존재들의 존립 방식은 '차이'일 수밖에 없는 것이다.

그럼, 무엇이 이렇게 서로 다른 존재들을 하나의 공간 안에 함께 머물도록 만드는 것일까? 나는 이 질문의 답을 '권력이 제시하는 질서'라고 믿는다. 혹시나 '권력'이라는 단어가 상황에 맞지 않게 남용되었다고 생각한다면 힘이나 의지, 그 무엇이라고 표현해도 좋다. 세계 내의 다양한 존재들이 하나의 공간 안에 조화롭게 머물도록 질서를 제공하는 역할을 표현하는 단어라면 그 무엇이든 관계없다.

다만, 그 권력이 구체적으로 어떠한 형태를 취하고 있는지 또는 취해야 하는지에 대해서는 의견이 갈릴 수 있을 것이다. 신학적으로는 신의 선한 의지, 좀 더 구체적으로 말하자면 '십계명' 같은 신의 말씀이 세상에 질서를 제공하고 있다고 해석할 수 있겠지만, 그조차도 스피노자가 신은 하늘에 있는 것이 아니라 자연에 본연적으로 탑재되어 있는 섭리 자체에 깃들어 있다고 생각했던 것처럼 다양한 관점이 존재할 수 있다는 말이다.

우리는 세상에 질서를 제공하는 권력의 모습을 정치, 경제, 문화와 같은 좀 더 통속적인 영역에서도 파악해 볼 수 있다. 현실적으로는 신을 바라보는 것보다 이러한 사회제도 안에 담겨 있는 권력을 바라보는 게 더 유용한 자세로 보인다. 왜냐하면, 그것들이 더욱 직접적이고 강제적이기 때문이다. 예를 들어, 어느 한 민족국가가 국경 내에서 채택하고 있는 정치경제 시스템은 그 국경 안에 머무는 사람들이 따라야 할 지배 질서의 운영 원리를 제시하는데, 이에 복종하지 않는 사람들은 당연히 불이익을 받게 된다. 그것은 권력이 질서를 달성하기 위해 강제하는 규범에 따라 행동해야 함을 의미하며, 사람들은 이러한 규범을 준수하는 한에서 서로가 같은 공간 안에 머물 수 있게 되고, 그렇지 않은 경우에는 격리, 배제, 감금 등의 불이익을 받게 되는 것이다.

우리가 이러한 사회 권력의 총체적 실체를 파악하기 위해서는 많은 노력이 필요하겠지만, 그나마 무정부주의자들의 생각을 이해하는 것에 비하면 상대적 손쉬운 일이 될 것이다. 그들은 도대체 사람들이 무엇에 의존해 하나의 공간 안에서 공존할 수 있다고 보는 것일까? 그들은 모든 권력을 부정하는 것일까? 무정부주의자들은 국가권력을 부정하고, 사람들의 자발적 상호부조와 협력만으로도 사회를 제대로 운영할 수 있다고 믿는다. 그러나 그들이 생각하는 상호부조와 협력은 모든 사람들이 '의지'를 갖고 행동할 때에만 실현될 수 있는 것이며, '의지'야말로 모든 권력이 발로되는 출발점이라는 점을 고려해 본다면, 그들의 선한 의지를 부정할 수는 없어도 권력 자체가 소멸된 사회를 상상하기는 어려울 것이라는 생각이 든다.

문제는 권력이 제시하는 질서가 비록 단기적으로는 서로 다른 존재들을 하나의 공간 안에 조화롭게 머물게 할 수는 있어도, 장기적으로는 다양성이 초래하는 분열의 재현을 막지 못한다는 점이다. 다양성의 힘이 워낙 강해서일까? 다양성은 본질적이고 자연적이며, 권력은 인위적이기 때문일지도 모른다. 역사적으로 볼 때, 그 어떤 권력도 다양성이 초래하는 분열을 원천봉쇄하지는 못했다. 지금까지 세상에 존재했던 모든 국가, 경제체제, 문화, 신학 중에 다양성의 힘 앞에 무릎 꿇지 않은 게 없다. 한번 구축된 질서는 단기적으로는 일정한 역할을 수행했지만, 장기적으로는 늘 다양성이 뿜어내는 에너지를 수용하기 위해 해체되어 새롭게 재구성되었다. 물론 그 단기의 개념이 어떤 경우에는 마치 조선왕조가 500년 이상 지속됐던 것처럼, 몇백 년 이상의 시간을 의미하는 것일지라도 말이다.

사실, 문제의 본질은 세상이 분열되고 다양한 이슈들이 출현하는 데 있는 것이 아니다. 오히려 그것은 어쩔 수 없는 일이기도 하다. 사람들은 언제나 예상치 않은 방식으로 생각하고 행동할 준비가 되어 있고, 이러한 경향이 누적되면서 세상은 혼란을 피할 수 없는 상태로 치닫는 것이다. 엔트로피 증가의 법칙이라고도 불리는 열역학 제2법칙이 이것을 간접적으로 증명한다. 이 이론은 가스가 열에너지 또는 운동에너지로 한번 변환되면 다시는 본래의 안정된 상태로 되돌아가지 않는 것처럼, 우주 안에 존재하는 질서는 지속적으로 혼돈의 상태로 치달으며 원래의 상태로 복귀하지 않음을 설명한다. 사람 사는 세상도 엄밀하게 따지자면 경우가 다르긴 하겠지만, 늘 다양한 사람들이 부딪히면서 만들어 내는 막대한 에너지가 방출되면서 혼돈의 상태를 지향한다. 그런 점에서 볼 때 인간 세상의 자연스러운 모습은 질서정연한 상태가 아니라, 오히려 혼돈과 혼란의 상태로 치닫는 모습이라고 할 수 있을 것이다.

그런데 이렇게 혼돈과 혼란이 피할 수 없는 사태라면, 문제의 본질은 혼란과 혼돈을 대하는 사람들의 태도로 귀착될 수밖에 없을 것이다. 그 태도라는 것은 세상에 어떤 성격의 질서를 부여할 것인가, 이를 위해 권력을 어떻게 사용할 것인가에 관한 문제로 이어지는 것이다. 무질서 속에서는 건전한 삶을 영위하기 어렵다. 최소한 무정부주의자가 아니라면 모두가 이에 동의할 것이다. 설령 좌파라고 해서 이를 부인하지는 못할 것이다. 다시 한 번 유럽의 대표적 좌파 지식인 슬라보예 지젝의 말을 들어보자. 그는 권력의 필요성을 언급하면서 혁명조차도 권력의 단순한 전복이 아니라 법과 질서의 재건 활동임을 강조하고 있다.

"제 비전은 주권국가 없이 존재하는 유토피아적 공동체를 말하는 게 아닙니다. (중략) 사회적 권력을 갖고 이를 분배하는 기구나 집단이 그 어느 때보다 절실히 필요합니다. (중략) 우리는 혁명을 원할 때 법과 질서를 재건하는 정치적 그룹이 되어야 합니다."[61]

우리가 혼돈과 혼란 속에서 안정적인 삶을 영위할 수는 없기 때문에 지젝의 말은 너무나 당연한 것이고, 모든 정치·경제·문화 권력의 최종적 지향점은, 만일 그 권력이 건강하다면, 인간다운 삶을 증진시킬 수 있는 질서의 모색일 수밖에 없는 것이다.

그럼, 우리는 과연 구체적으로 어떤 형태의 권력을 원해야 하는 것일까? 강고한 독재, 대통령 중심제 민주주의, 의회 민주주의, 법치주의, 귀족주의, 엘리트주의, 종교적 원리주의, 종교적 세속주의, 자본주의, 공산주의, 사회주의, 개인주의, 집단주의, 문화 대중주의, 도덕적 경건주의?

우리가 어떤 형태의 권력을 원하는가는 어떤 형태의 질서를 원하는가에 따라 결정될 것이다. 인간 세상의 분열은 이에 대한 입장의 차이 때문에 발생하는 경우가 많다. 젊은이들이 거리에서 포옹하는 모습을 용인하지 못하는 사람들도 있다. 그들의 눈에는 그런 자유분방한 모습이 무질서의 상징으로 보이기 때문이다. 내 눈에는 세상에서 가장 아름답고 행복한 모습으로 보이고, 이런 사람들만 있다면 세상

---

61) 슬라보예 지젝, 인디고연구소 기획, 『불가능한 것의 가능성』, 궁리, 2014, 127쪽.

이 참 평화롭겠다는 생각이 드는 데도 말이다. 사람들이 질서를 바라보는 눈은 이렇게 다르다. 그래서 질서를 재건하기 위한 모색이 다툼을 낳고, 이것이 또 다른 무질서의 원인이 되는 경우가 많다는 사실은 그 자체로서 모순적이지만, 인간의 삶은 그러한 굴레에서 벗어날 수는 없는 것 같다. 그렇다면, 도대체 무엇이 다양한 사람들로 하여금 이러한 희망의 차이를 극복하고 하나의 공간 안에 조화롭게 머물도록 만드는 것일까?

인간이 명확한 답을 찾았다고 하기엔 세상은 여전히 너무나 혼란스럽다. 지금 우리 사회가 분열을 치유함에 있어서 어려움을 겪고 있는 이유 역시 바로 우리 자신이 어떤 형태의 질서를 원하는지에 대해 합의된 의견을 찾지 못하고 있기 때문이다. 세대 간에, 계층 간에 그러한 격차가 너무나 크게 나타나고 있다. 그렇다고 해서, 강고한 독재와 국가권력 또는 도덕적 경건주의 같은 것들이 사람들을 움켜쥐고 통제함으로써 다양성을 죽이고 경직된 형태의 질서를 구축하는 모습을 상상하는 사람이 있다면, 나는 단호히 반대 의견을 피력할 것이다.

불평등

세계화와 신자유주의가 불평등을 심화시켰는지, 아니면 '평평한' 세상, 다시 말해, 보다 투명하고 균질적인 세상을 만들었는지에 대해서는 의견이 다를 수 있다. 자본의 증식이 소득의 향상을 앞서기 때문에 불평등이 심화되고 있다는 견해[62]도 있고, 자본주의가 창출한 막대한 부가 세상을 절대적 가난에서 탈출시켰다는 주장[63]도 있다. 더구나 불평등의 개념을 어떻게 정의할 것이냐에 따라서도 우리는 너무나 상이한 결론에 도달할 수 있을 것이다.

불평등을 인정하는 데 인색한 사람들은 흔히 절대가난 상태에서 탈출한 사실 자체를 중시하는 경향이 있는 것 같다. 어쨌든 간에 소득 하위 구간에 속해 있는 사람일지라도, 그가 차지하는 부의 절대량이 과거와는 비교할 수 없을 정도로 증가했고, 이로 인해 대부분의 사람들이 먹고살 만한 상태가 되었다는 것이다. 그러나 이들은 천문학적인 부가 특정 계층에 지나치게 편중되어가고 있음은 애써 외면한다. 좀 더 엄밀히 말하자면, 외면한다기보다는 그러한 현상을 문제로 인정하지도 않는다. 왜냐하면, 그들에게 그것은 잘못된 일이 아니라 오히려 선(善)이기 때문이다.

그런데 담론 안에 있는 가상의 인물이 아닌 현실 세계의 살아 숨쉬는 당사자들은 각종 조사에서 세상이 점차 불평등하게 변모하고 있으며, 이로 인해 고통받고 있음을 불만스럽게 증언하고 있다. 여러 지표를 보더라도 급여생활자들의 절반은 비정규직이고, 정규직과 비정규직의 소득 격차는 점점 더 심해지고 있는 게 사실이다. 자영업자들의 상황은 더 심각하다고 여겨지고 있다. 그럼 이들의 증언과 여러

---

62) 토마 피케티, 장경덕 외 옮김, 『21세기 자본』, 글항아리, 2014.
63) 앵거스 디턴, 이현정·최윤희 옮김, 『위대한 탈출』, 한국경제신문, 2014.

통계 지표들은 가난의 고통이 무엇인지를 경험하지 못한 자들이 토로하는 배부른 투정을 반영한 것에 불과한 것일까? 시장자유주의 옹호자들, 특히나 불평등을 번영의 불가피한 과정으로 보는 일부 보수주의자들은 이런 유의 질문에 "그렇다."라고 답할 가능성 클 것이다.

냉정히 말해, 사회가 얼마나 불평등하게 변화되고 있는지를 명쾌하게 증명하기란 매우 어려울 것이다. 그것은 보는 사람의 입장에 따라 도출된 결과가 크게 달라질 수 있는 사안이다. 그래서 어떤 이들은 사람들이 아무리 어렵다 어렵다 해도 관광지에 행락객들이 넘쳐나고, 주말 고속도로에는 자동차들이 빼곡히 나타나는 모습 등을 예로 들면서 다 먹고살 만하니까 저런 것이라면서 현실을 두둔하는 것이다.

그러나 여기에서 진정으로 중요한 점은, 불평등을 정의하는 일은 경제학의 영역에만 머무르는 것이 아니라, 세상의 바람직한 모습에 대한 사회학적 인식의 영역과 살아가는 방식에 대한 철학의 영역으로 귀착될 수밖에 없다는 것이다. 그것은 공동체 속에 함께 있는 다른 구성원들의 삶을 어떻게 대해야 하는지에 관한 일종의 윤리학적 문제이기도 하다. 이 문제는 본질적으로 공존의 방식에 대한 태도의 문제이지, 경제학적 진리를 구하는 문제가 아닌 것이다. 그래서 나는 불평등의 정도를 경제학적 지표를 이용해 과거와 비교하면서 악화됐느니, 개선됐느니 하는 논의에만 매달려서는 문제의 본질로 다가서기 힘들 것이라고 본다. 물론 사회 문제를 과거와 비교하면서 그 증상의 정도를 상대적 관점에서 파악하는 일 역시 대단히 중요한 것임은 틀림없지만, 이보다 더 중요한 문제는 우리가 불평등을 호소하는 사람들의 목소리에 귀를 기울일 수 있는 자세를 갖고 있느냐 하는 점일 것이다. 아프다는 사람에게, 당신에 대한 진단 결과는 정상이오, 라고 말해 봐야 해결할 수 없는 문제인 것이다.

더불어, 설령 불평등에 대해 불만을 호소하는 사람들의 주장이 사실은 이러한 합리적인 가정과 동떨어져 있는 배부른 투정에 불과하다 할지라도, 진정한 보수주의자라면 그것을 긍정해야지 탓해서는 안 될 것이다. 왜냐하면, 시장자유주의의 원리란 인간의 무한한 탐욕을 인정하자는 것이며, 탐욕은 필연적으로 불만과 질시를 낳는 것이기 때문이다. 일찍이 시인 기형도가 '질투는 나의 힘'이라고 말했듯이, 불만과 질시야말로 시장경제의 본질적 힘이 아니던가? 따라서 불만과 질시에 대한 부정은 시장자유주의의 기본 원리에 대한 부정이자 자기모순이 된다. 지금의 세상에서 그것들은 적극적인 긍정의 대상일 뿐이다. 고통받는 자들의 외침을 부정하는 보수주의자가 있다면 그는 틀림없이 가짜일 것이다. (그런 면에서 이 시대의 많은 보수주의자들은 분명 위선적이다)

그런데 불평등은 도대체 왜 나쁜 것인가? 무엇보다 사회경제적 불평등은 민주주의의 위기를 초래하기 때문에 나쁘다. 그날그날 먹고살기 바쁜 사람들이 정치에 관심을 가질 여유가 어디 있겠는가? 그들의 관심은 눈앞의 절박한 현실로 집중될 뿐이다. 정치에 대한 관심의 공백은 대의 민주주의 체제 아래에서 자기가 선택할 정치 주체들에 대한 이해의 형성을 가로막음으로써 현실적인 문제들을 유발한다. 관심을 가질 여유가 없다는 사실, 그 자체가 이미 정치적 불평등이다. 무관심은 진짜와 가짜의 구별을 정지시킨다. 현실의 급급함에 몰입된 사람들은 설령 정치 주체들의 정의롭지 못한 행위를 목격한다 하더라도 이의 시정을 요구할 여유와 힘을 갖지 못한다. 불의는 이러한 무관심과 무기력을 먹고 독버섯처럼 자라나는 특징이 있다. 민주주의에 대한 회의는 이렇게 시작된다. 차라리 전제주의 체제 아래에서의 강제적 평등이 낫다고 생각하게 되는 것이다.

사회경제적 불평등에 대한 인식과 불만이 심화되면서, 그것이 현실을 진실하게 반영하고 있느냐에 대한 논쟁에도 불구하고, 민주주의의 위기를 알리는 징후들이 나타나고 있다. 사람들의 자포자기는 위기의 시작을 알리는 대표적인 징후다. 그들은 이제 자신의 노력만으로는 신분 상승이 어렵다고 생각한다. 후손의 삶은 지금보다 더욱 나빠지리라 예측한다. 자신을 중산층이라고 답하는 사람들의 비율도 지속적으로 하락하고 있다. 대학 입시제도에도 불공정한 게임이라는 의심의 눈초리를 보내고 있다. 그리고 이 모든 병폐들이 쉽게 개선되지 않으리라는 점을 직감하고 있는 것이다.

불평등의 해소나 완화를 위해서는 경제성장률이 높아져야 하고, 이를 위해서는 기업 중심의 시장주의가 더욱 강화되어야 한다는 주장은 언제나 다른 가능성을 타진하는 목소리를 압도하고 있다. 예를 들어, 법인세는 인하되어야 하고, 금리는 더욱 낮게 유지되어야 하며, 노동시장은 해고가 쉽도록 더욱 유연하게 개편되어야 한다는 것이다. 이런 유의 주장은 타당성을 따지기가 매우 어려운 전문적 영역에 속한다. 그러나 미시적 관심에서 벗어나 조금 더 포괄적인 시선으로 본다면 한 가지 근본적인 반문이 가능할 것이다. 도대체 왜 그토록 엄청난 과잉 생산 상태에서도 추가적인 생산이 이루어져야만 불평등이 완화될 수 있는가, 라는 질문 말이다. 불평등은 꼭 최소한 지금보다 생산성이 한 단계 올라간 상태에서만 완화될 수 있는 것인가? 불평등이 심화된 이유를 경제성장률 둔화로 돌리고 싶은 마음은 이해하지만, 그것이 진실을 제대로 설명하고 있다는 생각은 들지 않는다. 우리에게 각자의 몫을 조금씩 양보하는 사회적 대타협은 실현 불가능한 의제일까?

지그문트 바우만의 견해에 따르면, 불평등한 사회에서는 자신의 사회적 지위를 상실하고 좌천될지도 모른다는 공포감, 배제당하고 존엄성을 인정받지 못하며 모욕당할지도 모른다는 두려움이 커진다고 한다.[64] 우리 사회에 공격성이 커지는 이유 중의 하나는 자신이 언제든지 불평등의 희생자로 전락할 수 있다는 무의식적 두려움과 초조함이 폭력적 행태로 표현되고 있기 때문은 아닐까? 자신감과 자존감을 상실한 사람들이 예민한 심리 상태에 빠져 공격당하기 전에 선제적으로 공격하기 위함이라는 해석도 가능할 것이다. 미국, 영국과 같은 신자유주의 국가의 시민들은 정신질환 빈도가 매우 높고, 사망률과 범죄율이 급증한다는 통계를 본 일이 있다. 불평등은 사회적 안녕과 개인의 행복 모두를 압박한다.

---

64) 지그문트 바우만, 『고독을 잃어버린 시간』, 동녘, 2014, 183쪽.

지금의 민주주의 체제는 시민들의 정당한 정치·경제적 권리가 제대로 행사될 수 있도록 보장하기 위한 수단이 아니라, 기득권 세력의 권리를 옹호하기 위해 운영되고 있다는 의심을 받을 소지가 충분하다. 민주주의를 자본주의 또는 신자유주의와 동일시하는 시각은 특히나 우리나라처럼 분단된 국가의 대립적 상황에서 더욱 그럴듯하게 포장되어 있다. 희한하게도 자본주의에 대한 의심과 회의는 적대 세력의 사상에 동조하는 것과 동일시되기 때문이다. 다시 말해, 자본주의의 부작용 따위에 눈길을 돌리는 사람은 금세 '빨갱이'라는 누명을 쓰게 되므로 자기 사상의 건전함을 증명하기 위해서는 신자유주의에 대한 지지가 필수적으로 필요한 것이다.

주민들의 선거로 선출된 모 지방자치단체의 장은 자본주의적 이윤의 논리를 앞세워 공공 의료원을 폐쇄하면서, 이에 반대하는 일부 주민들에게 탁월한 입심으로 좌파의 색깔을 뒤집어씌우고는 힘으로 문제를 '해결'했다. 색깔론은 반대파들을 약화시키기 위한 훌륭하면서도 효율성이 높은 방법이다. 민주적 절차를 통해 선출된 사람들이 문제를 해결하기는커녕 갈등을 증폭시킨 사례는 수없이 많다. 일부 정치인들이 자신들의 이익을 위해 갈등과 긴장을 조장하고 있는 것이다. 민주주의는 대립적 위치에 있는 사람들 간의 상호 이해를 필요로 하지만, 교육 정책을 담당하는 고위 공무원이 민중을 개와 돼지로 묘사하며, 기득권층이 서슴지 않고 부정과 부패를 저지르는 나라에서 이러한 원리가 제대로 작동될 리 없다. 기득권층이 부패한 상태에서 상호 이해와 양보가 이루어질 수 있겠는가?

그래서 부패는 민주주의의 최대 적이다. 말끝마다 준법과 애국심을 강조하는 권력자들이 보여준 삶의 궤적은 병역 기피, 세금 탈루, 뇌물 수수, 부당 판결, 부동산 투기, 논문 표절, 위장 전입 등 심각한 위법 행위로 점철되어 있다. 그들은 민중이란 적당히 먹고살게만 해주면 되고, 사회는 전제주의적[65] 지배 체제 내에서만 튼튼하게 안정될 수 있다고 믿는다. 그것이 자신들의 이중적 행태를 덮고 이익을 추구하기에 더욱 적합하기 때문이다. 이런 점들을 고려할 때, 아마도 그들이 꿈꾸는 세상은 자본주의와 전제주의가 결합된 사회일 것이라고 추정해 볼 수도 있을 것이다.

민주주의가 문제를 해결할 능력을 상실했다는 지적은 단순히 정치 세력들 간의 이기적 다툼 때문이 아니라, 본질적으로는 전제주의적 방식에 의존하고 싶은 유혹이 강해지고 있기 때문이다. 전제주의의 옹호자들은 갈등을 토의하고 협상하며 절충하고자 하는 의도를 전혀 갖고 있지 않다. 전제주의 아래에서 갈등은 조정의 대상이 아니라, 단순히 제거의 대상일 뿐이며, 그 방법은 힘의 동원이다. 물론 민주주의도 집중된 권력이 필요하다. 하지만 그러한 권력은 시민과 국민의 이름으로 위임되고, 법에 의해 정당하게 행사되어야 함을 전제로 한다. 그러나 지금의 현상은 민주주의 탈을 뒤집어쓴 전제주의자들에 의해

---

65) 소수의 지배자들이 법에 의존하지 않고 임의적으로 권력을 행사하는 사회 체제.

235
· · · · ·
사회

그 힘이 교묘한 형태로 강압적으로 행사되고 있다. 그것이 그들이 문제를 해결하는 방식이다.

우리나라를 포함한 세계 곳곳에서 민주주의가 후퇴하고, 전제주의의 부활 시도가 증가하고 있다는 소식이 간간이 들린다. 유럽에서는 민족주의 극우 정당이 득세하고 있고, 중국의 국가자본주의는 강화되고 있으며, 터키에서는 일인 독재 시도가 부활되었다. 중동에서는 이슬람 근본주의가 여전히 기세를 떨치고 있다. 우리나라는 어떤가? 박근혜 정부의 장관 후보자들은 청문회에 참석해서도 전제주의적 통치의 서막을 알렸던 '5·16 군사 쿠데타'를 '쿠데타'로 정의하는데 망설이는 모습을 보여준 바가 있었다. 여전히 일부 극우단체들은 그것이 혁명이었다는 주장을 펼친다. 그때가 더 좋았다는 것이다. 무엇보다 경제 발전이 눈부시게 이룩되었지 않았는가! 그뿐만이 아니다. 그 시절에는 과외도 없었고, 소득의 격차도 심하지 않았다. 아파트 평수도 비슷했고, 자동차 배기량도 비슷했다. 욕설이 난무하는 인터넷 댓글도 없었다. 전제주의적 힘이 사회를 지배했기 때문에 질서가 잘 유지되었다는 것이다. 과거 군사독재 시절에 대한 향수는 이렇게 부활한다.

부활의 시도는 정돈되고 질서 있는 시대에 대한 찬미로부터 시작된다. 전제주의는 필연적으로 힘과 권력의 집중을 초래하는 체제다. 전제주의의 옹호자들은 집중된 힘만이 사회의 안정을 보장한다고 생각하는 것 같다. 혼란스러운 걱정거리에 시달리는 시민들 역시 그것을 잠재울 힘에 대해 강력한 향수를 느끼게 된다. 전제주의의 주도자들은 그러한 향수를 더욱 강렬히 자극함으로써 자신들의 목표를 완성해 나가고자 시도한다. 지금 우리 사회 일각에서 대두되고 있는 민주주의에 대한 회의의 배후에는 과거에 대한 향수가 깊게 자리 잡고 있다. 물론 그 시절에도 이슈는 많았다. 다만, 공권력에 의해 금세 해결되었을 뿐이었다. 반대자들에 대한 탄압은 잘 드러나지도 않았지만, 설령 알려졌다 하더라도 권력에 의해 그 의미가 왜곡된 상태로 드러나기 일쑤였다. 어린 시절의 어느 날 TV 뉴스에 방영되던 여공들의 파업 장면이 생각난다. 그녀들이 공장 건물 옥상으로 올라가 자신들의 상황을 알리기 위한 표시로, 또는 자신들이 처한 상황을 알아봐 달라는 표시로 상의를 벗고 브래지어를 드러냈을 때, 그녀들은 빨갱이의 조종을 받아 사회 혼란을 부추기는 불순분자가 되었다. 이제 그녀들은 우리 사회의 참된 구성원이 아닌, 경제 발전을 위해 매진해야 할 의무를 저버린 불순분자일 뿐이었다. 공권력에 의해 그녀들의 불순한 시도는 분쇄되었고, 가슴속에 일어난 불꽃은 진압되었다. 나 역시 그녀들을 빨갱이로 생각했음은 물론이다.

전제주의의 문제는 그것이, 강한 척하지만, 사실은 가장 나약한 자들이 추종하는 사상이라는 점이다. 그들은 혼자임을 버티지 못한다. 절대적 권력과 집단의 힘에 자신의 권리를 양도하고, 그것에 의탁할 때에만 안도감을 느낀다. 그들은 스스로를 책임지는 자세를 갖지 못하고, 의존할 무엇인가를 지속적으로 탐색한다. 그들의 목적은 이성이 확대되는 세상이 아니라 권력이 집중되는 세상을 만드는 것이며, 이성의 판결이 아니라 권력의 판결만이 옳다고 믿어지는 세상을 구축하는 것이다. 집중된 힘이 곧 세상을 반듯한 형태로 존립시키는 중심 원리라고 생각하기 때문이다. 그들은 호시탐탐 비판적 사고를 해체시키고, 권력이라는 신성을 신봉토록 종용한다. '우리'라는 울타리를 치고, 저 사람은 울타리 너머에서 건너온 위험한 불순분자다, 라고 구별 지으면서 끊임없이 적대적 관계를 만들어 내기도 한다. 적대성의 출현은 인간의 이성을 마비시키는 가장 효과적인 방법임을 그들은 잘 알고 있다. 그리고는 저항하는 자들을 쫓아내라고 요구한다. 이는 곧 이성을 제거하고, 그 빈자리를 권력에 대한 맹신으로 채우기 위한 의도이다. 전제주의의 권력자들은 사람들을 강한 힘에 매료시키고, 그들을 자기편으로 끌어당기는 방법을 잘 알고 있다. 그들에게 적절한 수준의 힘을 배분함으로써 자신들이 그 힘의 주체이며, 세상을 운영하는 추진 세력이라고 믿게 하는 것이다. 하지만 그들의 설득에 넘어간 부역자들의 믿음은 단지 허구일 뿐이다.

물질적 부의 증가는 민주주의 체제를 작동시키기 위한 필수적 조건인가? 이 질문에 대한 나의 답은 "그렇다."이다. 이것은 역사적 경험과 실증적 분석이 증명하는 바이다. 인간의 삶은 대단히 물질적이고, 우리가 민주주의를 선호하는 이유는 민주주의가 일반 시민의 물질적 권리를 좀 더 평등하게 보장할 것이라는 믿음 때문이다. 민주주의도 결국엔 물질적인 문제와 연결되어 있는 것이다. 민주주의는 단지 투표로 정치 지도자를 선출하는 활동이 아니다. 민주주의는 시민들이 자신의 경제적 권리를 지키는 데 있어서 그 어떠한 정치 시스템보다 우월하다는 믿음 위에서 존립하는 것이다. 모든 정치 시스템은 부의 분배 방식을 결정짓기 위한 목적을 갖고 있다. 우리가 정치적 권리를 갖는다는 것은 부의 분배 방식에 대해 의견을 제시할 권리를 갖고 있다는 말과 동일한 의미를 갖는다. 따라서 만일 시민들의 의견 제시권이 불공정하게 혹은 불평등하게 대우받는 일이 심화된다면 민주주의 체제는 크게 훼손될 수밖에 없을 것이다.

민주주의의 목적 중 하나는 시민들이 자신들의 정치적 권리를 행사하여 공생적 자립 환경을 만드는 것이다. 그런데 최소한 지금까지는, 공생, 즉 함께 잘사는 것과 신자유주의는 왠지 조화되지 못했다. 아마도 그 이유는 신자유주의가 부의 확대 재생산에만 큰 관심을 기울이고, 부의 분배 문제에는 매우 등한시하는 모습을 보였기 때문일 것이다. 신자유주의자들은 적당한 불평등을 경제 발전의 원동력이라고 생각한다. 물론 그들의 생각은 충분히 존중받을 만한 논거를 갖고 있지만, 문제는 그러한 불평등의 용인 범위에 대한 신자유주의자들과 시민사회의 인식에 지나치게 큰 격차가 있다는 점이다. 신자유주의자들은 당초 하나의 수단에 불과한 것으로 여겨졌던 경제 성장을 그 자체로서 절대적 목적으로 간주한다는 의심을 받고 있다. 그들이 시민들의 의견 제시를 단순히 좌파의 선동으로 몰아가면서 갈등은 더욱 심화되었고, 이에 대한 반발로 신자유주의에 대한 공격은 날로 교조화되고 있다.

물질적 풍요로움이 민주주의의 발전을 촉진시키는 여러 조건들 중 하나임은 분명하지만, 부의 분배 문제가 해결되지 않는 한, 그 자체가 공생을 보장하지는 못할 것이다. 물질이 아무리 풍족하다 하더라도, 공생의 생존 양식을 존중하지 않는 사회에서 민주주의가 꽃필 수는 없다. 갈등이 심해지기 때문이다. 따라서 만일 신자유주의가 사람들 간의 공생을 저해하거나, 고의적으로 그것의 실현을 방해하는 방식으로, 예를 들어 사람들 간의 무한경쟁만을 강조한다거나 하는 방식으로 작동되고 있다면, 그것은 분명히 민주주의의 적이다. 자본주의의 선구자들도 이미 같은 생각을 했다. 다시 한 번 지그문트 바우만의 얘기를 들어보자.

> "현대경제학을 대표하는 최고의 선구자들은 '경제 성장'을 축복이 아니라 유감스러운 골칫거리로 생각했다. (중략) 일단 사회의 생산량이 전체 필요량을 충족시킬 정도로 발전하게 되면, '자연적' 성향에 더 가깝고 더 친화적인 '안정적' 또는 '지속적' 경제가 도래할 것이라고 믿었다. (중략) 존 스튜어트 밀은 경제 성장에서 '정상 상태'로의 이행이 필연적으로 일어날 수밖에 없을 것이라 예상했다. 그는 자본과 인구의 정상 상태가 곧 인류 발전의 정상 상태를 의미하는 것은 아니라고 생각했다. (중략) 존 케인스 역시 사회가 지금까지와 달리 수단, 즉 경제 성장과 사적 이익의 추구가 아니라, 목적, 예를 들면 행복과 복지에 초점을 맞출 날이 올 것이라고 예상했다."[66]

정치는 아직까지 컴퓨터 프로그램이 침투하지 않은 몇 안 되는 영역이다. 그러나 언젠가 부패에 지치고, 전제주의적 통치 방식에 거부감을 가진 시민들이 컴퓨터를 자신들의 통치자로 임명하리라는 상상은 얼마든지 해볼 수 있을 것이다. 컴퓨터는 최소한 거짓말을 하지 않

---

66) 지그문트 바우만, 『왜 우리는 불평등을 감수하는가』, 동녘, 2014, 52쪽.

을 것이기 때문에(사실은 그조차도 미래에는 어떻게 될지 장담할 수 없지만), 공약
의 이행이나 정치적 신의, 사회적 공정성 같은 가치의 실현이 향상되
리라는 기대를 해볼 수 있지 않을까? 선거를 통해 각 정당이 내세운
컴퓨터 프로그램을 선택하는 것도 방법일 것이다. 4년에 한 번씩 선거
를 해서, 지금의 '통치 컴퓨터'가 마음에 들지 않거나, 현실을 반영하
지 않는 실정을 반복하면 새로운 통치 컴퓨터를 선출하면 될 것이다.
이것은 진정한 테크노크라시의 도래를 알리는 불행한 시나리오가 되
겠지만, 최소한 부패하지는 않을 테니, 그리 크게 나쁜 일이 되지도
않을 것이다. 하지만 마지막으로 덧붙이자면, 누구든지 나의 이런 말
을 진심으로 받아들이지는 말기를 바란다.

응징

원인과 결과는 항상 일치하는가?

사람들이 자기 행동이 초래할 결과를 걱정하지 않고 함부로 하는 일이 많은 이유는 지금의 행동이 필연적으로 미래에 특정한 결과를 만든다는 보장이 없기 때문이 아닐까? 선한 행동에는 좋은 일이 뒤따르고 악한 행동에는 징벌이 주어지는 인과응보의 법칙이 실현될 확률이 사실은 그리 높지 않다는 사실을 눈치 빠른 사람들은 경험을 통해 잘 알고 있는 것이다. 세상이 엄격한 인과론의 원리에 따라 움직인다면 사람들의 행동은 더욱 신중해지고 바람직해질 게 틀림없겠지만, 현실에서 원인과 결과의 불일치는 흔해 빠진 일이기 때문에 부조리하고 모순된 상황이 쉴 새 없이 연출되고 있으며, 이로 인해 세상은 여전히 구원의 손길이 필요한 미완성의 영역으로 남아 있는 것이다.

그래도 가끔씩은, 비록 높은 확률은 아니더라도, 역사의 냉엄한 힘에 떠밀려 전개되는 인과론적 결말이 인간의 삶을 무겁게 지배하는 순간이 있다. 심지어 거의 2,000년의 세월을 가로질러서 말이다.

유대의 대제사장들은 자신들의 지배자인 로마 총독 빌라도에게 예수를 끌고 가 십자가에 매달아 줄 것을 요구했다. 그들은 예수를 사회질서 붕괴를 선동하는 급진주의자로 여기고 있었다. 예수에게 죄가 없음을 알면서도 이스라엘의 통치를 위해 대제사장들과 원만한 관계를 유지하고자 했던 빌라도는 그들이 예수를 골고다 언덕으로 끌고 가는 것을 허락하면서 말했다. "이 사람의 피에 대해 나는 무죄이니 너희가 당하라." 그러자 유대의 대제사장들은 자신들과 그 후손들이 모든 책임을 감당할 것이라고 대답했다.[67] 예수의 사후, 예루살렘은 유대전쟁[68]으로 철저히 파괴되었고, 수많은 유대인들이 학살당했다. 이 사건을 계기로, 평소 정통 유대 교파로부터 이교도 취급을 당하며 회당에서 쫓겨나는 등 탄압을 받던 초기 그리스도인들은 예루살렘을 떠나 로마의 본토 속으로 들어갔고, 그곳에서 자신들의 종교를 로마 종교로 변모시키고자 노력했다. 그들은 로마인들 앞에서 유대인들의 악행을 설교하며 자신들을 유대인들과 구분 지었다.[69] 어느덧 그리스

---

67) 「마태복음」 27:24~25. 빌라도의 말에 대해 유대인들은 다음과 같이 답했다. "그 피를 우리와 우리의 자손에게 돌릴지어다."

68) 유대전쟁(AD 66~73)은 로마에 대항한 유대인들의 세 차례에 걸친 독립 항쟁. 이 전쟁으로 110만 명 이상의 유대인들이 사망하고, 예루살렘의 성전은 철저히 파괴되었다. 도시를 탈출하거나 로마와 화친하고자 하는 온건 유대인들은 강경파 유대인들에 의해 십자가에 매달려 처형되었다고 하며, 전쟁의 패배 후유증으로 유대인들은 자기들의 국가를 잃어버리고, 로마 전역으로 흩어지는 디아스포라가 시작되었다고 한다.

69) 배철현, 「인간의 위대한 질문」, 21세기북스, 2015, 161~162쪽.
2세기부터 줄곧 그리스도교의 지도자들은 유대인을 수전노, 배신자들이라 묘사하면

도교를 받아들인 유럽인들의 의식 속에는 유대인의 이미지가 돈만 아는 수전노나 이기주의자처럼 부정적으로 각인된 상태였다.[70] 그리고 빌라도의 말이 있은 지 1,900년이 넘게 흐른 어느 날, 유럽 땅에서는 홀로코스트가 일어나 570만 명 이상의 유대인들이 학살당했다.

우리가 유대인 학살과 예수의 십자가 사건 사이에서 직접적인 연관성을 찾을 수는 없다 하더라도, 빌라도의 말이 저주처럼 섬뜩하게 느껴지는 이유는 무엇일까?

인간은 가혹한 운명에 저항할 수도 있고 순응할 수도 있다. 그러나 어느 쪽을 택하든 운명은 선택하는 이에게 모든 것을 내놓게 하는 엄청난 희생을 요구할 때가 있다. 자신의 운명을 알아볼 줄 아는 혜안과 지혜를 가졌다 해도 예외가 될 수는 없다.

그리스의 영웅 아킬레우스의 운명이 그랬다. 인간 세상의 왕과 바다의 여신 사이에서 태어난 반인반신의 아킬레우스는 트로이전쟁에 나가 싸울 경우 죽을 운명이라는 것을 알고 있었다. 그래서 여장을 하면서까지 몸을 숨겼으나, 오디세우스의 계략에 걸려 정체가 탄로되고 만다. 결국, 전사로서의 운명을 받아들이고 트로이전쟁에 참여하게

서 그들의 악행을 설교했으며, 반유대주의와 반셈족주의를 시작했다. 가령 초기 그리스도교의 교부 중 한 명이었던 요한 크리소스톰은 "제가 여러분에게 유대인들의 노략질, 시기심, 장사할 때 훔치고 사기를 치는 것에 대해 설교하고자 합니다."라고 했다.

70) 신약성경에 자주 등장하는 바리새인들은 기존의 전통 유대교 세력을 말한다. 이들은 부의 축적에 어느 정도 관용적이었으나, 초기 그리스도교는 부와 물질의 소유에 대단히 부정적인 태도를 보였다고 한다. 신약에는 성전에서 장사하는 자들을 내쫓고 의자를 둘러엎는 예수의 모습이 등장하기도 한다.(마태복음 21:12 등)

된 아킬레우스는 혁혁한 전과를 올리지만, 그리스 총사령관 아가멤논과의 갈등으로 또다시 전투에 참여하기를 거부한다. 그러다, 친구인 파트로클로스가 몰래 아킬레우스 자신의 갑옷을 입고 나가 싸우다가 트로이 왕자 헥토르에 의해 죽임을 당하자 그의 복수를 위해 다시 칼을 들게 된다. 그리고 헥토르를 죽이고 복수를 완성한다. 아킬레우스가 분노에 겨워 헥토르의 시신을 수레에 매달아 끌고 다닌 이야기와 헥토르의 아버지인 트로이의 왕 프리아모스가 아킬레우스를 몰래 찾아와 아들의 시신을 돌려달라며 자비를 구하는 이야기는 「일리아스(Ilias)」의 마지막 장면으로 너무나 유명하다. 그러나 아킬레우스 역시 결국엔 헥토르의 동생 파리스가 쏜 화살에 발뒤꿈치를 맞고 죽게 되면서 그의 운명도 예정된 결론을 맺는다.

　우리가 이렇듯 모든 결과의 원인을 골고다 언덕에서의 십자가 사건이나 타고난 운명으로 돌리는 것처럼 명료하게 특정 지을 수는 없을 것이다. 하나의 결과에 하나의 원인을 귀속시키는 단선적 세계관으로는 세상을 제대로 볼 수 없다. 그저 일련의 순차적 사건들이 가공된 담론의 체계 속으로 포섭되어 인과론적 관계를 맺게 되는 경우도 많을 것이다. 이 과정에서 역사를 바라보는 이의 입장이 투영됨은 물론이다. 그럼에도 불구하고 인과론적 관점을 유지하고 싶거나, 그러한 원리가 강화되어야 한다고 믿는 사람들의 눈에는 여전히 독립된 사건들이 하나의 관념체계 속에서 관계 맺기를 계속할 것이다. 그것이 사람들로 하여금 연면하는 역사에 소속되어 있다는 믿음을 갖게 만들기 때문일 것이다.

지난여름 영국의 EU 탈퇴를 위한 국민투표가 예상을 벗어나 가결된 후, 이 사건의 원인과 앞으로 발생할 결과를 예측하기 위한 다양한 분석들이 쏟아졌다. 가령 서구 자유주의의 가치와 경제적 영향력이 크게 훼손될 것이라는 견해로부터 영국이 EU의 굴레에서 벗어나 주권을 되찾은 해방의 사건이라는 주장에 이르기까지, 또 단순한 경제적 사건이라는 주장으로부터 정치적 이벤트라는 견해까지, 이 사건을 바라보는 사람들의 입장과 세계관이 투영된 다양한 견해들이 범람했다. 그 이후 미국 트럼프 대통령의 등장으로 세상은 더욱 큰 혼란으로 빠져들었다. 트럼프는 관세 장벽을 통해 상품의 교류를 위축시키고, 반이민 정책을 통해서는 사람의 교류를 차단하는 정책을 선택했다. 세계화의 본거지에서 세계화에 대한 반동이 강하게 일어났다는 점은 참 아이러니한 일이다. 힘센 자들이 갖는 특권이자 그들만이 행사할 수 있는 횡포일 것이다. 지금 세계는 원인의 원인을 파악하고, 결과가 초래할 또 다른 결과를 예측하기 위한 노력 속에 빠져 있다.

그러나 그 말들이 아무리 그럴듯해 보여도 함부로 믿어서는 안 된다. 이 사건이 우리를 어디론가 정해진 곳으로 인도하는 필연적 사태는 벌어지지 않을 것이기 때문이다. 지금 당장은 이 사건이 세계화에 대한 반동으로 나타난 결과임이 분명해 보일지라도, 이를 계기로 지구촌의 세계화 현상이 중단되고 국가들이 고립될 것이라고 섣불리 예측해서도 안 된다. 물론 미국 백인들의 반동적 선택으로 인해 당분간 (어쩌면 향후 몇십 년 동안) 세상이 그렇게 흘러갈 수도 있겠지만, 과거 로마가 그랬고 명나라도 그랬던 것처럼, 제아무리 막강한 제국일지라도 단절과 고립 속에서 번영을 이루어내지는 못할 것이다. 이 사건들이 우리에게 생소하면서도 풀기 어려운 숙제를 던져준 것은 사실이다. 그러나 사람들이 공존과 공영의 꿈을 버리지만 않는다면, 비록 시간은 걸리겠지만 언젠가는 이런 혼란스러운 사태들을 극복하고 더욱 건강하고 아름다운 세상을 만들어 낼 수 있지 않을까?

약간 다른 차원의 이야기지만, 기술적 측면에서 인간의 새로운 도전으로 급부상하고 있는 인공지능 시대의 도래나 4차 산업혁명에 대한 논의 역시 마찬가지다. 새로운 디지털 시대의 도래가 인간의 가치를 높여주고 우리의 삶을 보다 윤택하게 만들지, 아니면 기존 질서의 급속한 파괴와 극심한 빈부 격차를 초래할지에 대해 지금의 우리는 결론을 내릴 수 없다. 인간은 기술을 만들어 낼 수는 있지만, 그 기술이 어떤 세상을 구축할지에 대한 예측 능력은 갖추고 있지 못하기 때문이다. 그 결과는 오로지 우리가 새로운 조건들 속에서 더 크게 인간다움을 실현할 수 있도록 윤리적 가치의 진보를 추구하고 그것을 사회의 구성 원리에 반영할 수 있느냐의 여부에 따라 결정될 것이다. 또한, 인간이 기계에 종속되거나 특정한 사람들이 그것들을 이용해 타인에 대한 지배를 강화하도록 허용하는 것이 아니라, 기계가 인간을 위해 봉사하도록 새로운 사회적 규범을 창출할 수 있느냐의 여부에 달려 있다고 할 것이다. 우리는 그런 세상에 대한 의지를 포기해서는 안 된다.

그렇지만, 어떤 경우에는 정말 보이지 않는 인과관계의 원리가 세상의 저변에 깔려 있는 게 아닌가 하는 의심을 거두지 못할 때도 있다.

소름이 끼칠 정도로 말이다. 과거 대통령 탄핵에 앞장섰던 어떤 권력자들에 대한 이야기이다. 그중의 몇몇 사람들은 불타오르는 왜곡된 사명감을 주체하지 못해 민주주의 원리에 반하는 행위를 행하고 말았다. 예술인들에 대한 블랙리스트 작성 행위도 문제 될 것이 없었다. 그런 행위가 자신들의 시선에는 지극히 정상으로 보였다는 게 유일한 문제였을 것이다. 그러나 이제 자신들이 특별검사의 조사 대상이 되었으니, 이것은 죽은 사람의 응징인 것일까?

이런 이야기들은 한편으로 사람들의 마음을 왠지 모르게 통쾌하게 해주는 효과가 있다. 그러나 역사가 늘 이런 식으로 비극적으로 진행되어서는 안 될 것이다. 사람의 인연이 유대교도와 크리스천의 사이처럼, 또는 헥토르의 동생 파리스와 아킬레우스의 사이처럼 이루어져서는 곤란한 것이다.

모두의 행복을 위해 반목보다는 선하고 좋은 인연이, 응징보다는 사랑과 감사의 인연이 이어지는 역사가 만들어졌으면 좋겠다.

일상의 풍경에서 발견하는 삶의 지혜

풍경이 있는 산책

초판 1쇄   2017년 05월 22일

지은이   장우석
발행인   김재홍
편집장   김옥경
디자인   이유정, 이슬기
교정 · 교열   김진섭
마케팅   이연실

발행처   도서출판 지식공감
등록번호   제396-2012-000018호
주소   경기도 고양시 일산동구 견달산로225번길 112
전화   02-3141-2700
팩스   02-322-3089
홈페이지   www.bookdaum.com

가격   13,000원
ISBN   979-11-5622-285-9 03810

CIP제어번호   CIP2017010746
이 도서의 국립중앙도서관 출판예정도서목록(CIP)은 서지정보유통지원시스템 홈페이지(http://seoji.nl.go.kr)
와 국가자료공동목록시스템(http://www.nl.go.kr/kolisnet)에서 이용하실 수 있습니다.